U0083513

民國文化與文學研究文叢

七編

第18冊

帝國的榮耀與沒落
——《申報》對晚清軍事的構建及想像（上）

易　耕著

國家圖書館出版品預行編目資料

帝國的榮耀與沒落——《申報》對晚清軍事的構建及想像（上）
／易耕 著 — 初版 — 新北市：花木蘭文化事業有限公司，
2017〔民 106〕
目 6+132 面；19×26 公分
（民國文化與文學研究文叢 七編；第 18 冊）
ISBN 978-986-485-060-0（精裝）
1. 中國報業史 2. 晚清史
820.9　　106013223

民國文化與文學研究文叢
七　編　第十八冊　ISBN：978-986-485-060-0

帝國的榮耀與沒落
——《申報》對晚清軍事的構建及想像（上）

作　　者　易　耕
總 編 輯　杜潔祥
副總編輯　楊嘉樂
編　　輯　許郁翎、王　筑　美術編輯　陳逸婷
出　　版　花木蘭文化事業有限公司
社　　長　高小娟
聯絡地址　235 新北市中和區中安街七二號十三樓
電話：02-2923-1455／傳眞：02-2923-1452
網　　址　http://www.huamulan.tw 信箱 hml 810518@gmail.com
印　　刷　普羅文化出版廣告事業
初　　版　2017 年 9 月
全書字數　625222 字
定　　價　七編 31 冊（精裝）新台幣 58,000 元

帝國的榮耀與沒落

——《申報》對晚清軍事的構建及想像（上）

易耕 著

作者簡介

易耕，男，安徽人。2003年由合肥市第一中學考入復旦大學新聞系。本科畢業後保送至中國人民大學，師從清史研究所劉鳳雲教授攻讀歷史學碩士學位，撰有「《申報》視野中的甲午戰爭」畢業論文。博士進入方漢奇先生門下，製作史料卡片兩萬餘張，撰有「《申報》視野中的晚清軍事」畢業論文。近年來，對「新聞史學史」和「新聞史學理論」有思考，對「計量新聞史學」有探索，對晚清時期軍事和涉邊疆民族新聞史有關注。以《申報》爲起點向周邊輻射。

提　要

本書建立在《申報》自1872至1895年全部報刊資料的基礎上，以涉及軍人、軍事和軍情的新聞與評論爲靶向，力求從報刊視角還原出一幅晚清帝國的軍事史畫卷。戰場用兵一時，後方養兵千日：本書勾勒的畫卷既有清帝國邊疆危機的描繪，又有眾列強爾虞我詐的爭鬥，更有清軍體制的沉屙和在此基礎上近代化的努力及其失敗。全書分爲六章，將與軍事有關的新聞評論劃分爲養兵（training）、用兵（using）、邊疆（frontier）、國際（abroad）、洋務（modernizing）、問題（problem）等六個方面。建立在兩萬餘條與主題有關的史料卡片基礎上的本書雖有面面俱到、鑽研不細的缺點，但文末附錄所給出已耙梳整理過的相關文論和史料將對後學研究不無裨益。作爲代表當時主流民間輿論的大報，《申報》背後的士人知識分子群體對清帝國及其當時代表的中華民族守望之深、觀察之細、責備之切、祈願之誠是溢於言表的：他們用涉軍新聞和評論既構建了嘉道中衰帝國黃昏裏的沒落，又想像了同光中興帝國斜陽裏的榮耀。從中法戰勝到甲午戰敗，裹挾在洋務新政成功語境裏的《申報》，雖管窺了軍事近代化從器物、制度到思想文化的曲折困難，卻因爲媒體背後的政治經濟屬性作了一些片面的新聞報導和輿論引導，這也是本書對新聞媒體與國家社會互動關係的拋磚。

中國現代文學史研究中的「民國文學」概念——《民國文化與文學研究文叢》第七編引言

李　怡

與政治意識形態淵源深厚的文學學科

大陸中國現代文學研究，最近 10 來年逐漸失去了 1980 年代的那種「眾聲喧嘩」、「萬眾矚目」的熱烈景象，進入到某種的沉靜發展的狀態，如果說，在這種沉靜之中，有什麼值得注意的現象的話，那就是「民國文學」概念的提出以及引發的某些討論。

對於海外中國文學研究者而言，現代中國很自然地分作「民國時期」與「人民共和國時期」，這是一種相當自然的歷史描述，作爲文學史的概念，也完全有理由各取所需地採用不同的概念：現代中國文學、中國現代文學、中國文學（民國時期）、中國文學（中華人民共和國時期）等等，這裡有思想的差異或者說審美意識形態的分歧，但是卻基本不存在嚴重的政治較量和衝突。站在海外漢學的立場上，人們難免困惑：現代文學也好，民國文學也罷，不過就是一種文學史的稱謂而已，是不是有如此鄭重其事地加以闡發、討論的必要呢？

這裡就涉及到對大陸中國現當代文學學科存在格局的認識。其實，嚴格的學科意義上的「中國現當代文學」並不是在 1949 年以前的民國時期建立的，儘管那時已經出現了「中國現代文學」的大學教育，也誕生了爲數可觀的「中國現代文學史」著作，但是主要還是講授者（如朱自清）、著作者的個人選擇，體系化的完整的知識格局和教育格局尚不完整。眞正出現自覺的「學科建設」的意識是在 1949 年中華人民共和國成立以後，各學科教育大綱的編訂、樣板式教材的編寫出版乃至「群策群力」的從思想到文字的檢討、審查，都意味著「中國現代文學」學科由此納入到了政治意識形態的一體化架構之中，因此，討論「中國現代文學」學科的任何問題——從內容、結構到語言、概念都是非同小可的「國家大事」，在此基礎上的任何一次新的概念的設計和調整，都不得不包含著如何面對政治意識形態以及如何回答一系列「思想統一」的結論的問題，這裡不僅需要學術思想創新的智慧，更需要政治突圍的勇氣和決心。

回頭看大陸新時期以來的每一次文學史概念的提出，都兼有如此的「智慧」和「勇氣」：例如最有影響的概念——二十世紀中國文學。提出這一概念，其意義主要不是重新劃分晚清——近代——現代——當代的文學史時間，不在於從過去的歷史分段中尋找歷史的共同性；而是爲了從根本上跳脫政治化的「現代」概念對於文學的捆綁。

作爲學科史意義的「中國現代文學」的「現代」概念，其實已經與它在五四文壇出現之初就有了巨大的差異，完全屬於一種政治意識形態的產物。眾所周知，最早的「現代」概念與「近代」概念一樣都來自日本，最早用「近代」更多，到 1930 年代以後「現代」的使用頻率則超過了「近代」——在那時，中國的「現代」基本上匯通著世界史學界的理解框架，將資本主義發展、傳統世界自我封閉格局得以打破的「現時代」當作「現代」；但是，1949 年以後作爲學科史意義的「中國現代文學」的「現代」概念卻又不同，它更多地師法了前蘇聯的歷史觀念：由斯大林親自審查、聯共（布）中央審定、聯共（布）中央特設委員會編的《聯共（布）黨史簡明教程》和由蘇聯史學家集體編著的多卷本的《世界通史》重新認定了歷史的意義和分段方式，〔註 1〕馬列主義的五種社會形態進化論成爲劃分歷史的理論基礎，1640 年英國資產階級革命由於「階級局限性」屬於不徹底的「現代」，只能稱作是「近代」的開始，而「現代」演進關鍵點是十月社會主義革命的重大勝利，中國的歷史劃分是對蘇聯思維的仿傚：1840 年的鴉片戰爭被當作「近代」的開端，而標誌著「工人階級登上歷史舞臺」、「馬克思主義開始傳播」的「五四」運動則被當作了「現代」，後來考慮到「五四」之時，中國共產黨尚未成立，無法認定

〔註 1〕《聯共（布）黨史簡明教程》於 1938 年在蘇聯出版，人民出版社 1975 年正式出版中譯本。《世界通史》於 1955～1979 年出版，全書共 13 卷。中譯本《世界通史》（1-13 卷）於 1978～1987 年分別由三聯書店、吉林人民出版社和東方出版社出版。

其十月革命式的政治勝利，所以又在「現代」之外另闢 1949 年以後爲「當代」，以彰顯社會主義與共產主義社會的到來，由此確定了中國文學近代／現代／當代的明確格局——這樣的劃分不僅時間分段上不再模糊，而且更具有明確的思想的內涵與歷史文化質地：資產階級文學（舊民主主義革命文學）、新民主主義革命文學與社會主義文學就是近代——現代——當代文學的歷史轉換。

「二十世紀中國文學」是中國文學研究界學術自覺，努力排除前蘇聯「革命」史觀影響、尋求文學自身規律的產物。正如論者當年意識到的那樣：「以前的文學史分期是從社會政治史直接類比過來的。拿『近代文學史』來說，從一八四〇年鴉片戰爭到一八九八年戊戌變法，半個多世紀裏頭，幾乎沒有什麼文學，或者說文學沒有什麼根本的變化。」「政治和文學的發展很不平衡。還是要從東西方文化的撞擊，從文學的現代化，從中國人『出而參與世界的文藝之業』，從文學本身的發展規律，從這樣的一些角度來看文學史，才比較準確。」「『二十世紀中國文學』這一概念首先意味著文學史從社會政治史的簡單比附中獨立出來，意味著把文學自身發生發展的階段完整性作爲研究的主要對象。」〔註 2〕

自「二十世紀中國文學」開啓歷史性的「重寫文學史」以來，中國現代文學的研究一直是富有勇氣地走在這一條「學術創新——政治突圍」的道路上，力圖讓文學回歸文學，歷史還原給歷史。可以說，「民國文學」也屬於這樣的努力，是「重寫文學史」的一種方式。

可疑的「現代性」

當然，這種方式也體現出了對既往文學研究的一種反思。

「二十世紀中國文學」這一歷史架構顯然具有重大的學術價值，直到今天依然是影響最大的文學史理念。然而，在「民國文學」的視野之中，它也存在著需要克服的問題：「二十世紀中國文學」這一概念是否已經具備了學科的穩定性？例如，在「二十世紀」業已結束的今天，它是否能有效地參照當下文學的異質性？如果說，「二十世紀中國文學」曾經闡發過的諸多概念都依然適用於今天，如果「新世紀文學」的基本性質、使命、遭遇的問題等等幾

〔註 2〕黃子平、陳平原、錢理群：《二十世紀中國文學三人談》36 頁、25 頁，北京：人民文學出版社 1988 年。

乎都與「舊世紀」無甚區別，那麼這一概念本身的內涵和外延至少也是不夠確定，需要我們重新推敲的了。對於「二十世紀中國文學」而言，其擺脫政治意識形態束縛的核心理念是文學的現代性（當時提出者稱之爲「現代化」）追求。但是，隨著 1990 年代中期以來，「現代性」話語逐漸演變成了我們文學研究的基本語彙，它內在的一系列矛盾困擾也日顯突出了。

在新時期，「現代化」與「現代性」主要指代我們打破封閉、「走向世界」的強烈渴望，在那時，「現代」的道義光芒與情感力量要遠遠重於其知識性的合理與完整，或者說，呼喚文學的現代性就如同建設「四個現代化」一樣天經地義，我們根本無暇追問這一概念的來源及知識學上的意義和限度，所以才會出現如汪暉所述的「現代」之問。在 1980 年代，汪暉曾就何謂「現代」向唐弢先生質詢，而作爲學科泰斗的唐先生也只是回答說，這是一個「很複雜」的問題。〔註 3〕到了 1990 年代，中國學術界開始惡補「現代」課，從西方思想界直接輸入了系統而豐富的「現代性知識」，先是經過了短時間的「現代性終結」之論，接著便是在西方學術的鼓勵之下，迅速舉起「未完成的現代性」旗幟，對各種文化現象展開檢視分析，我曾經借用目前收錄最豐富、檢索也最方便的中國期刊網 CNKI 對 1979 年以後中國學術論文上的一些關鍵詞作數理統計，下面就是「現代性」一詞在各年的出現情況：

	79	80	81	82	83	84	85	86	87	88	89	90	91	92
按篇名統計	0	0	0	0	0	0	0	0	0	2	0	0	0	0
按關鍵詞統計	0	0	0	0	0	0	0	0	0	0	0	0	0	0

	93	94	95	96	97	98	99	00	01	02	03	04
按篇名統計	4	16	26	28	48	60	108	128	166	213	268	381
按關鍵詞統計	0	0	5	11	11	20	69	109	165	225	287	443

表格說明：

1. 統計單位爲「篇」。
2. 檢索的學科涵蓋「文史哲」、「經濟政治與法律」、「教育與社會科學」。
3. 自動檢索中有極少數詞語誤植的情形，如「現代性愛小說」「現代性」統計，另外個別長文（如高遠東《未完成的現代性》分上中下發表，被統計爲三篇，爲了保證檢索統計的統一性，以上數據有意識忽略了

〔註 3〕汪暉：《我們如何成爲「現代」的？》，《中國現代文學研究叢刊》1996 年 1 期。

這些情形。

研究一下以上的表格我們就可以知道，從 1979 年到 1987 年整整九年中，中國人文社科的學術論文中沒有出現過一篇以「現代性」爲題目的文章，1988 年出現了兩篇，但很快又消失了，直到 1993 年以後才連續出現了「現代性」論題。這些論文的代表作包括張頤武的《對「現代性」的追問——90 年代文學的一個趨向》(《天津社會科學》1993 年 4 期)、《「現代性」終結——一個無法迴避的課題》(《戰略與管理》1994 年 3 期)、《重估「現代性」與漢語書面語論爭——一個 90 年代文學的新命題》(《文學評論》1994 年 4 期)，韓毓海的《「現代性」與「現代化」》(《學術月刊》1994 年 6 期)，韓毓海與李旭淵《第三世界的現代性痛苦與毛澤東思想的雙重含義——兼說中國當代文學》(《戰略與管理》1994 年 5 期)，汪暉的《傳統與現代性》(《學術月刊》1994 年 6 期)，彭定安《20 世紀中國文學：尋找和創造現代性》(《社會科學輯刊》1994 年 5 期)，文徵《後現代性與當代社會思潮》(《國外社會科學》1994 年 2 期)，趙敦華《前現代性、現代性與後現代性的循環關係》(《馬克思主義與現實》1 年 4 期) 等。

對概念的提煉和重視反映的是一種學術目標的自覺。當然，按照中國學術期刊的學術規範，由作者列舉「關鍵詞」的慣例是 1992 年以後才逐漸推行開來的，整個 20 世紀 80 年代的中國學術論文之前都不存在這樣的標誌性的「關鍵詞」，這也給我們通過統計來顯示中國學者概念的提煉製造了難度，不過即便如此，分析表格中作爲「篇名」的「現代性」話題的增長與作爲關鍵詞的現代性概念的增長，我們也依然可以十分清晰地看出：隨著 1993 年以後中國學者對「現代性」話題的越來越多的關注，「現代性」理念作爲重點闡述的對象或立論的主要依託才逐漸堂皇地進入學術文本，構成其中的關鍵詞語，大約在 1995 年以後開始「傲然挺立」起來。到新世紀第一個十年的中期，無論是作爲論題還是語彙的「現代性」都達到了空前的規模，對西方文化意義的「現代性」含義的追溯和「考古」業已成爲了我們的學術「習慣」。同時，在中國文化範圍之內（包括古代與現代）所進行的「現代性闡釋」更層出不窮，幾近成爲了現代中國文學與文化研究的基本語彙。到 2004 年，我們的統計已經可以見出歷史的重要轉變。可以說至此，「現代性批評話語」眞的正在實現著對於 20 世紀 80 年代一系列基本概念的置換。

這樣的置換當然首先還是得力於同一時期西方文學理論與文化理論的引

入，1990 年代中期以後，活躍在中國理論界的主流是後現代主義、解構主義、後殖民批判理論與西方馬克思主義，而「現代性」則是這些理論的核心概念之一，正是借助於這些西方理論的輸入，中國現代文學界可以說是獲得了完整的「現代性知識」。在這個知識體系中，人們對現代、現代性、現代化、現代主義的辨析達到了前所未有的深入和細緻，對文學的觀照似乎也獲得了令人激動不已的效果和不可估量的廣闊前程，中國現代文學史至此有望成爲名副其實的「現代性」或「現代學」意義的文學敘述。

應當承認，1990 年代對「現代」知識的重新認定的確是爲我們的文學史研究找到了一個更具有整合能力的闡釋平臺，借助福柯式的知識考古，我們固有的種種「現代」概念和思想得到了清理，現代、現代性、現代化，這些或零散或隨意或飄忽的認識都第一次被納入到了一個完整清晰的系統當中，並且尋找到了在人類精神發展流程裏的準確的位置。最近 10 年，「現代性」既是中國理論界所有譯文的中心語彙，也幾乎就是所有現當代文學史研究的話語支撐點。

但是，從另一方面來看，我們的「現代」史學之路卻難以掩飾其中的尴尬。追溯「現代性」理論進入中國的歷史，我們都會發現一個有趣的轉折：在 1990 年代初期，恰恰也是其中的一些論斷（後現代主義對社會現代性的批判）導致了我們對現代文學存在價值的懷疑和否定，而到了 1990 年代中後期，當外來的理論本身也發生分歧與衝突的時候（例如哈貝馬斯對現代性的肯定），我們竟又神奇地獲得了鼓勵，重新「追隨」西方理論挖掘中國文學的「現代性價值」——中國文學的意義竟然就是這樣的脆弱和動搖，只能依靠西方的「現代」理論加以確定？！這足以提醒我們，中國學者對「現代性」理論的理解和運用在多大的程度上是以自身的文學體驗爲依據的？同樣，在「現代性」視野下的中國現代文學研究當中，中國現代文學的種種現象也一再被納入到全球資本主義時代的共同命題中，例如「兩種現代性」、「民族國家理論」、「公共空間理論」、「第三世界文化理論」等等……跨越了歷史境遇的巨大差異，東西方文學的需要是否就這麼殊途同歸了？他者的理論是否眞讓我們的文學闡釋一勞永逸？中國文學的現代之路難道就沒有自成一格的更豐富的細節？

較之於直接連通西方「現代性」闡釋之路的言說，「民國文學」這一概念首先試圖表達的就是擺脫先驗的理論、返回歷史樸素現場的努力。

1997 年，陳福康借助史學界的概念，建議中國文學的現代／當代之名不妨「退休」，代之以中華民國文學／中華人民共和國文學之謂。後來，張福貴、湯溢澤、張中良、李怡等人都先後提出這一新的命名問題，〔註 4〕我將這樣的命名方式稱之爲「還原」式，就是因爲它所指示的國家社會的概念不是外來思想的借用——包括時間的借用與意義的借用——而是中國自己的特定生存階段的眞實的稱謂，借助這樣具體的國家社會形態框架，我們的文學史敘述有可能展開爲過去所忽略的歷史細節，從而推動文學史研究的深入。

在多少年紛繁複雜的理論演繹之後，中國文學研究需要在一種相對樸素的歷史描述中豐富起來，自我呈現起來。

「民國文學」研究的幾種可能

當然，「民國文學」概念提出來以後，各方面也不無爭論和質疑，這些爭論和質疑的根本原因有二：長期以來「民國」概念的陰影不去，至今仍然以各種「成見」干擾著我們的思想，或者對我們的自由探索構成某種有形無形的壓力；新概念的倡導者較長時間徘徊在概念本身的辨析之中，文學史的細節研究相對不足，暫時未能更充分地展示新研究的獨特魅力，或者其他的同行業也未能從林林總總的研究中發現新思路的廣闊空間。

關於「民國文學」研究，有這樣幾個方面的問題可以澄清和深發。

一、「民國文學」是民國時期的現代文學，可以涵蓋絕大多數的現代文學現象。不僅可以對傳統的新文學傳統深入解釋，而且可以將舊體文學、通俗文學等等「新文學」之外的文學現象有效納入，在一個更高的精神性框架中理解古今中西的複雜對話關係；不僅可以包括從北洋政府到國民黨政府控制區域的文學現象，而且也能有效解釋紅色蘇區文學、抗戰解放區文學，因爲後兩者也發生在民國歷史的總體進程當中，民國文學的概念不僅可以解釋後

〔註 4〕參看張福貴《從意義概念返回到時間概念——關於中國現代文學的命名問題》（香港《文學世紀》2003 年 4 期）；湯溢澤、郭彥妮《論開展「民國文學史」研究的必要性與可行性》（《當代教育理論與實踐》2010 年 2 卷 3 期）；湯溢澤、廖廣莉：《論開展「民國文學史」研究的迫切性》（《衡陽師範學院學報》2010 年 2 期）；趙步陽、曹千里等：《「現代文學」，還是「民國文學」？》（《金陵科技學院學報》2008 年 1 期）；張維亞、趙步陽等：《民國文學遺產旅遊開發研究》（《商業經濟》2008 年 9 期）；楊丹丹《「現代文學史」命名的追問與反思》（《長春師範學院學報》2008 年 5 期）。

者，甚至是擴大了後者研究的新思路，解放區文化不是靠拒絕「人民之國」（民國）的理想而生存，它恰恰是以民國理想眞正的捍衛者自居，最終通過批判了國民黨政權贏得了在「全民國」範圍內的聲譽；對於投降賣國的汪僞政權，它也不敢輕易放棄「民國」之號，在這裡，民國的「名與實」之間存在一個值得認眞分析的張力，並影響到南京僞政府統治下的寫作方式；到華北、蒙疆特別是東北淪陷區，日本文化與僞滿洲國文化大行其道，但是，我們能不能斷定淪陷區文學就理所當然屬於滿洲國文學、蒙古文學或者日本文學呢？當然也不能，近幾年的淪陷區文學研究，相當敏銳地發掘出了存在於這些殖民地的「中華情結」，而民國文化作爲現代中華文化的一種形態，依然對人們的精神發揮著根深蒂固的作用——雖然不是名正言順的「民國文學」，但是「民國文學」研究的諸多視角卻依然有效。

二、「民國文學」本身不是一個政治性的概念，就如同「民國」本身既有政權性含義，但同時也有政權政治所不能涵蓋的民族、社群等豐富的內涵一樣，而作爲精神文化組成部分的「民國文學」更具有超越政治的豐富的意義空間。我同意張中良先生的分析：「民國作爲一個國家，在政黨、政府之外，還有軍隊、司法機關、民間社團等社會組織，除了政治之外，還有新聞出版、學校教育、宗教信仰、民族傳統、地域文化、文學思潮、百姓生活等等，民國文學是在多種因素交織的社會文化背景下發生、發展起來的，因而其歷史化研究的空間無比廣闊。」〔註5〕事實在於，越是在一個現代的形態中，國家政權的強制力越有限，而作爲社會文化本身的力量卻越大，包含文學藝術在內的社會精神文化，恰恰努力在民國時期呈現出了自己的獨立性和自主性。所以，「民國文學」並不等於就是國民黨的文學，自由主義文學與左翼文學都是民國文學的主體，而且由左翼文學所體現的反抗、批判精神也可以說是民國文學主要的價值取向，「民國批判」恰恰是「民國文學」的基本主題。曾經有大陸學者擔心「民國文學」研究會重新推動中國現代文學研究走入政治的死胡同，相反，也有臺灣學者對大陸「民國文學」研究刻意切割文學與政權制度的關係有所不滿，〔註6〕我覺得這兩方面的意見雖然有異，但都是出於對民國時期文學獨立性、自主性的認知不足。民國文學本身就是知識分子追求

〔註5〕張中良：《民國文學歷史化的必要與空間》，《文藝爭鳴》2016年6期。

〔註6〕王力堅：《「民國文學」抑或「現代文學」？——評析當前兩岸學界的觀點交鋒》，《二十一世紀》2015年第8期。

政治自由的體現，對政治自由的嚮往當然是將我們的精神帶離了專制政治的陷阱；而民國政權在文學政策上的某些讓步和妥協從根本上講並不來自統治者的恩賜，恰恰也是民國的社會力量、民間力量蓬勃發展、持續抗爭的結果，現代國家出現之後，其文化發展最可寶貴之處就是「明君」與「賢臣」文化的逐步消失（雖然政治家的開明和理性依然重要），同時社會性力量不斷加強、民間力量日益發展，後者才是最值得我們注意和總結的文化傳統，只有在後者被充分發掘的基礎上，政治制度的種種歷史特徵才有可能獲得眞實的把握。

三、「民國文學」研究其實有別於隸屬於大眾文化、流行文化的「民國熱」。作爲對長期以來「民國史」的粗暴化處理的背棄，「民國熱」已經在大陸中國流行有年，民國掌故、民國服飾、民國教育，還有所謂的「民國範兒」等等，這本身不難理解，而且我以爲在「各領風騷三五年」的各種「熱」當中，「民國熱」依然保留了更多的自我反省的因素，因而相對的「健康性」是明顯的。儘管如此，我認爲，當代中國社會出現的「民國熱」歸根結底屬於大眾文化潮流，而「民國文學研究」則是中國學術多年探索發展的結果，是文學研究「歷史化」趨向的表現，兩者具有根本的不同。其實，「民國文學」研究雖然與當今的「民國熱」差不多同時出現，但中國學界本著實事求是的精神，努力救正「以論代史」的惡劣現象、盡可能尊重民國史實的努力卻是由來已久了。在大陸中國，雖然因爲政治原因，「民國」一詞一度包含了某種政治禁忌，需要謹慎使用，但總體來看，除了「文化大革命」這樣的極端的文化專制時期之外，對「民國史」的關注和研究一直有學人勉力進行。從新中國成立到 1980 年代初，「民國史」的考察、研究一直都得到來自國家層面的高度重視，並不斷被納入各種國家級的科研計劃與出版計劃。《中華民國史》的編修工作早於《劍橋中國史》的編寫計劃，「民國史」的研究也早在 1956 年就已經列爲了國家科學發展十二年規劃，民國史的出版也在 1971 年就進入了國家出版規劃。呼籲「民國史」研究的既包括董必武、吳玉章這樣的「民國老人」，又包括周恩來總理這樣的黨和國家領導人。「民國文學」的研究借概念之便，當更能夠順理成章地汲取「民國史」的研究成果，以大量豐富的歷史材料爲基礎，對中國現代文學研究的「歷史化」進程作出堅實的貢獻。

當然，民國文學研究，一方面固然應當強調加強學術研究的自覺性，與大眾文化的趣味相區分，但是，也不是要刻意區隔和拒絕那些來自社會民間的寶貴情懷，相反，有價值的研究總能從現實關懷中汲取力量，讓學術事業擁有的豐沛的社會情懷，本身也是在健康和積極的方向上爲中國的當代文化貢獻自己的智慧和力量。

四、「民國文學」研究可以形成與華文文學研究諸多問題的有益對話。當「民國文學」這一概念的使用跨出中國大陸，尤其是與海峽對岸學界形成對話之時，可能就會遇到嚴重的困擾：在我們大陸學界的立場來看，它理所當然就是一個歷史性的概念，「民國」在 1949 年已經結束，我們的「民國文學」研究如果不加特別說明，肯定是指 1912 民國建立到 1949 年中華人民共和國成立這一段歷史時期的文學，使用「民國文學」概念，存在著一個嚴肅的政治的界限；但是，繼續沿用著「民國」稱號的對岸，是否就是大張旗鼓地書寫著「民國文學史」呢？弔詭的現實恰恰是，當代臺灣學界似乎比我們離「民國」更遠！在經過了日本殖民文化——國民黨統治——解嚴後思想自由——政黨輪替、「去中國化」思潮這樣一系列複雜過程之後，在一個被稱作「後民國」的時代氛圍中，「民國」論述照樣承受了「政治不正確」的壓力，其矛盾曖昧之處，甚至也不是「一個民國，各自表述」就能夠概括得了的。也就是說，在海峽兩岸這最大的華人世界裏，「民國文學」都存在相當的糾纏矛盾之處。如何解決這樣的尷尬呢？如何在兩岸學術界，建立起彼此都能夠接受的論述呢？我覺得這裡有兩個可以展開的思路。

首先是集中研討那些沒有爭議的時段。例如民國成立到 1949 年中華人民共和國成立這一歷史時期，我稱之爲民國文學的典型時期，對臺灣而言，1945 年光復之後，特別是國民政府遷臺之後，民國文化與文學當然也完成了移植與建構，不過解嚴以來，本土化傾向日益強化，與「典型時期」比較，情況已經大爲不同，固有的「民國文化」發生了變異、轉換與遮蔽，只有首先清理那些「典型」的民國文化，才最終有助於發掘現存的「民國性」。目前，對於研討「民國文學典型時期」的設想，在兩岸學界已經有了基本的共識。

其次是通過凸顯「民國文學」研究方法的獨特性與華文文學的其他學術動向形成有益的對話。所謂「民國文學」研究不過是一個籠統的稱謂，指一切運用「民國文學」概念創新解釋現代文學現象的嘗試，它至少包括兩個大的方向，一是對民國時期文學發展的種種問題進行新的梳理和闡述；二是通過對於「民國是中國的現代形態」這一思路的認定，生發出關於如何挖掘、描述中國知識分子「現代追求」的種種學術思路，進而對現代中國文化獨創性問題作出令人信服的闡發，借助這一的闡發，「現代性」視野才不至於單純流於西方的邏輯，而成為中國現代精神生產的一種獨特形式，這些努力的背後，樹立著發現現代中國精神主體性與學術主體性的深遠目標，這可謂是「民國作為方法」的特殊價值。對於這種「文化主體性」的重視，我們同樣可以從作為臺灣學術主流的「臺灣文學」以及史書美、王德威等人倡導的「華語語系文學」那裡看到，彼此對話的空間值得開拓。

「臺灣文學」一度有意識與中華文學相區隔，尋求自己的獨立空間，然而身居「民國」卻是寫作者不能不面對的事實，「民國」與「臺灣」在現實中相互糾纏，在歷史中前後延續、滲透、轉化、變異，無論從哪一個方向來看，離開「民國文學」的歷史與現實，都無法清晰道出現代「臺灣文學」的脈絡與底蘊，這一理念，似乎已經為越來越多的臺灣學者所認可，臺灣文學研究者如陳芳明、黃美娥都多次出席兩岸舉辦的「民國文學研討會」，發表了梳理民國文學與臺灣文學關係的重要論文。

「華語語系文學」（Sinophone literature）是當今華文文學界的最有代表性的命題。儘管其倡導者史書美、王德威、石靜遠等人的具體觀念尚有不少的差異，但是突破華文文學的「中國中心」立場，在類似於英語語系、法語語系、西班牙語系的多樣化格局中建立各華人世界的文化獨立性和主體性，確實是他們的共同追求：「中國內地各種討論海外華文文學的組織、會議、出版，其實存在著一個不可摒除的最後界限，即要歸納在一個大中國的傳承之下，成為四海歸心的一個象徵。很多海外學者會覺得這種做法是過去的、老派的、傳統的帝國主義的延伸，於是提出華語語系文學，使之成為對立面的說法。」〔註 7〕擺脫「西方中心主義」來談論「全球文學」，去「中心」、解「權力話語」，不再將華語文學當作某種「中國」本質的「離散」，而是始終在流動性、在地化、變異與重構中生成，這是「華語語系文學」的基本追求。應當說，「民國文學」的研究理念剛好可以與之構成有趣的對話：作為文化主體性與學術主體性的建構，兩者顯然有著共同的意願，

不過，在不斷表述擺脫西方理論模式束縛的同時，「華語語系文學」卻將主要的批判矛頭對準了「中國性」與「中國文化」，史書美甚至為了執著地對抗「中國」，將中國文學排除在「華語語系文學」之外。這裡就產生了一個需

〔註 7〕李鳳亮：《「華語語系文學」的概念及其操作——王德威教授訪談錄》，載《花城》2008 年第 5 期。

要認眞探討的問題：阻擾現代華語世界精神主體性建構的力量是否就主要來自「中國」，而非實力更爲強大的歐美？或者說，在普遍由歐美文化主導的「現代性」格局中，各種現代中華文化形態的經驗更缺少相互啓迪、相互借鑒與相互支撐的可能？如果考慮到「現代性」的言說模式迄今基本還是爲歐美強勢文化所壟斷，「大華文區域」依然共同承受著這些文化壓力之時。以「在地」華文世界各自的經驗獨特性構製各自的「主體性」固然重要，在華文世界與其他世界的比照中尋找我們共同的經驗、重建華文文學本身的認同和主體價值，同樣不可或缺。而「民國文學」的經驗梳理，也就是華文世界的「現代認同」的基礎，也是華文文學主體性的主要根據，「作爲方法的民國」需要在這樣共同的文化經驗的基礎上加以提煉。

這裡具有中華文化的共同傳統與民族記憶，又都在不同的條件下融入了全球現代化的過程。文學發展的背景同樣經歷了農業文明到工業文明、後工業文明的歷史過程，同樣遭遇了從威權專制到現代民主的轉變。

就文學本身而言，同樣具備了中國古典文學的修養和基礎的積澱，同樣進入到現代白話文學的時代，雖然因爲政治意識形態的介入，中國新文學傳統的理解和繼承方式有別，彼此有過對新文學傳統的不同的認識——大陸以左翼文學爲正統，臺灣等區域可能更認同以胡適爲代表的自由主義，但是作爲大的現代文學經驗依然具有相當的同一性。〔註 8〕

對主體性的任何形式的尋找最終都不是爲了將自身的族群從周遭的世界中分裂出來，而是爲了更深刻地認識自我，發現自我的價值，最終也可以與「他者」更好地溝通與共存。大陸「中國中心」意識値得警惕和批判，但是與其徑直將大陸中國的華文文化視作對立的「他者」，毋寧將其當作既挑戰自我又激發自我的「他者」，而且這樣的「他者」也不能取代我們從歐美強勢文化的「他者」中承受的壓力，換句話說，大陸中國的華文世界並不是包括臺灣在內的華文世界的唯一的壓力，各區域華文文學的成長同時也不斷感受著來自其他文化力量的持續不斷的擠壓和挑戰。如果我們能夠面對這樣的事實，那麼，就會發現，華文文學世界的「共同經驗」的分享依然有效，依然重要，依然値得進一步挖掘和發揚，而在民國——這樣一個由華人所建立的現代意義的文化形態中，存在著値得我們共同珍惜的精神遺產。正如王德威

〔註 8〕參見李怡：《命運共同體的文學表述——兩岸華文文學視野中的「民國文學」》，《社會科學研究》2013 年 6 期。

所意識到的那樣：「在我看來，將海外與中國內地相對立，是另一種劃地自限的做法……如果只強調海外的聲音這一面，就跟大陸海外華文文學各種各樣的做法沒有什麼兩樣，只不過站在反面而已。」「對於分離主義者來說，我覺得華語語系文學這個概念也適用……如果你不知道中國是什麼樣子的話，你有什麼樣的能量和自信來聲明你自己的一個獨立自主的自爲的狀態（不論是政治或是文學的狀態呢）？〔註 9〕

〔註 9〕李鳳亮：《「華語語系文學」的概念及其操作——王德威教授訪談錄》，載《花城》2008 年第 5 期。

目次

上冊

中　冊

下　冊

導　言

0.1　大衆視角——帝國的榮耀與沒落

甲午戰爭是近代中國歷史上影響深遠的一件大事，晚清政局在甲午前後呈現出明顯的區分。甲午戰前，清廷看似卓有成效的洋務新政帶來了「同光中興」的想像〔註 1〕，帝國面對日本的挑釁，有著軍力的自信和勝利的把握。甲午戰後，中華民族迎來了徹底的反思，清廷的崩潰自此加速。〔註 2〕甲午一役劃分了大清帝國的榮耀與沒落。〔註 3〕

如果說帝國的沒落是戰後實際存在的，那麼戰前所謂「帝國的榮耀」某種程度上就是想像的產物。在當時的新聞媒體上，這種表面上煊赫豪邁壯觀

〔註 1〕從中法戰爭期間的新聞輿論看，以《申報》爲例，大體對法國軍力有著比較清晰的認識，對戰爭形勢有著較爲清晰的判斷。這與清廷在兩次鴉片戰爭中的失敗不無關係。但是，從《中法新約》簽訂到甲午戰爭爆發的十年，輿論沉浸在打敗（或者說打平）法國的樂觀情緒中。正是在這十年，北洋海軍裝備建設減緩，日本海軍購入了一批船速快、射速高的新型艦艇。甲午戰前十年的研究，與清廷崩潰前十年的研究，同樣有較高的歷史價值。參閱鄭師渠：《我看清王朝的最後十年》，載於《北京日報》2011 年 10 月 31 日 20 版。

〔註 2〕梁啓超在《戊戌政變記》中有言：「喚起吾國四千年之大夢，實自甲午一役始也。」陳旭麓在《近代中國社會的新陳代謝》中提到：「甲午大敗，成中國之巨禍，中國的民族具有群體意義的覺醒也因此而開始。這是近代百年的一個歷史轉折點。」

〔註 3〕從清廷建國，到兩次鴉片戰爭（太平天國運動），到中法戰爭，再到甲午戰爭，新聞輿論對清廷軍力的判斷經歷了榮耀——沒落——中興（榮耀）——沒落——反思這樣的一個過程。幾個重要的節點都是由中外的重大戰爭銜接的。甲午戰敗和庚子年間的軍事變動，直接導致了清廷的最後內在掙扎與瓦解。

的想像是顯而易見的。〔註4〕另一方面，新聞媒體所不同於官方文書的民間視角又給了研究者剖開表面看內裏的機會，呈現出社會史研究的斷面。研究戰前的榮耀及其背後的沒落隱憂，就是本書的出發點之一。〔註5〕

帝國的榮耀與沒落，和軍事緊密相連。清廷龍興東北、入主中原，馬背上得天下，這份榮耀是眞實的。鴉片戰爭、太平天國至同光年間的微調，並未徹底改觀軍制的陳舊和八旗綠營兵的腐化，這份沒落也是眞實的。晚清軍事的問題恰出在眞實的沒落與想像的榮耀之間的張力，這種張力在《申報》上有著極爲明顯的體現。本書的出發點之二，就是從軍事一隅來觀察清帝國在甲午戰敗前的榮耀想像和沒落隱憂，從一個管窺全豹的角度，來實現對出發點之一的探求。

想當年，金戈鐵馬，氣吞萬里如虎。下面就請跟隨本書作者對《申報》的耙梳，來展開百餘年前的軍事新聞史畫卷，進入波瀾壯闊大清帝國的回憶。

0.2　研究脈絡——晚清的報刊與社會

《申報》是《申江新報》的縮寫〔註6〕，是英國商人安納斯脫·美查〔註7〕於1872年在上海創刊的一份日報〔註8〕。從1872年到1949年〔註9〕，《申報》

〔註4〕從《申報》看來，對清帝國軍事能力的榮耀，是一種建構與想像，而對清廷沒落的表現，則主要是一種新聞人視角的建構。本書的標題也正來源於此。

〔註5〕這樣的出發點在在晚清史研究中仍顯得稍大，需要將出發點再加細化，政治、經濟、文化、軍事皆可。軍事可以說是一把鑰匙，晚清的國內外政局均與軍事緊密相連，軍事呈現出催化劑的作用。

〔註6〕一般報紙的創刊人多對報紙冠以當地的地名，但是，當時已經有《上海新報》，創刊於1861年，是上海第一張中文報紙。因此《申報》創刊時無法再使用「上海」。在清末，「滬瀆」、「申江」、「春江」、「黃浦」都是上海的別稱，其中「申」的使用最爲廣泛。「新報」二字是因爲西人所辦報紙，與「邸報」、「京報」有所區別。《申江新報》由此而得名。上述材料來源於：（1）方漢奇：《中國新聞事業通史·第1卷》，北京：中國人民大學出版社，1992年，第216頁。（2）徐載平、徐瑞芳：《清末四十年申報史料》，北京：新華出版社，1988年，第6～8頁。

〔註7〕Ernest Major 係英國人，與其哥哥 Fredredruck Major 在清同治初年到上海，經營茶葉和棉布生意。由於太平天國和捻軍對商業的影響，兩兄弟在上海的生意不佳，遂有模仿《上海新報》創辦報紙的動機。經過與買辦等人的共同運作，1872年4月30日，《申報》創刊。參見：徐載平、徐瑞芳：《清末四十年申報史料》，北京：新華出版社，1988年，第1～9頁。

〔註8〕《申報》於清同治十一年三月二十三日（1872年4月30日）創刊，起初爲雙日刊，自第5號起改爲日刊，但是星期天停刊。光緒五年閏三月初七（1879

從無間斷，連續出版了 78 年，是近代中國發行時間最長的報紙。〔註 10〕在 1910 年被席子佩收購〔註 11〕之前，《申報》產權悉歸英人，但這並不妨礙其因爲貼近中國的官員、知識精英和各界人士而被廣泛接受。〔註 12〕《申報》的撰稿和編輯人員主要是江南的文人和墨客，〔註 13〕他們報導新聞、品評社會、鼓吹洋務，通過文字拉近了與讀者的距離；《申報》的經營和管理人員主要是上

年 4 月 27 日）起，星期天照常出版。除農曆除夕至初四休刊 5 天，全年出版 360 期報紙。上述材料來源於：（1）宋軍：《申報的興衰》，上海：上海社會科學院出版社，1996 年，第 225～226 頁。（2）徐忍寒：《申報七十七年史料》，上海：上海文史館，1962 年，第 12～13 頁。

〔註 9〕1949 年 5 月 27 日是《申報》最後一期，第二天，報社原有鉛字和機器設備等爲《解放日報》服務，出版了上海解放後的第一份《解放日報》。（在延安出版過的《解放日報》曾是中共中央的機關報。）

〔註 10〕抗日戰爭時期，《申報》先後出版了漢口版、香港版，以及「孤島」時期的上海版。各版內容特點不再贅述，但在連續性上基本是此起彼伏，時間相繼。參見宋軍：《申報的興衰》，上海：上海社會科學院出版社，1996 年，第 197～218 頁。

〔註 11〕1912 年，席子佩又將《申報》賣給史量才，其後《申報》發展繁榮，在民國報界很有影響，上海灘《申報》、《新聞報》二報齊名，常以「申新二報」並稱，連政府發新聞公報也是如此。

〔註 12〕關於《申報》的受眾並沒有準確界定。徐忍寒認爲：「普通的狀況，看《申報》多爲官紳，《新聞報》則爲商界。」（徐忍寒：《申報七十七年史料》，上海：上海文史館，1962 年，第 41 頁。）這是 1897 年《新聞報》誕生後的情況。《申報》對商界關注的不足，似可理解爲《新聞報》創刊的原因。這種推斷在美國學者 Rankin 眼中更爲尖銳：雖然「我們不知道誰閱讀這份報紙」，但是又估計「閱讀這份報紙的總是北京城的官員和中心城市的精英」。（Mary・B・Rankin：「『Public Opinion』 and Political Power：Qingyi in Late Nineteenth Century China」，Journal of Asian Studies，Vol.XLI，No.3(1982)，pp.462~463）根據對 1894、1895 年《申報》新聞的全部梳理，發現報導官場迎來送往、升遷調動的新聞是最多的，也可成爲佐證（參閱易耕：《〈申報〉視野中的甲午戰爭》，北京：中國人民大學碩士論文，2012 年）。方漢奇認爲《申報》的「目的在於吸引我國政界、知識界和爲數眾多的下層人士，以擴大報紙的銷數」（方漢奇：《中國新聞事業通史・第 1 卷》，北京：中國人民大學出版社，1992 年，第 221 頁），這種說法比較客觀。甲午戰爭時期的《申報》受眾，理應相當廣泛。

〔註 13〕學界認爲是「秀才主持筆政」。擔任過總主筆的蔣芷湘中舉後離開報社，其餘總主筆和主筆如錢昕伯、黃協塤都是秀才。這些人並非戈公振評價的「落拓文人、疏狂學子」，而是某種意義上的啓蒙者和新聞事業先驅。參看：（1）宋軍：《申報的興衰》，上海：上海社會科學院出版社，1996 年，第 19～24 頁。（2）徐載平、徐瑞芳：《清末四十年申報史料》，北京：新華出版社，1988 年，第 16、17 頁。

海的買辦和商人，他們精心定價、仔細發行、奮力廣告，通過經營打開了在市場的局面。初創時期的《申報》猶如蓬勃的孩童，是充滿朝氣和蒸蒸日上的。到 19 世紀 80 年代，《申報》在上海灘站穩腳跟。〔註 14〕從此，《申報》的內容和形式也基本固定，並一直延續到 1905 年大改版〔註 15〕之前，具有完整的時段特點。晚清時期的《申報》內容豐富，觀點眾多，其新聞和評論都站在了近代中國傳媒的橋頭堡，登上了新舊文化的瞭望塔，堪稱當時新聞傳播的風向標。

〔註 14〕參見方漢奇：《中國近代報刊史》，太原：山西人民出版社，1981 年，第 38 頁。再，《申報》與王韜有密切關係，在風格和內容上深受其報刊思想影響，論説文的提倡，就與此有關。見：(1) 宋軍：《申報的興衰》，上海：上海社會科學院出版社，1996 年，第 8～10 頁。(2)《申報》史編寫組：「創辦初期的《申報》」，《新聞研究資料》，1979 年第 1 期，第 138 頁。三，《申報》通過「鼓吹現代化」、「評論與戰訊」、定位適應上海的「前工業化」特徵，擴大發行、鞏固市場。參見：(1) 胡道靜：《新聞史上的新時代》，上海：世界書局，1946 年，第 84、85 頁。(2) 范繼忠：「晚清《申報》市場在上海的初步形成（1872～1877）」，《清史研究》，2005 年第 1 期，第 93～103 頁。

〔註 15〕黃協塤醉心官場，希冀借助報紙，通過科舉和討好清政府步入仕途。他擔任主筆時期的《申報》(1898～1904 年)，在論調上更加保守，更爲清政府積極辯護，時人多以「頑固」、「腐朽」等詞詆之。失去了輿論支持和受眾歡迎的《申報》在這段時間銷量一路下坡，到了 1904 年底，已經難以爲繼。在 1905 年春節後，《申報》進行改版。這次改版幅度很大，《申報》延續了三十多年的風格均有揚棄，新聞報導和配發評論更向專業化的要求前進。參見：(1) 徐載平、徐瑞芳：《清末四十年申報史料》，北京：新華出版社，1988 年，第 97～112 頁。(2) 宋軍：《申報的興衰》，上海：上海社會科學院出版社，1996 年，第 64～73 頁。

插圖 1　上海書店影印本《申報》第 6 卷第 1 頁

申報

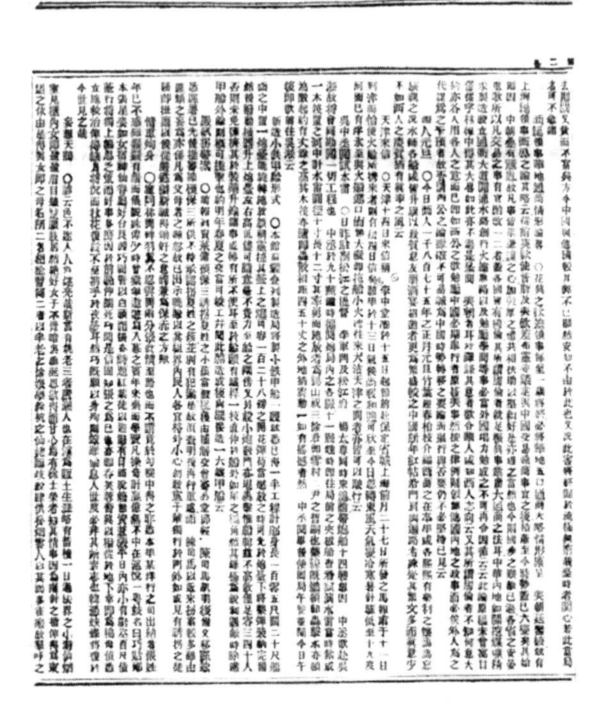

1875 年 01 月 01 日 01、02 版

這一時期的《申報》，常有十個版面〔註16〕左右的篇幅，新聞與廣告基本平分，廣告稍多。第一版常爲告白和社論，以及少量新聞；第二版常爲新聞；第三版常爲新聞；第四版亦常爲新聞，並有少量廣告；第五版及其後則常均爲廣告〔註17〕。就《申報》新聞而言，豎排繁體，每條至多不過五百字。新聞標題常爲四字，內容不分句讀，標題和內容之間稍稍空一到兩字的距離，並有一個小圓圈「○」以示區分。重要新聞單列，可以從標題讀出大致意思；不重要的新聞，則常常按照相同的地域歸屬，排列成一個新聞集合，然後用當地的名勝、古蹟、別稱，文縐縐地起個四字的集合名稱〔註18〕。《申報》的評論位於一版，常有一千字左右的篇幅，內容古今中外，政治經濟軍事文化無所不包，標題常以「論」、「說」結尾，有濃厚的傳統文筆八股遺風和「太上感應篇」〔註19〕的色彩。總而言之，《申報》的新聞和評論內容廣泛，堪稱

〔註16〕**在本書中提到的「版面」概念**，皆是根據1982年上海書店的《申報・影印本》而言的，以影印本中類似於正方形的一個區域爲一版。影印本中一頁含有兩個版。**全書遵循此規則**。在正文的腳註中，史料來源依「某年某月某日某版」標示；在附錄二中，史料來源省略「年、月、日、版」等四個字，直接用數字標示。參見「附錄二・凡例」。

〔註17〕《申報》從光緒八年（1882年）正月十九日起，逐日單張翻印北京報房京報的全文，作爲報紙的附頁免費贈送讀者。這一天所刊的京報，是光緒八年（1882年）正月初一、初二、初三日出版的。和北京京報時差約半個月。1882年電報利用後，《申報》選擇北京的重要新聞（約5條以內），在頭版社論後，以「本館接奉電音」、「諭旨恭錄」爲題，進行報導。這種形式隔三差五，並非每天固定。

〔註18〕**以地理爲主要特徵的四字新聞集合**標題如「春明雜紀」（1889040602）、「都下叢談」（1885061202）和「金臺魚素」（1884082502）均是京師新聞的總標題；「津門秋燕」（1890100802）、「丁沽寒信」（1888120402）和「析津叢語」（1888052302）均是天津新聞的總標題；「皖垣瑣聞」（1881082602）指安徽；「閩中雜記」（1888030803）指福建；「秦淮雙鯉」（1884101202）、「金陵瑣事」（1891102903）和「邗溝秋信」（1886090202）指江蘇；「芝罘談苑」（1884101202）、「登州海市」（1889122202）和「蓬萊觀日」（1891061802）指山東；「袁江雜錄」（1885100402）指江西；「五羊近事」（1885041702）指廣東；等等。**山河盛景、地方特產、典故名人、氣象節日、詩詞歌賦、文字遊戲**等諸多以地理特徵爲主的要素都被融入這些四字新聞集合標題中來，花樣百出、新意迭起。這種四字新聞集合標題的做法，對上海周邊、江浙一帶的新聞更是大量出現。這些以地理爲主要特徵的四字新聞集合，很可能是《申報》在各地訪事人的來信來稿。在新聞業務發展史上的那個階段，編輯們就是這樣簡單處理稿件的。在四字的標題下面，是一大段來自該地的新聞報導，政治、經濟、社會、文化無所不包，又可細分爲互不相干的多條。**每條之間**，用「○」隔開。以上所舉例子只是在附錄二列出的大量史料中信手拈來。《申報》四字新聞標題的命名特點，仍有待深入研究。

〔註19〕有些評論言之無物，滿篇之乎者也，引經據典，但不知所云。

「近代中國社會的百科全書」，在近代史研究中很有史料價值。

插圖 2　以地域爲統領的四字標題下的組合報導

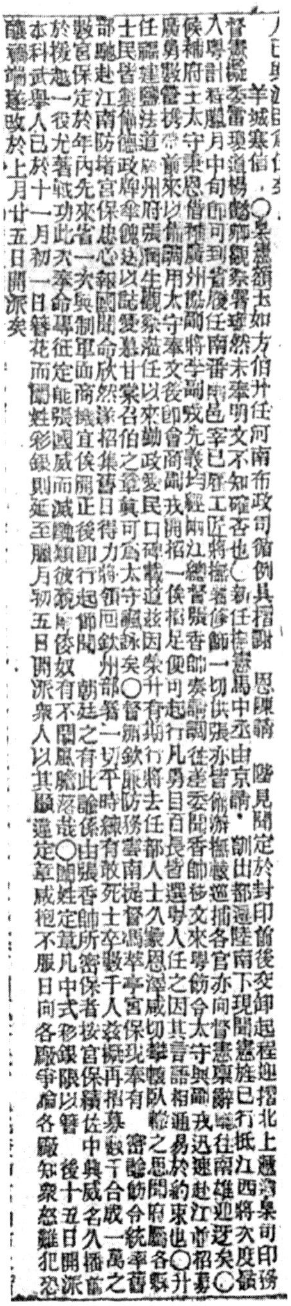

《羊城寒信》，《申報》1895010302

中國近代史研究是中國史學研究中的熱門，從鴉片戰爭到五四運動〔註20〕更是史家所思考的集中所在。通過傳統史學的耙梳、還原與建構，對於很多問題我們已經找到答案，對於很多其來龍去脈我們也不難得知。近代史家從史料意義上對《申報》的肢解、提取和利用，已經不勝枚舉，且已有成熟的模式。《申報》這部「近代中國社會的百科全書」，與中國近代報刊史上的其它報刊一樣，在史學界主要扮演的是史料庫的角色，在社會史、文化史領域中均有片段化的呈現。相反，對於《申報》本身，乃至《申報》與社會的互動，史學界少有整體性的觀照，研究尚未充分展開。「《申報》是什麼，怎麼樣？」這個簡單的問題，也尚未得到充分的回答。要回答好這個問題，既要像史學界對待《申報》一樣，先把它打碎，從局部上解剖；又應該有新聞史自己的視角，從大處著眼，從系統上重建。如果能回答好這個問題，對近代思想、文化、社會的很多問題都能有所裨益，新聞媒體在近代中國新陳代謝〔註21〕中扮演的角色也能更加清晰，新聞史的在史學界的合理性也更加穩固。

新聞史主要研究對象的時間跨度位於近代。相較於古代史研究而言，近代史料極為豐富，為史學研究向深度和廣度發展提供了條件。報刊作為近代史所獨特的史料，為新聞史具有獨立合理性提供了先天的條件。與史學界的其它分支不同，新聞史研究的是新聞媒體，這種先天的將新聞與歷史有機貫通的互動使新聞史更具有貼近感。具體而言，就是傳統史學研究側重於「重建」，特別是基於敘事和論證的「重建」。然而，這種事後的「重建」卻不能代替事中的「還原」。〔註22〕基於「還原」的新聞史不是傳統史學的延續，而是通過耙梳報刊——獨特的史料，「穿越」回當時的情境，讀當時人所讀，看當時人所看，想當時人所想，把握當時新聞脈搏，理解當時社會輿論。這種路徑引導的新聞史研究，既是歷史研究的新角度，又是新聞行業的老經驗，古今一體，相得益彰。

上述從宏觀上說明的研究意義和價值，具體到《申報》而言，新聞史對《申報》的研究還是應該回到「《申報》是什麼，怎麼樣」。但是回答這樣一個看似簡單的問題，卻很複雜。縱向看，《申報》有晚清時期，有民國時期，

〔註20〕參見胡繩：《從鴉片戰爭到五四運動》，北京：人民出版社，1981年。

〔註21〕參見陳旭麓：《近代中國社會的新陳代謝》，上海：上海人民出版社，1992年。

〔註22〕究其原因乃在於：彼時的中國人並不能接觸電稿、奏稿、日記、起居注等傳統史料，他們只能看到報紙，這種面向平民大眾的傳媒手段，是近代史料中所獨有的。

晚清又分爲各主筆時期，民國又有史量才時期和其它時期，不勝枚舉。橫向看，《申報》的新聞可以研究，廣告可以研究，新聞中又有政治、經濟、社會等各種題材，氣象萬千。想要把握大局，必先小處著手。本書對《申報》的研究，並非把它肢解，從中提取史料，服務於一個特定的專題；並非把它與傳統史料糅合，重建一段新的敘事。本書希望將《申報》全面、聯繫、發展地研究，有機地選取一個視角，從這個視角藝術地展現《申報》與當時中國的新陳代謝。在這裡，讀懂《申報》，讀懂中國。簡而言之，如能弱水三千取一瓢飲，嘗出眞味，品出海納百川，如此來研究《申報》就很有希望。〔註23〕

晚清時期的中國，是一個「三千年未有之大變局」，政治、經濟、文化皆處於動蕩不安中，階級對立凸顯，民族矛盾尖銳，社會問題層出不窮，利益訴求此起彼伏。基於此，武裝衝突稀鬆平常，軍事行動司空見慣。這一時期的《申報》，注定會出現比其它時期更多的戰爭內容。這些內容中，既應該有中法戰爭、甲午戰爭這樣的國際大戰；也應該有全國各地民亂、兵亂和邊亂等國內紛爭。

與此同時，古今的碰撞、新舊的磨合，在晚清時期也表現的非常明顯，「自強」、「求富」的洋務運動一度成爲社會的潮流。一方面是帝國主義的瘋狂爭奪和擴張，一方面是新技術的展現、吸引和蔚然成風。這一時期的《申報》，注定會報導比其它時期更多的軍事革新，並評頭論足。這些內容中，既應有修電報、鋪鐵路、購槍炮、買艦船的宏大敘事；又應有市井小民對新事物的窺探與疑懼。

戰爭衝突和洋務革新並非軍事新聞的常態。用兵一時，需養兵千日。在《申報》中的軍官和士兵是什麼面孔？他們在民間有著怎樣的呈現？從招兵買馬，到訓練閱兵，到軍械裝備，到紀律隊列，到內務後勤，再到遣散退伍，《申報》——這份根植於上海的民間商業大報——對他們有著怎樣的刻畫？又怎樣品評？再者，當時傳媒並不豐富，《申報》的輿論力量及其代表性不可小覷，輿論怎樣反作用於軍事。把近代軍事發展、軍事史放到這個範疇來衡量，亦有深意焉。此外，自古以來，文武相輕，「秀才遇到兵，有理說不清」。學界對軍事的研究並不多，將《申報》和軍事結合起來的研究，尚不多見。

〔註23〕這種研究理路近來又有了新的發展，通過對「計量新聞史學」概念的引進，借助一些基本的統計手段，搭建某段時間的量化平台，徹底解決各類新聞的分布、比例等疑問。新聞史學注定是個「交叉科學」，傳統史學、人文科學、社會科學，甚至自然科學的方法，都要綜合運用。（2017年春記）

一言以蔽之，該選題既值得研究，又能夠研究。

0.3 學術歷史——《申報》和軍事

0.3.1 《申報》學術史綜述

《申報》是所有新聞史教材所無法迴避的內容，是所有中國近代新聞史宏微觀敘事繞不開的高峰。〔註24〕但是，專門研究《申報》的著作〔註25〕，卻並不多，亦不成熟。究其原因，可能是這部「百科全書」實在太龐大了！

20世紀80年代，上海書店出版社影印了全部《申報》〔註26〕，極大地方便了史學工作者。自此以後，愚公移山似的《申報》研究就大規模地展開了。截至2013年6月〔註27〕，根據本書作者所能搜集到的材料，與《申報》有關的大小文論約 859 篇，其中不乏博士論文。這些文論，大致可以分爲五種類型。〔註28〕

第一種是新聞史綜述。共48篇，其中碩士論文6篇〔註29〕、博士論文4

〔註24〕參見：（1）方漢奇主編：《中國新聞事業通史》，北京：中國人民大學出版社，1996～1999年。（2）戈公振：《中國報學史》，上海：商務印書館，1927年。（3）方漢奇：《中國近代報刊史》，太原：山西人民出版社，2012年。

〔註25〕專門研究《申報》的著作，有代表性的爲以下三本：（1）宋軍：《申報的興衰》，上海：上海社會科學院出版社，1996年。（2）徐忍寒：《申報七十七年史料》，上海：上海文史館，1962年。（3）徐載平、徐瑞芳：《清末四十年申報史料》，北京：新華出版社，1988年。此外，胡道靜的《新聞史上的新時代》附篇中《申報六十六年史》也較有代表性。

〔註26〕全書大小爲對開，冊數爲四百冊。全部影印了《申報》各時期各地區各版本。對於晚清時期的《申報》（1905年改版前），影印本每一頁印有兩個正方形的完整區域，本書稱其一個正方形爲一版，每天的版數清零從新編號。（參閱本章注16。2017年夏記）

〔註27〕囿於時間和學力，本書定稿時候，該分類集暫不增補，分類集中對《申報》研究所歸納的五種類型更不作調整。今後在《申報》研究領域如有代表性的新研究可作爲第六種（及更多種）類型，或讀者有啓發需反饋和探討，可與本書作者聯繫。聯繫方式見後記。（2016年秋、2017年夏記）

〔註28〕詳見附錄一·《申報》文論分類集。參見易耕：《〈申報〉視野中的甲午戰爭》，北京：中國人民大學碩士論文，2012年。該論文參考文獻8.3.1列出了其時主要的涉及《申報》文論。

〔註29〕簡列作者和篇名：1、項玫，新聞、文化的交叉——作爲一種新聞形態和圖像文化的《點石齋畫報》；2、高燕，自由談副刊史探；3、卓雯君，明暗交織的藝術界——《申報》副刊《藝術界》研究；4、吳亮，烈文時期的《申報·自由談》

篇〔註 30〕。這類文論較有宏觀性，以《申報》爲對象或對象之一，展開論述。著眼點在於「綜」字，與單純對報刊文字、圖像與編排的研究不同，此類文章視角更開闊，學科更交叉，背景知識儲備要求較高。此類文體較適合作爲新聞史教科書的章節。相應的，它們的難於操作之處在於容易浮光掠影，跨度太大，拘泥於史實而少有見地，側重於廣博而少有精專。因此，這一類的文論比較少。

第二種是新聞史淺談。共 222 篇，其中無學位論文。這類文論較有微觀性，其主要著眼點是選取與《申報》有關的人物或事件，搜集史料，將所見所聞所感，以小品文或散文形式進行呈現。「山不在高，有仙則名；水不在深，有龍則靈。」此類文體短小精悍，如若角度恰到好處，便有清新雋永，畫龍點睛之效。然而此類文章魚龍混雜者亦洋洋大觀，故權且名之曰「淺」，乃因其弊而得之。由於這一類文論的文風與字數特點，故沒有學位論文。

第三種是新聞理論與實務。共 95 篇，其中碩士論文 16 篇〔註 31〕、博士論文 3 篇〔註 32〕。該類文論的最大特點在於從新聞學的角度，無論是採訪寫作、編輯評論、經營管理、輿論監督，最密切關注的是一份新聞紙的運作，而不是文本或圖像本身。「紙上得來終覺淺，絕知此事要躬行」。此類的優點

研究；5、朱宗勤，《申報・國貨周刊》研究；6、常貴環，林樂知與《上海新報》。

〔註 30〕簡列作者和篇名：1、方迎九，文學性與新聞性的消長——早期《申報》文人研究；2、李彥東，早期申報館——新聞傳播與小說生產之關係；3、何海巍，鴛鴦蝴蝶派和《申報・自由談》；4、淩碩爲，新聞傳播與小說情調——以早期申報館報人圈爲中心。

〔註 31〕簡列作者和篇名：1、魯旭，試論《申報》的經營策略與特色；2、隋笑飛，史量才與《申報》；3、於鑫，史量才主持時期《申報》經營管理研究；4、古曉峰，民國時期《申報》經營管理研究——兼與《新聞報》比較；5、屈萍，「義」與「利」的艱難兼顧——論晚清時期《申報》的經營之道；6、宋石男，中國早期新聞思想研究（1834～1911）——以申報、萬國公報、王韜、梁啓超、汪康年爲中心；7、葛麗丹，從《申報》楊乃武案看重大社會新聞的報導；8、趙敏，論中國近代報業現代化進程中的報刊發行；9、金冰，從秋瑾案看晚清報刊輿論力量；10、李淋偉，《申報》讀者助學金運動研究；11、林梅，國難當頭中的「理想追求」：抗戰時期永安知識分子與《改進》雜誌；12、楊婷婷，邵飄萍新聞成就論；13、趙眞《新聞報》經濟理念研究；14、王雯雯，困境中的迂迴與突圍——左翼作家與《申報・自由談》；15、閆俊霞，1912～1934《申報》的營銷策略研究；16、朱盼盼，民國時期商業報紙的經營管理研究——以《大公報》、《申報》和《新聞報》爲例。

〔註 32〕簡列作者和篇名：1、王敏，建構與意義賦予：蘇報案研究；2、劉麗，中國報業採訪的形成——以《申報》（1872—1895）爲例；3、張立勤，1927～1937 年民營報業經營研究——以《申報》、《新聞報》爲考察中心。

在於「文章合爲時而著」，如果對史料加以靈活運用，重新包裝，將有指導當下之效。相對應，若史料欠缺，則會顯得空洞、流俗。這一類的學位論文界限模糊，新聞學或歷史學均可。如何既依靠史料，又聯繫事務，更不失理論，應是爲文之要務。

第四種是報刊研究。〔註33〕共137篇，其中碩士論文51篇〔註34〕、博士

〔註33〕命名這一部份時，頗爲躊躇。原名爲「文本研究」，然而「文本」一詞似乎不能涵蓋廣告。

〔註34〕簡列作者和篇名：1、單亮，《申報》最初的三十年——從「書籍性」報紙到「新聞日報」；2、李勇，文學視野中的《圖畫日報》；3、林頻，《申報》主筆陳景韓及其時評研究；4、趙戰花，《申報》專刊内部形態演變及其動因分析；5、李強，《申報》商業廣告宣傳策略研究（1927～1937）；6、王歡，1911～1919年《申報》廣告個案研究；7、陳姍姍，楊蔭杭《申報》評論研究；8、代安娜，《申報》教育新聞的內容、特點與作用研究（1927.4～1937.6）；9、李榮慶，《申報・自由談》與三十年代中國社會文化——以1932～1935年間的《自由談》爲主要研究對象；10、龐菊愛，《申報》跨文化廣告與近代上海市民文化的變遷——1910～1930年《申報》跨文化廣告研究；11、王曉玉，延安《解放日報》的廣告文化生產及傳播——以1941～1945年爲例的初步探析；12、王一凡，清末《申報》市井新聞研究；13、楊燎原，透視1912～1919年《申報》廣告中政治的影響；14、朱宗勤，《〈申報〉國貨周刊》研究；蔡佩，晚清社會語境下上海圖畫新聞傳播研究——以《申報》爲例；董新英，黃伯惠時期《時報》特色研究；李娜，《點石齋畫報》的西方題材畫研究；劉霞，《申報》副刊的兩種文學世界（1941～1949）；呂佳，《申報》廣告設計風格演變探析；王繼榮，邵飄萍新聞作品研究；王晴晴，《申報》辦報理念之民生關懷——對30年代《申報》社會新聞透視；王志堅，民初《申報》「通信」散文研究；於豔，從「戰報」到「喜報」——我國報紙號外變遷研究；岳曉峰，「五四」前後反問句形式文白轉變分析——以《申報》三個時間段的語言事實爲例；郅陽，三十年代《申報》商業廣告版式設計探析（1927～1937）；安櫻，從《婦女生活》到《婦女專刊》——三十年代《申報》女性副刊研究；房哲，民國時期上海兩大書局的廣告運作對比研究；金晶，報紙副刊：公共空間與文學的自由言說性——試論《申報・自由談》的文學特色與價值；劉靜，五四時期《申報》商業廣告研究（1915～1923）；孫科，中國近代體育廣告研究（1927～1937）；孫敏，1912～1919年間《申報》慈善廣告研究；王樹凱，楊蔭杭與《申報》增刊《常識》研究（1920～1924）；許秀秀，《申報》廣告中的女性形象研究；張敏，藝術紀實與平民意識——《吳友如畫寶》本體及比較研究；周亞麗，戊戌變法前《申報》國際時事評論研究；朱姝，晚清民初體育期刊的肇始與發源——以《體育界》及《體育雜誌》爲例；陳慧慧，邵飄萍《北京特別通信》研究；馮偉，《良友》畫報時政人物報導研究；管小利，1928～1937年的《申報》房地產廣告研究；劉小燕，《申報》散文文體研究——以1872到1911年《申報》散文爲例；佟彧，從《申報》看清末民初中國報紙通訊文體的發展（1896～1915）；肖爾亞，論早期《申報》的「新

論文 6 篇〔註 35〕。這一類文章的最大特點在於「就報論報」，無論是廣告的解讀，還是文字修辭的分析，大部份是不設定歷史主線的，也是不發散的。由於眷顧的是傳統史料學中的「邊角料」，從分科上來說離傳統史學較遠。此類文章優點在於入手細緻，史料精當，充分解讀。缺點在於若缺少宏觀理論觀照，若僅局限於報紙本身，則無法展開更有學術合理性的討論。

第五種是以報刊爲史料的話題研究。共 357 篇，其中碩士論文 95 篇〔註 36〕、博士論文 21 篇〔註 37〕。這類文章的研究對象不是《申報》而是「話題」，《申

聞化」之路——以 1872～1877 年的鐵路報導爲例；熊煒，《申報》史量才時期對上海公民社會架構的貢獻研究；楊雋，「檻外人」到「檻內人」——《申報》文藝副刊史論；鄭長俊，《良友》畫報的美術字研究；周芳，1932～1935 年《申報月刊》研究；彭博，《申報》時評研究；宋蘭，從報紙文本探析辛亥革命時期《申報》新聞報導策略；孫濛，武昌首義時期《申報》輿論研究；王玉庭，《申報》廣告對近代上海消費文化建構的研究；周潔，《四溟瑣記》研究；易耕，《申報》視野中的甲午戰爭。

〔註 35〕簡列作者和篇名：1、王燦發，30 年代《申報》副刊研究；2、王儒年，《申報》廣告與上海市民的消費主義意識形態——1920～1930 年代《申報》廣告研究；3、杜新豔，近代報刊諧文研究：以《申報·自由談》（1911～1918）爲中心；4、劉莉，周瘦鵑主編時期《申報·自由談》小說研究；5、孫琴，我國最早之文學期刊——《瀛寰瑣紀》研究；6、肖鴻波，《申報》77 年體育報導研究（1872～1949）。

〔註 36〕簡列較爲優秀的五篇：1、胡俊修，近世上海市民社會生活的解讀與建構——以 1927～1937 年《申報》廣告爲主體的考察；2、陳昱霖，《申報》廣告視野中的晚清上海社會；3、黃益軍，從《申報》看晚清上海城市娛樂業的發展（1872～1911）；4、莊和灝，《申報》視野下的袁世凱與帝制；5、王文君，《申報》與日俄戰爭；6、陳懷玉，1930 年代的大眾文化：大都會的現代性想像與追尋。

〔註 37〕簡列作者和篇名：1、孟金蓉，現代性鉤沉；2、范繼忠，晚清《申報》與上海城市文化研究；3、李嵐，中國近代救荒思想研究——以《申報》爲中心；4、蔡朝暉，《申報》廣告與民國都市女性；5、黃晉祥，《申報》社評與晚清的民族運動（1900～1905）；6、張衛晴，第一部漢譯英文小說《昕夕閒談》；7、文娟，申報館與中國近代小說發展之關係研究；8、文迎霞，晚清報載小說研究；9、董智穎，晚清通俗小說單行本研究，10、闞文文，晚清報刊翻譯小說研究——以八大報刊爲中心；11、劉永生，《申報》的對日輿論研究（1931.9～1937.12）；12、孟麗，論「小說界革命」的醞釀歷程；13、彭雷霆，近代中國人的日本認識（1871～1915 年）；14、馬友，1934 年的「大眾語」問題討論研究；15、彭淑慶，國家、地方與社會——區域史視角下的「東南互保」研究；16、王鳳霞，文明戲考論；17、杜濤，晚清災害新聞研究——以《申報》爲中心；18、劉穎慧，晚清小說廣告研究；19、顏水生，論中國散文理論的現代性轉變；20、李新軍，轉型時期弱勢群體社會保障問題研究——以《申報》（1927～1937 年）爲中心；21、肖愛麗，上海近代紡織技術的引進與

報》及各類副刊扮演的僅僅是史料角色。與傳統（政治）史學較忽視報刊史料不同，這些文章絕大多數以《申報》作爲主要史料。選取一件事（或話題），將它用報刊記載進行還原，卻不能歸於報刊史或新聞史，絕大多數文章誕生於歷史院系所。這類文章成功與否，既取決於所選取的「話題」，也有關於對史料的處理。與《申報》有關的文論中，蔭於傳統史學方法的積澱，該類寫法最爲純熟。

本書的寫作，是將上述五種《申報》研究類型的打通，是一種融會貫通的嘗試。〔註38〕在總的選題上，有話題研究的影子，因爲選擇的是與軍事有關的話題。但是，在每一章的設置上，又摒棄了按照軍事理論進行梳理從而把《申報》抽離化的傳統史學思路。對章節目和各級內容的設置，本書嚴格遵循新聞史學的本體屬性〔註39〕，《申報》有什麼，就反映什麼。論從史出，緊扣「一切史學都是史料學」的宗旨，牢牢把握「《申報》是什麼，怎麼樣」這個問題。本書首先要告訴讀者的是，《申報》怎樣報導軍事，這是全書一以貫之的核心。〔註40〕簡而言之，本書主要是《申報》史的一塊磚，次要是軍事史的一塊磚。

0.3.2 軍事歷史研究綜述

對於軍事史首先要界定的範疇就是：什麼是軍事？《現代漢語詞典》解釋爲：與軍隊或戰爭有關的事情。《中國大百科全書・軍事卷》解釋爲：以準備和實施戰爭爲中心的社會活動。

由此可見，戰爭是軍事的核心。戰爭是人類社會發展到一定歷史階段出現的特殊社會現象。原始社會晚期部落或部落聯盟之間的暴力衝突，可以看

創新——基於《申報》的綜合研究。

〔註38〕筆者近來對《申報》文論的分類又調整爲「話題史料」、「報刊輿論」、「綜述淺談」三類。本書中的五類是這樣合併調整爲三類的：一、二類和第三類中的實務部份合併到「綜述淺談」；第三類中的理論部份和第四類合併到「報刊輿論」；第五類全部放入「話題史料」。（2017年春記）

〔註39〕易耕：《新聞何以成史——淺談中國新聞史學研究的定位、路徑及迷失》，《當代傳播》2014年第6期。（另請參閱本人題爲「中國新聞史學的描述與解釋」的相關論文。2017年夏記。）

〔註40〕這類似於將讀者帶入一個博物館，首先是有層次有條理地展品的鋪陳，給觀眾視覺上的呈現；其次是用「述而不作」的智慧，給觀眾心靈上的啓迪。在有限的篇幅將繁多的細節有序呈現，有序表達，理性描述，適當點評。

作是戰爭的初始形態。這種部落戰爭主要是爲了爭奪生存條件而引起的。進入階級社會後，戰爭便成爲階級與階級、民族與民族、國家與國家、政治集團與政治集團之間矛盾鬥爭的最高形式，成爲政治的繼續。〔註41〕

然而，戰爭卻不是軍事的全部。用兵一時，需要養兵千日。諸如武裝力量的組織、訓練和作戰行動，武器裝備的研製、生產和使用，戰略戰術的研究和應用，戰爭物資的儲備和供應，國防設施的計劃和建造，後備力量的動員、組織和建設等，都屬於軍事的範疇。軍事不是孤立的活動，它涉及國家的政治、經濟、科學技術、文化教育以及意識形態等各個方面，既受這些因素的制約，又對它們發生不同程度的作用。〔註42〕

軍事與社會生活的廣泛聯繫，同新聞與社會生活的廣泛聯繫，具有一定的相似性，這爲本書的研究思路提供了深厚的土壤。軍事這一概念所涵蓋的，《申報》無所不有，且遠遠超出。在與本書相似的研究尚付闕如之時，通過軍事理論和歷史的梳理，釐清軍事的基本概念和範疇，是學術史梳理的首要目的。

軍事科學，分爲軍事理論科學和軍事技術科學。軍事理論科學又大體分爲軍事思想和軍事學術。前者通常包括戰爭觀和戰爭與軍事問題的方法論、戰爭指導思想、建軍指導思想等。後者是研究戰爭指導和軍隊建設的規律和方法的各學科的統稱。這些學科包括：戰略學、戰役學、戰術學、軍隊指揮學、軍事運籌學、軍制學、戰爭動員學、軍事教育訓練學、軍隊政治工作學、軍隊後勤學，以及軍事歷史學、軍事地理學等。

軍事歷史學主要是通過研究過去的戰爭和軍事建設，以總結經驗，探索軍事指導原則和軍事發展規律，是一門有悠久傳統的學科。包括戰爭史、軍隊史、軍事思想史、軍事學術史、軍事技術史等。〔註43〕

近代以來軍事歷史的研究，至今已是蔚爲大觀。有《中國軍事史》〔註44〕、

〔註41〕參見《中國大百科全書・軍事卷》上冊，北京：中國大百科全書出版社，1989年，第1頁。

〔註42〕參見《中國大百科全書・軍事卷》上冊，北京：中國大百科全書出版社，1989年，第1頁。

〔註43〕參見《中國大百科全書・軍事卷》上冊，北京：中國大百科全書出版社，1989年，第20～21頁。

〔註44〕《中國軍事史・第一卷・兵器》，組編，北京：解放軍出版社，1983年；《中國軍事史・第二卷・兵略（上）》，組編，北京：解放軍出版社，1986年；《中國軍事史・第二卷・兵略（下）》，組編，北京：解放軍出版社，1988年；《中國軍事史・第三卷・兵制》，組編，北京：解放軍出版社，1987年；

《中國軍事通史》〔註45〕、《中國軍事史略》〔註46〕這樣的通史類的著作，有《李鴻章與北洋艦隊——近代中國創建海軍的失敗與教訓》〔註47〕這樣的專門史類的著作，有《中國軍事史大事記》〔註48〕這樣的編年體著作，有《清末海軍史料》〔註49〕這樣的史料彙編，有《中國近代軍事教育史》〔註50〕，有《中國軍事思想論綱》〔註51〕，還有《哈珀－科林斯世界軍事歷史全書》〔註52〕這樣的翻譯著作，林林總總，不勝枚舉。〔註53〕

在這些浩如煙海的軍事史研究著作中，於本書研究最有啓迪的，是羅爾綱先生研究軍事的三部著作：《湘軍兵制》、《綠營兵制》、《晚清兵制》。〔註54〕兵制，也就是軍隊的組織和制度。軍事，除去戰爭，主要就是兵制。如果說戰爭是怎樣用兵，兵制就是怎樣養兵。對於戰爭，社會影響大，人們談論多，歷史上留下深刻的印記；對於兵制，則潤物細無聲，人們談論少，湮沒於無

《中國軍事史・第四卷・兵法》，組編，北京：解放軍出版社，1988年；
《中國軍事史・第五卷・兵家》，組編，北京：解放軍出版社，1990年；
《中國軍事史・第六卷・兵壘》，組編，北京：解放軍出版社，1991年。

〔註45〕《中國軍事通史》共17卷，北京：軍事科學出版社，1998年。該書的17卷按年代先後分列如下：夏商西周、春秋、戰國、秦代、西漢、東漢、三國、兩晉南北朝、隋代、唐代、五代十國、北宋遼夏、南宋金、元代、明代、清代前期、清代後期。

〔註46〕《中國軍事史略》，高鋭主編，北京：軍事科學出版社，1992年。

〔註47〕《李鴻章與北洋艦隊》，王家儉著，北京：三聯書店，2008年。

〔註48〕《中國軍事史大事記》，組編，上海：上海辭書出版社，1996年。

〔註49〕《清末海軍史料》，張俠等編，北京：海洋出版社，1982年。

〔註50〕《中國近代軍事教育史》，史全生主編，南京：東南大學出版社，1996年。

〔註51〕《中國軍事思想論綱》，王厚卿主編，北京：國防大學出版社，2000年。

〔註52〕《哈珀－科林斯世界軍事歷史全書》，（美）T.N.杜派，R.E.杜派，北京：中國友誼出版公司，1998年。

〔註53〕還有《中國歷代軍事制度》，組編，北京：解放軍出版社，2006年；
《中國近代戰爭史》，組編，北京：軍事科學出版社，1984～1985年；
《中國近代軍事史》，張玉田等編著，瀋陽：遼寧人民出版社，1983年；
《晚清海防：思想與制度研究》，北京：商務印書館，2005年；
《湘軍志・湘軍志平議・續湘軍志》，王闓運・郭振墉・朱德裳著，長沙：嶽麓書社，1983年；
《湘軍記》，王定安著，長沙：嶽麓書社，1983年；
《清季軍事史論集》，王爾敏著，南寧：廣西師範大學出版社，2008年；
《淮軍志》，王爾敏著，南寧：廣西師範大學出版社，2008年；
《晚清海軍興衰史》，戚其章著，北京：人民出版社，1998年。

〔註54〕這三部書堪稱清代軍事的百科全書和歷史詞典。《羅爾綱全集》第14、15卷，羅爾綱著，北京：社會科學文獻出版社，2011年。

形中。《申報》軍事新聞在研究戰爭之餘，恰好可以利用新聞的廣泛性，彌補軍事史上對兵制研究的不足。〔註 55〕

0.4 故紙堆的翻開

青山依舊在，幾度夕陽紅。翻開陳舊的報紙，我們開始感知一個世紀前的社會百態。這些在當時引人關注的「新聞」經過歲月的凝練、洗滌和漫漶，早已沒有了「新聞」的時效性。有些人名已不可考，有些人名卻鐫刻在歷史上；有些地名已古今不符，有些地方卻繁華至今；有些事情已被歷史塵封，有些事情卻被今天的新聞人重新提起。

時間，世界上最偉大的是時間。經得起時間考驗的，歷久而彌新；經不起時間考驗的，嶄新卻速朽。把新聞變成歷史的正是時間，進而形成了「新聞史」這一概念。如果說新聞玩的是和時間賽跑的遊戲，那麼新聞史就是和新聞玩時間的遊戲。一份辦了 78 年的《申報》，爲什麼能一份不少地流傳到今天？這也許就是人們向時間的敬畏吧。敬畏之餘，還有希望：這就是前人對後人的希望，希望將他們存在過的痕跡，加以紀念和解讀。

歷史是偉大的，中國是一個有著深厚史學傳統的國家。早在兩千多年前的春秋戰國，就有了「史」這種文化形態以及與之配套的史官。國家大事、軍隊征伐、祭祀占卜，凡是當時人認爲值得銘記的大事，都被史官記錄下來。如果說史官是最早的新聞記者，那麼最早的新聞職業道德就是「秉筆直書」。春秋時晉國史官董狐因爲「趙盾弒其君」的直筆而被孔子褒揚、被千載留名。有西方人評價中國是一個缺少宗教信仰的民族，但在傳統文化中歷史卻扮演了無形中的宗教角色。人們無不希望名垂青史，無不害怕遺臭萬年，這就是對人性的約束和社會的匡扶。

到了近代，西方文化流入中國，但伴隨資本主義精神而來的新教倫理〔註 56〕

〔註 55〕從有清一代的時間縱向軸來看，本書的六個章節有一半與兵制涉及的內涵有關，即第 1、2、6 章。其中第 1 和第 6 章講養兵，第 2 章講用兵。第 1 和第 6 章的區別在於第 6 章專講養兵中的弊端和問題。相比這一半章節，佔了全書篇幅另一半的第 3、4、5 章就表現出更明顯的清末面對外軍衝擊和回應的特點來，其中第 3 章是外軍對清帝國疆土的直接衝擊，第 4 章是外軍征土掠地對清廷的間接影響，第 5 章是帝國統治者及《申報》代表的新聞輿論界對衝擊的回應，這種回應表現在洋務新政的自上（官僚階層推力）而下（士人輿論動員）的面面觀。（2016 年秋記）

〔註 56〕〔德〕馬克斯·韋伯：《新教倫理與資本主義精神》，北京：九州出版社，2007 年。

卻沒有遍地開花。中國人民族性中對時間的敬畏和歷史的推崇在新時期，化爲一種被稱爲「新聞媒體輿論監督」的東西，從而史官秉筆直書的傳統被新聞記者用「鐵肩擔道義」來繼承。科舉廢除，四民社會解體，知識分子在市場中營生，文化、傳媒成爲新興的社會職業。國家修史的傳統淡化了，政府對新聞媒體的掌控卻強化了。許許多多的表象說明，在某種程度上，近代的新聞媒體繼承了古代歷史文本的話語，近代的新聞記者延續了古代史官的衣缽。

既然這樣，「讀史使人明智」和「以史爲鑒」之類的箴言，都能夠用到近代以來的新聞紙上。治報紙、治新聞，也就和治史一樣，具有不可否認的意義與社會價值。這種獨特的治史路徑，又被稱爲「新聞史」，經戈公振先生發軔和方漢奇先生定鼎而至今。

治史必有史料，新聞史也是如此。史學理論、史料學和史學方法是治史首先面對的問題，新聞史同樣如此。〔註 57〕新聞史的理論和方法尚有開掘餘地，而新聞史的史料是毫無疑問的。（舊）報紙是新聞史的主要史料，隨著新聞傳播技術手段的進步，廣播、電視、網絡也是新聞史的主要史料。從廣義上說，書籍、雜誌、電影等一切具有傳播屬性的社會存在，都是新聞史的主要史料。

就中國新聞史而言，就中國近代新聞史而言，主要體現在報刊史。報刊是中國近代以來佔據地位最重要、佔據時間跨度最長和影響面最廣泛的新聞媒體。新聞史不天然是報刊史，但報刊史天然就是新聞史。曾經的報刊是社會上誰都可以買來看的，是面向大眾的；如今這些發黃的舊報紙被束之高閣，且文言無標點很難讀，是面向小眾的。溯流而上，道阻且長，這就是社會留給新聞史研究者的特殊任務。

《申報》是近代中國創辦較早且時間最長的中文報紙，從創刊的 1872 年到終刊的 1949 年，跨越了清末民初，覆蓋了近代中國最動蕩、最巨變、最精彩的時間段。《申報》爲近代史學界的研究提供了許多珍貴史料，是社會史、

〔註 57〕「新聞史學理論」、「新聞史史料學」和「新聞史學方法」一直是筆者關注和思考的。近來，筆者提出中國新聞史學的本體論、認識論、方法論。將本體論理解爲新聞人物史、新聞活動（事件）史和內容（文本）史的「三位一體」。對認識論展開描述與解釋的思辨，並把實證的描述作爲中國新聞史學今後一段時間的任務。在方法論上，筆者贊同將史學、人文科學、社會科學研究方法的打通，尤其對西方史學「計量」、「心態」等方法值得關注和借鑒。參閱本人所作《中國新聞史學的描述與解釋——學科百年之際的困境及其超越》。（2017 年春記）

文化史和思想史的重要文本。但是，就新聞史論新聞史而言，《申報》研究卻尚未充分展開，新聞史自己的研究範式和話語體系也尚未成熟。這一是因爲《申報》點多面廣、顧此失彼，難以高屋建瓴；二是因爲受到新聞研究路徑的影響，迷失了史學研究的方向，既不能深入歷史，又難以貼近實際。

人間四月芳菲盡，山寺桃花始盛開。既然史學界把《申報》當做碎片化的史料割裂開再利用，那麼新聞史研究就反其道而行之，把《申報》作爲整體捧在手心。專研《申報》，主要依靠《申報》，既講《申報》的歷史，又用《申報》講歷史，這是本書研究的立足點和出發點，亦是本書對新聞史的一種探索。〔註 58〕

曲徑通幽處，似是故人歸。在《申報》浩如煙海的新聞碎片中，選一條道作爲主路，再沿著主路修一些小徑，以此作爲掘進的方式，在不同的開採面上一飽眼福。這像煤礦的挖掘，把礦山翻個底朝天是不現實的，而是要摸準礦脈、果斷推進、紮實開採。勘探是辛苦的，畫圖紙是辛苦的，掘進是漆黑一片的，巷道是險象環生的，但是地下的寶藏經過這番辛苦卻能見到光明。在陽光下，爲人們熟知，爲人們利用，爲人們造福，辛苦的意義也就在於此。

本書對《申報》的研究，勘探到的礦脈是軍事。中國近代史的主線是什麼？用李鴻章的話說：「三千年未有之大變局」。變局就是社會的巨變，是政治上的動蕩不安。政治是什麼？政治是不流血的戰爭，而戰爭又是流血的政治。近代史，變局，政治，戰爭，就這樣簡單明白地被聯繫在了一起。而且很顯然地可想而知，從《申報》中挖掘軍事，絕對是找到了富礦！

這座富礦有人挖過嗎？沒有。秀才遇見兵，有理講不清。知識界和軍界是相隔較遠的兩個社會群體，容易畫地爲牢，從而自說自話。知識界講軍事史，屬於說不清講不透的隔岸觀火；軍界講軍事史，容易缺少軍事學以外的滋養。〔註 59〕加之文武之隔、文化差異，普通的軍事史研究尚且集中在軍隊院校和科研機構，就更別提新聞史與軍事的結合了。

《申報》裏會有什麼軍事內容？人們一定首先回答：打仗唄！是的，戰爭是軍事的主要內容，中國近代史上的大小兵爭在報紙上都有體現。但軍事不全是戰爭，也包括爲戰爭所進行的準備。用兵一時，需要養兵千日，養兵

〔註 58〕本段文字較博士論文略有調整。（2016 年秋記）

〔註 59〕知識分子不知兵不喜兵，很難講好兵之史；行伍中人太知兵太懂兵，又「不識廬山眞面目」，很難離得遠來看、站得高來看。該句原在正文中，現調整爲注解。（2016 年秋記）

是個極其寬泛的概念。從士兵的徵召、軍官的培養、軍隊的制度到軍民的聯繫，以及近代以來突出表現的軍事近代化……「軍事」這兩個字涵蓋的內容，實在是太豐富了。《申報》是社會的百科全書，從《申報》裏找這些和軍事有關的內容，除了戰爭，更有太多太多。

戰爭受社會的關注，在歷史上是濃墨重彩的用筆；爲戰爭進行的準備往往湮沒在社會的百態中，流於平常。說到甲午戰爭，說到中法戰爭，很多人都知道，史學界有了很多的研究；但是，參加戰爭的這些人是怎麼來的，這些人平時做些什麼，卻一言難盡。說到北洋海軍，說到軍艦定遠、鎮遠、致遠號，也是很多人知道；但是，清廷水師如何建設，當時輿論如何關注，軍事近代化有何反響，這又是一言難盡。正因爲軍事是當時的大新聞，所以《申報》提供了極佳的視野，人們愛看，報紙愛登，事無鉅細，流傳至今。

既然說細，我們就先看兩條最細的，一正一反，開列如下：

> 去臘某日，江蘇撫標水師兼鹽捕等營統領郭軍門因公□〔註60〕某處，道經滸墅關登岸拜客。見一鄉人，肩荷巨枷，身繫鐵鏈，鎖置橋上。時值天氣嚴寒、雪花亂墜，鄉人短褐不完、迎風瑟縮。軍門見之不覺惻然心動，即傳地甲至，問該鄉人因犯何罪而困阨若此。地甲即向橋下招差役二人至輿前，二差稟稱：「奉縣大老爺鈞諭，下鄉催糧，該鄉人延不肯交，小的等無可如何，只得將伊鎖起，勒令交出，庶可覆命耳。」軍門曰：「人非鐵石，似此寒天，暖室重裘尚覺肌膚生栗，而況身懷刑具露宿風餐有不速之死乎？」飭令地甲開枷。謂二差曰：「納糧遲早數日，事所恒有，何必如此淩虐？爾等迫不及待，可至本統領舟中核算。」又諭該鄉人曰：「錢糧爲天庾正供，不可久延。汝今歸去，作速措繳，毋以既釋而玩泄也。」鄉人崩角在地，踴躍而去。夫其始而遇二差，固鄉人之不幸也；繼而遇軍門，則又鄉人之大幸也。此一事也，直令鄉人喜煞、二差愧煞。特不知縱差擾民之賢長官又將何以爲情？〔註61〕〔註62〕

〔註60〕因年代久遠和影印關係，《申報》中有些字漫漶不清，本書用「□」（可在軟鍵盤中用特殊符號功能輸入）代替難以辨別的字，正文和附錄部份皆如此。（2016年秋記）

〔註61〕《鄉民戴德》，《申報》1893年03月04日03版。

〔註62〕類似的正面報導還有：兵不擾民1884080903；兵民安堵1882122402；不愧名將1885062203；東撫張朗齋官保事略1891090201；方照軒軍門事略1891080203；副都統杭州駐防右司協領文濟川公傳略1892030801；恭送旗纖188808100203；

創立長江水師，營規載「戒吸鴉片，無論官弁兵勇，悉有一定限期服藥斷癮」。法至首重矣，令至嚴矣，乃戒者雖戒，恐食者仍食，且慮陽奉陰違，是以三令五申，不憚諄諄誥誡，且恐無知愚民開設煙燈私行賣與兵勇吸食，遂□先期出示嚴禁，挨户知照。軍令如此，不爲不緊，防範若是，不爲不周。乃數年來，令懈禁弛，不無有弊竇漸生之患。昨有駐紮浦口營水師兵丁數名膽敢潛入煙室私吸洋煙，旋經該管營官察出，密拿犯禁兵丁數人，立即照例懲辦。所有開設煙燈之户亦並重責，割去耳輪，趕逐境外。經此一辦，庶幾營規整頓，號令森嚴。無論軍民咸知畏法，再加官弁隨時訓練，則一旦海疆有事，將見行伍整齊，兵力精鋭，所謂一以當千者，有如是矣。彼從事戎行者其可負國家養兵千日之意哉？〔註63〕〔註64〕

兩條新聞不是報導戰爭，卻都是「軍事新聞」〔註65〕。前一條是正面報導，講的是某軍官扶助鄉民的善舉；後一條是負面報導，講的是治理軍隊吸食鴉片的措施。像這樣的例子，在本書研究時段的《申報》中還有很多，都

杭民頌希將軍德政 1877032702；記楊軍門事 1885031702；紀陳宇山軍門德政送之淮揚鎮新政 1889040701；將軍愛民 1876052402；將軍遺愛 188008020203；接差認眞 1878110901；敬頌軍門 1893120602；舊部銘恩 1889080402；軍法森嚴 1881041602；軍令森嚴 189310060203；軍令森嚴 1880111701；軍令嚴明 1884051102；軍律森嚴 1880120801；軍門德政 1882061802；軍門嚴厲 1885061703；軍士感恩 1888082503；軍政嚴明 1893012102；劉軍述略 1884072202；旗營整肅 1879040102；水師嚴肅 1883061303；體恤周至 1892070502；田清臣軍門德政記略 1876022801；霆軍整肅 1881012401；統領新政 1881101302；王峰臣軍門事跡 187406150102；武將能文 1890082902；細柳騰歡 1893112103；賢王懋績 1885091302；鄉民戴德 1893030403；遺愛在民 188806180102；營規嚴整 1879073002；再述兵船赴救情形 1881060802；贈牌示獎 1886070101；鎮軍嚴肅 1885091302；整飭營規 1881112302。（其中由數字代表的日期、版面規則，請參見附錄二的凡例。2016 年秋記）

〔註63〕《禁水師吸食洋煙》，《申報》1874 年 08 月 21 日 03 版。

〔註64〕類似的負面報導還有：營兵失婦 1880010703；營勇投江 1882123102；營兵自戕 1882042502；營兵自戕 1879043003；筋提武生 1887042502；提訊武弁 188704110203；營中捉賭 1886031502；殺奸續述 1888061202；武夫賭負 1880012103；禁水師吸食洋煙 1874082103；兵斫妓僕 187509110102；武夫自縊 1877091103；營勇挾妓 187712040203；誘騙反誣 1881090802；營勇殺妻 1882011902；領餉輸罄 1882040802；營兵吞煙 1883041102；武官自盡 1888090702。（其中由數字代表的日期、版面規則，請參見附錄二的凡例。2016 年秋記）

〔註65〕本書中「軍事新聞」的定義，似爲「涉軍新聞」更妥。（2016 年秋記）

是碎片化的新聞報導，都是與軍隊、軍人有關的細節呈現。這些是不是應該研究的？是。

早期《申報》還有個特點，就是在眾多的四字新聞標題中，有很多以地理爲主要特徵的四字新聞集合標題。〔註 66〕對於這種以地理爲主要特徵的四字新聞集合，本書在亦把其作爲史料來源：只要其中含有「軍事」有關內容，則一併收入。〔註 67〕這些也是應該納入研究範圍的。

富礦，巨大的富礦；細節，龐大的細節。按此標準，事無鉅細，《申報》中涉及軍事的新聞和評論共計 20362 條。在文後附錄三，將這些軍事新聞和評論按月作出了條形統計圖。從統計圖中，既可以看出每月的數量，又能看出按月變化和數量增減的規律。值得指出的是，三次波峰是與 1874 年的日本侵台〔註 68〕、1884 至 1885 年的中法戰爭和 1894 至 1895 年的甲午戰爭所

〔註 66〕以地理爲主要特徵的四字新聞集合標題如「春明雜紀」（1889040602）、「都下叢談」（1885061202）和「金臺魚素」（1884082502）均是京師新聞的總標題；「津門秋燕」（1890100802）、「丁沽寒信」（1888120402）和「析津叢語」（1888052302）均是天津新聞的總標題；「皖垣瑣聞」（1881082602）指安徽；「閩中雜記」（1888030803）指福建；「秦淮雙鯉」（1884101202）、「金陵瑣事」（1891102903）和「邗溝秋信」（1886090202）指江蘇；「芝罘談苑」（1884101202）、「登州海市」（1889122202）和「蓬萊觀日」（1891061802）指山東；「袁江雜錄」（1885100402）指江西；「五羊近事」（1885041702）指廣東；等等。**山河盛景、地方特產、典故名人、氣象節日、詩詞歌賦、文字遊戲**等諸多以地理特徵爲主的要素都被融入這些四字新聞集合標題中來，花樣百出、新意迭起。這種四字新聞集合標題的做法，對上海周邊、江浙一帶的新聞更是大量出現。這些以地理爲主要特徵的四字新聞集合，很可能是《申報》在各地訪事人的來信來稿。在新聞業務發展史上的那個階段，編輯們就是這樣簡單處理稿件的。在四字的標題下面，是一大段來自該地的新聞報導，政治、經濟、社會、文化無所不包，又可細分爲互不相干的多條。**每條之間，用「○」隔開**。以上所舉例子只是在附錄二列出的大量史料中信手拈來。《申報》四字新聞標題的命名特點，仍有待深入研究。（這段文字在前註出現過，這裡再次出現以強調。2017 年春、夏記）

〔註 67〕對於以地理爲主要特徵的四字新聞集合，本書對涉及軍事的都做了記錄和挑選。其大部份位於「附錄二·導言」部份，不再細分至每條。小部份（指 1894 年、1895 年）散見附錄二之各章，細分至每條，標題末尾依次用「一」、「二」、「三」等標示其條。參見「附錄二·論文所涉史料暨《申報》的相關報導和評論之索引·淺介及凡例」。（因博士論文寫作較爲倉促，對 1894 年和 1895 年的《申報》史料未作過多梳理，現已重新整理出新表格，囿於本書篇幅和出版時保持博士論文「原汁原味」的需要，暫對附錄部份不作調整。2016 年秋記）

〔註 68〕1871 年，琉球國民 66 人遭颱風漂流至台灣，其中 54 人被島上「生番」殺害。「明治維新」後，急欲「開疆拓土」的日本，以琉球係日本屬邦爲由，於 1874

高度一致的。其它增減，基本能夠與當時的某個重大軍事事件有所聯繫。

這是一個龐大的數量，也爲本書提供了堅實的基礎和充分的擴展空間。論文正文的20餘萬字，將《申報》中挖掘出的寶藏置於陽光下，按照其價值高低進行分類使用，僅僅是冰山一角。餘下的，把更多的礦藏分門別類置於文後附錄，供今後的研究者參考。〔註69〕

在電子化和數字檢索發達的今天，科技手段並不能解決全部的問題。面對數據庫，用「軍事」作爲搜索詞是毫無辦法、一籌莫展的。希望本書既能給新聞史和《申報》研究有所創新，又能給軍事史有所參考，還能爲以後的研究者做些辛苦的基礎鋪墊工作，目的就達到了，意義正在於此。

龍旗卷，江山北望。馬長嘶，劍氣如霜。要感謝《申報》這發黃的新聞紙，令歷史並不遙遠，使金戈鐵馬就在眼前。更要感謝《申報》這一近代的「新媒體」，讓我們看歷史有了新的視野——不是正面睹而是多面觀。

現在，就讓我們翻開塵封已久的舊報，回到過去，循著金戈鐵馬的背影，展開《申報》視野中的這幅晚清軍事畫卷吧！

年進攻台灣以懲「生番」。清政府一面派沈葆楨赴台組織應對，一面展開外交斡旋。事件以《北京專條》簽訂而終，日本從台撤軍，清廷稍付款項。（2017年春記）

〔註69〕比如說，以地理爲主要特徵的四字新聞集合，本書對涉及軍事的都做了記錄和挑選，但囿於文章的篇幅，幾乎沒有在論文中展開。主要在「附錄二·論文所涉史料暨《申報》的相關報導和評論之索引·導言」部份中，均列出。

第 1 章　「談兵扼要篇」〔註 1〕——帝國的軍隊養成

「我是一個兵，來自老百姓」，就像歌曲中唱的一樣，民爲邦本，本固邦寧。軍隊來自人民，兵是怎樣從民轉化而來的，或者說兵是以怎樣的形式存在於人民中的，是軍事的基本問題。徵兵也好，募兵也罷，府兵也好，屯田也罷，八旗也好，綠營也罷，這些兵制的核心都是爲了解決軍隊的來源問題。只有解決了軍隊來源，才能談軍隊如何存在、軍隊如何擁有強硬的戰鬥力。簡而言之，也就是「皮之不存，毛將安附焉」？

1.1　《申報》視野中的清軍士兵養成

《申報》創刊的 1872 年，是太平天國戰爭平定後的第八年。經過這次規模巨大的農民戰爭的掃蕩，清代兵制尤其是募兵制度上的弊端呈現畢至，八旗制度腐朽不堪，綠營制度已然崩潰〔註 2〕。幸得助於曾國藩、左宗棠、李鴻章、胡林翼等人組織的勇營——湘軍、楚軍、淮軍等，清廷才得以轉危爲安。經過戰爭的洗禮，勇營這種新的軍隊組織形式相較於綠營展現出更強的生命力，延緩了清廷的滅亡。同時，正是因爲清廷君主專制中央集權的要求，勇營這種兵歸將有、將兵一體的帶有私人武裝性質的軍事存在必然爲中央政府所不容。央地、軍地多方博弈中，湘軍、淮軍等相繼解散，傳統的綠營體制重建。

〔註 1〕摘自《申報》1892 年 07 月 19 日 01 版社論《談兵扼要篇》的標題。(2016 年秋記)

〔註 2〕參見羅爾綱：《綠營兵制》，載於《羅爾綱全集・第十四卷》，北京：社會科學文獻出版社，2011 年，第 271～281 頁。

1.1.1 《申報》視野中的徵兵及兵源

重建的綠營兵不是改進的新制度，而是腐朽舊制度的頑固延續。從《申報》看來，重建的綠營制度不用再等到類似於太平天國的戰爭，就已可下負面判語。究其原因，一是徵兵不足，吃空餉嚴重。雖然綠營兵有編制，吃著國家的皇糧，但是花名冊上「每多虛額」，很多情況是「冊上有名而伍中無人」，這些差額編制的經費，自然進了將領的腰包。二是徵兵水分大，關係戶多，多爲「老弱羸瘠之人，煙霞痼疾之輩」，「所謂兵者皆風吹欲倒之人」，這樣的人都來當兵，無怪乎《申報》用調侃的口吻抨擊道：「爲養老之善舉乎，抑濟貧之實惠乎？！」〔註3〕

正是因爲綠營兵不可用的歷史環境，《申報》對徵兵的新聞報導自然而然地投射到勇營兵上。地方有事，兵無可用，就只好募勇。本書搜集的徵兵新聞，標題中含「勇」的，就佔了絕大多數，其餘含「兵」的，據內容判斷，實際上也是在募勇。同樣題爲「招募勇丁」的新聞，在 1875 年、1884 年、1888 年都出現了：

> 有王福□鎮軍係奉憲調往臺灣駐紮者，因兵額未足，來金陵添募新勇數百名前去駐紮。刻聞已招就，擬即拔隊前往矣。想有志從戎者靡不願爲鎮戎之前驅也。〔註4〕
>
> 山西巡撫張香濤中丞年前在原籍南皮縣招募勇丁五百名以作親軍。務選年壯力強精於拳腳者。至每名餉若干，則未得而知也。刻□業已成軍，齊赴山西省會。〔註5〕
>
> 近有賓王兩統領奉臺撫劉省帥之命至鎮江招募勇丁三百名。專募三江之人，兩湖之人一概不收。上月二十六日，在西城外德昨宮內開招。必須年力強壯、不吸洋煙者方可入選。刻下，先發號衣，每人日給飯食錢一百文，每日點名三次。一俟招募成軍渡臺聽調時，方給大餉銀每名四兩二錢云。〔註6〕

從「必須年力強壯、不吸洋煙者方可入選」的話語中，清廷上下對綠營兵的無奈躍然紙上，募勇這一解決問題的不二之選也從 1875 年重複到了 1888

〔註3〕《兵勇辨》，《申報》1889 年 09 月 07 日 01 版。
〔註4〕《招募勇丁》，《申報》1875 年 06 月 21 日 02 版。
〔註5〕《招募勇丁》，《申報》1884 年 03 月 25 日 02 版。文中「□」處似爲「聞」。
〔註6〕《招募勇丁》，《申報》1888 年 11 月 05 日 03 版。

年。從三則新聞的對比中，除了看出輿論對綠營兵的失望由含蓄轉向直白之外，新聞報導的專業化也有了加強。三則情況幾乎一樣的募勇新聞，第一則既無募勇人數，又無待遇要求；第二則有募勇人數，仍無待遇要求；第三則就詳盡了許多。

這樣的募勇舉動，對於臨時救急，已然足矣。但是，兵勇並存的局面並不是解決兵源的最終途徑，晚清兵制的混亂局面不應該也不可能長期存在。〔註 7〕1874 年的《申報》有一篇分爲上下並分載於兩期報紙上發表的長篇社論——《兵論》，全篇圍繞著「舊兵技熟、新兵技生，然舊兵氣平、新兵氣盛」這樣的折中主義來展開，周亞夫、安祿山、岳飛、韓世忠悉數出現。可是秀才掉書袋般地論說卻並未指出兵源的解決之道，就連舊兵（綠營）腐朽、新兵（勇丁）渙散這樣的明白問題，也沒有點透。〔註 8〕

1874 年時的《申報》並非不敢言，而是留待觀望。十五年後，目睹了兵勇之可憎的洋場文人，評價更加尖刻起來，1889 年的《兵勇辨》就是如此。該論指出的綠營問題前文已表，至於勇丁問題則弊爲兩途：聚也匆匆，散也哄哄。聚：「勇丁既係臨時添募，則其人向在田間……一切水陸戰事全然不知，誠所謂烏合之眾耳」；散：「所募之勇往往事後遣散歸農，而此等人習於軍營不願遄回，故土大半逞遛各處動滋事端」。〔註 9〕

即便這樣，沒有編制的勇和有編制的兵比起來，幹活掙錢的契約意識更強，至少也會更賣力一些。和兵的懈怠且難遣散比起來，勇僅有一個遣散的問題〔註 10〕。《申報》提出了這樣一個解決方案：「彼（勇丁）既不願歸農則是安心於營伍也，何妨順其勢而利導之，將額兵中之老弱疲敝者悉數刪汰，而以勇補其缺，改勇而爲兵。兵則按額無缺，勇則安插有方，豈不兩便？」殊不知，這是讓臨時工搶了正式工的鐵飯碗，並且招兵募勇過程中的許多弊病和既得利益也會分化觸動，動了無數人的奶酪。《申報》最後慨歎：「嗟乎！是豈竟無變通善全之法也歟？」〔註 11〕

〔註 7〕在近人拍攝的電影電視片中，晚清軍人出現時的形象，有一點是共通的：一般軍服正面或背面印有一個圓圈，圈中寫著「兵」或者「勇」字。

〔註 8〕《兵論上》，《申報》1874 年 09 月 02 日 01 版；《兵論下》，《申報》1874 年 09 月 03 日 01 版。

〔註 9〕《兵勇辨》，《申報》1889 年 09 月 07 日 01 版。

〔註 10〕此問題留待第六章再述。

〔註 11〕《兵勇辨》，《申報》1889 年 09 月 07 日 01 版。

1.1.2 《申報》視野中的清軍訓練

《申報》是文人論政的報紙，其記者和編輯多爲生活在上海灘的秀才。如果說他們作爲「民」的身份對於從民到兵的募兵過程還有著比較眞切的考量，那麼從軍之後的訓練就是他們生活圈子之外的事情了。軍營怎樣操練，具體手段如何，考察標準界定，這些需要蹲點體會的。「行伍報告」、「軍營文學」的報告文學體裁在本書研究時段的《申報》軍事訓練新聞中尚不見蹤影，因而對各軍（兵）種的訓練所作的報導，最常見的是簡單的消息，即平鋪直敘。

對於水師的操練：「聞吳淞口日內又值大操之期，故停泊之船政局九號兵船已開至口邊，等候示期操練云。」〔註 12〕

對於陸軍的操練：「蘇郡各營兵弁……藤牌及一切雜技久未舉行……教習各兵兼操前項各陣式每日早晚兩操，訓練精詳。」〔註 13〕

對於槍械的操練：「往常蘇郡營中武弁率皆習練弓馬，並不操演洋槍，現聞營中新立章程，各弁於弓馬之外兼習洋槍。」〔註 14〕

作爲商業報紙的《申報》必須面向市場。顯然，上引的新聞報導難以獲得看客的青睞，於是，記者和編輯們努力將描寫軍事訓練的新聞寫得和編得更好看一些。在一篇報導炮兵訓練的新聞中，他們是這樣努力的：「炮聲隆隆，煙迷兩岸，開花子出，幾如石破天驚……大有翻江攪海之勢，往來船隻均停泊片刻，以避其鋒」。〔註 15〕在另一篇報導打靶訓練的新聞中，他們這樣努力：「（槍聲）累累然若貫珠……作壁上觀者亦絡繹不絕」。〔註 16〕好一個「作壁上觀」，多麼超然事外，轟轟隆隆中，炮彈命中沒有？子彈中靶沒有？均不得而知。秀才看軍事訓練，原來看的是熱鬧！

喜歡熱鬧的看客絡繹不絕，《申報》記者想要鶴立雞群，就得靠筆頭的工夫。下引一段對軍事訓練的白描，就頗見功力。

> 五色旗幟漸移漸近，成一字長蛇勢。眾方鵠立目注，令旗忽麾，則首尾相聯，變爲方城一座，勢如山立。有操洋音者數人振振有詞，片語未終，大聲迅發，火光如電，山嶽震搖，煙霧彌漫，不

〔註 12〕《操演水師》，《申報》1881 年 02 月 17 日 03 版。

〔註 13〕《操演藤牌》，《申報》1878 年 07 月 24 日 03 版。

〔註 14〕《武弁練槍》，《申報》1879 年 12 月 12 日 02 版。

〔註 15〕《演放大炮》，《申報》1890 年 03 月 31 日 03 版。

〔註 16〕《操演打靶》，《申報》1894 年 12 月 15 日 03 版。

辨形影。……炮車數十架，上下馳驟，燃放極靈……忽槍隊一閃，炮車復前，略一瞻顧，又不識炮車何往。場上陣圖如八卦、如梅花、如二龍出水，百變千奇，目力幾眩。初猶約略指其名繼，而忽聚忽散，忽整忽斜，出人意料之外。正喧闐間，令旗兀然不動，槍聲、炮聲、角聲、步履聲，一時俱寂。再視，各隊已分前後左右中，各歸其伍，轉移之速，幾於羚羊掛角，無迹可尋。〔註17〕

新聞中眼花繚亂，煞是好看。可是好看的花拳繡腿到了戰場上，好用與否，是被歷史證明了的。好在《申報》的評論並沒有藏拙，而是連篇累牘地出現對軍事訓練的擔憂。雖未明言，但從標題已經可見端倪。《論教習弁兵當備示其法》〔註18〕，這是批評訓練的方法不對；《練膽芻言》〔註19〕，這是說明訓練不注重意志力的培養；《兵宜習勤說》〔註20〕，看來訓練還是比較廢弛的。新聞語言，正話反讀，古已有之。

最終還是外來的和尚好念經，因爲「戈登久在中國，其於兵事勝敗了然如指諸掌，故能確有所見，發爲偉論，獨中肯綮」。《申報》還是借戈登之口把話挑明：「兵事之壞，壞在軍心。不固承平之時，飲博酣嬉，未嘗勤加操練。一旦寇氛告警，便自張皇失措，兵仗未交，心膽已落，餉糈兵械棄之如遺。國家養兵千日，曾未能收一日之用。」進而點到軍事訓練的實質：「若徒以張皇粉飾爲務，強飾外觀無補實際，人數雖多豈可深恃乎哉？」並感慨道：「此旰衡時局者所爲扼腕而歎也！」〔註21〕

1.1.3　《申報》視野中的清軍閱兵

本應該封閉進行的操練尚且令人目不暇接，作爲公開軍力展示的閱兵活動，《申報》報導之精彩就更可想而知了。閱兵如何精彩？本書不再贅述。

閱兵報導相較之訓練報導而言，多出的重要一點是：領導的出席。在一個官本位的社會，官老爺駕到，自應肅靜迴避、威儀莊嚴。所幸《申報》的記者並非只能跪於道旁迴避的小民。從若干閱兵報導看來，記者有近距離接觸參閱官員們的機會，甚至記者就是官員隨從幕僚中的一員。因爲將領們穿

〔註17〕《合操紀盛》，《申報》1893年05月22日01版。
〔註18〕《論教習弁兵當備示其法》，《申報》1881年07月18日01版，1141字。
〔註19〕《練膽芻言》，《申報》1885年09月21日01版，1397字。
〔註20〕《兵宜習勤說》，《申報》1892年01月13日01版，1331字。
〔註21〕《兵貴訓練說》，《申報》1890年09月26日01版。

黃馬褂〔註22〕、坐綠呢轎、進會館包間、會故友老鄉〔註23〕，都因《申報》而躍然紙上，流傳至今。下引的一篇閱兵報導是近百篇類似大小報導中最精彩的，也是把官威最寫到位的，本書經過處理，更加突出其特點，且看這篇名爲《京口搜軍記》的報導，除了品茗三次之外，還有哪些有趣之處。

碼頭搭蓋席棚，結綵懸燈，五光十色，復設行轅於江西會館，以便襜帷暫駐……遙望焦山門，青煙縷縷，直上層霄，以遠鏡視之，知軍門乘怡和洋行福和輪船飛駛而至……道、府、廳、縣各官同赴江干恭迓，各隊中槍炮齊鳴，聲如珠貫。各官登船投刺，軍門一一接見茗談……軍門遂登岸，端坐綠呢大轎。前導有新兵全軍親兵二十名，頂馬數名，由洋馬路直至江西會館。新兵後營蔣管帶及吳管帶在後相隨。……司馬與軍門有桑梓情，迎入花廳，烹佳茗爲獻。吳管帶在會館陳設華筵，請軍門赴宴，擘麟脯於樽前，彈雁箏於花下。酒闌人散，報時鐘已交一點。……軍門坐綠呢大轎，排列全副儀仗，並有親兵十餘名，手持鋼刀在轎前護衛，又有晶頂官二員在左右扶轎……所經之處，觀者如雲，然皆屏息斂氣，無敢或嘩嘶。時校場內各哨官……分班鵠候，既而軍門戾止，槍炮聲如巨霆，營勇數百名或在道旁跪伏……憲輿緩緩至演武廳前，眾官分東西序立，軍門顧而頷首緩步入後廳，趙蔣吳三管帶隨入獻茶。序坐略談片刻……〔註24〕

略談片刻之後，閱兵才正式開始。一千二百多字的閱兵記，眞正閱「兵」的內容不到一半，其餘恐怕能只能說是「閱官記」。此外，還有描寫老百姓看熱鬧的「閱閱兵記」〔註25〕和記者身臨其境的「閱閱官記」。豔羨之情溢於筆端，記者編輯只差末了來一句「大丈夫當如此也」。無怪乎《申報》主筆和編輯大多執著於功名，有人中舉之後便離開報館，原因可想而知也。〔註26〕

〔註22〕《瓜州大搜記》,《申報》1893年04月26日02版。

〔註23〕《京口搜軍記》,《申報》1893年07月30日02版。

〔註24〕《京口搜軍記》,《申報》1893年07月30日02版。

〔註25〕如在《京口搜軍記》(《申報》1892年05月06日02版）末尾：「天氣清和，男女往觀者不下數萬，北固甘露一山由山麓至山巔遠望之，惟覺人頭攢動，幾不辨面目鬚眉。此外，俯雉堞立龍埂坐樹杈，往來奔走於四圍者，轂擊肩摩，全無立足之處，洵鬧熱也。」

〔註26〕擔任過《申報》總主筆蔣芷湘中舉後離開報社。參看：(1) 宋軍：《申報的興衰》，上海：上海社會科學院出版社，1996年，第19～24頁。(2) 徐載平、徐瑞芳：《清末四十年申報史料》，北京：新華出版社，1988年，第16、17頁。

閱兵「不過馬步箭而止，至於走陣式爬雲梯，此等皆同兒戲。旁觀之嘖嘖者，胥在乎此。蓋憑軾而觀、注目以視，耳目爲之一新，似較觀劇更爲新色，故未有不贊之者。而其實則所贊者，不過『好看』二字。」〔註 27〕不僅好看，更有好事者，因爲閱兵看得多了，竟也逐漸摸索出門道，總結出閱兵的一般規律來。且引要端如下。

> 設營篷於教場，樹大旆於將臺。三炮轟然，憲駕升演，武廳發號施令。演大陣，演步伐，演弓馬，演雲梯。……近來有添演槍炮者，排槍一陣，大炮數聲，煙塵接天，喧聲動地。其命中與否，大憲固無由而見，則又何分高下？及至藤牌，手著虎皮，衣戴虎頭帽，滾滾而來，正如戲中之打杴手……而金鼓齊鳴……凱歌收隊……其後奏報，則某處行伍整齊，某營弓馬嫻熟，得優保矣；某弁督率有方，某員操防得力，膺懋賞矣；間有參處一二員弁，懲責四五兵丁……〔註 28〕

一二三四五，娓娓道來，儼然行家裏手。看來閱兵並不難也。

1.1.4　《申報》視野中的清軍裁撤

訓練閱兵儼然兒戲，既然是戲就總有曲終人散的時候。召之即來、揮之即去的勇丁，到了裁撤這一步，也就走完了戲臺的全程。可是他們的下臺卻並無體面的退伍儀式，而是被要求「遄回原籍」〔註 29〕，「回籍歸農」〔註 30〕。沒有正式編制的勇丁就是清軍序列中的臨時工，處在生存鏈條的末端。當他們不再被需要時，便被趕回家鄉，自謀職業。有些勇丁在身處行伍多年，已然適應軍營的工作和生活節奏，再難重回田間地頭。還有勇丁沾染了煙、酒、賭等惡習，就更萬劫不復。這些散勇被拋入社會，更加劇了晚清世局的動蕩不安。〔註 31〕

> 江蘇撫憲近以各處勇額繁多，勇餉冗費，現在酌量在揚州、浦口、江陰等處各營所有防勇酌裁十分之八。每名給與五個月餉銀，令其刻日回籍，另謀生業。傳聞所汰勇丁約有四五千人。按，此說

〔註 27〕《論中國練兵宜水陸並重》，《申報》1892 年 02 月 24 日 01 版。

〔註 28〕《縱論武備》，《申報》1881 年 10 月 11 日 01 版。

〔註 29〕《裁撤勇丁》，《申報》1895 年 07 月 08 日 02 版。

〔註 30〕《營勇裁撤》，《申報》1876 年 01 月 19 日 02 版。

〔註 31〕散勇問題，本書第六章有介紹。參見 6.1.4《申報》視野中的晚清散兵之弊。

前日揚州友早經述及，大略今又由蘇州信知，仍照登之，以見裁汰之多耳。〔註32〕

和對訓練閱兵的不吝筆墨相比，《申報》對裁撤的消息，就簡短之至了。上引這條消息有 104 字，已經算是長的，若非末了的一句按語，就更短了。運營報紙的秀才們，和同樣出身士林的官員們在裁撤這點上保持一致。報導中，三言兩語打發消息；現實中，勇丁多拿幾個月的工資就了事。多發的餉銀，有一個月的〔註33〕，有兩個月的〔註34〕，有三個月的〔註35〕，多則五個月的〔註36〕。和那些排場消耗的銀兩比起來，恐怕杯水車薪。和身無一技之長的勇丁比起來，又是坐吃山空，難以爲繼。

如上引文所述，十人中裁撤八人的比例，「酌量」與否姑且不論。引文開頭提及的裁撤原因，與絕大部份同類報導是非常相似的，「節約經費」這四字就全涵蓋。而《申報》這時站在統治者的立場，對裁勇節餉的舉措是支持的。「十里一局，五里一卡，適以累商而擾民。司事巡丁狼狽爲奸，咆哮若虎。商人被其害，行旅受其累。凡若此者，本在可刪之列。今一旦天從人願，一筆勾去。所謂一家哭，何如一路哭，固不如裁去之爲妙。」〔註37〕所謂「一家哭」，那是因爲差事「得之匪易，往往虧空未經彌補」〔註38〕就丟了飯碗，好不容易買來的肥缺丟了。所謂「裁去之妙」就是拿最低層的臨時招募的勇丁開刀，冠冕堂皇的理由下節省出的經費，恐怕是讓另一家或另一路笑罷了。

這一節，從清代的固定軍綠營和臨時軍勇丁的區別開始來講述征召，徵召是兵源，兵源是軍隊之根本。晚清兵制的缺陷從兵源開始就是糾結，混亂，難理清的。《申報》對此亦無可奈何。到了兵士的訓練和閱兵階段，《申報》文人們的筆頭工夫就得以充分展示。從報紙這個窗口，看到繁華之象，窺出衰敗之因。好看的表面工作到了裁撤便戛然而止，來自農民，回到鄉間，本節圍繞「兵」的探討就此暫結。至於帶兵的「官」，將在下節展開。

〔註32〕《裁撤營勇》，《申報》1878 年 10 月 04 日 02 版。
〔註33〕《裁兵節餉》，《申報》1895 年 10 月 30 日 02 版。
〔註34〕《裁撤勇丁》，《申報》1895 年 07 月 08 日 02 版。
〔註35〕《營勇裁撤》，《申報》1876 年 01 月 19 日 02 版。
〔註36〕《裁撤營勇》，《申報》1878 年 10 月 04 日 02 版。
〔註37〕《論裁汰差使》，《申報》1887 年 04 月 09 日 01 版。
〔註38〕《裁撤勇丁》，《申報》1895 年 07 月 08 日 02 版。

1.2 《申報》視野中的清軍幹部養成

1.2.1 《申報》視野中的晚清武闈

兵由將領，將領素質直接決定了軍隊的戰鬥力。幹部和戰士的身份差異，也是部隊不可逾越的鴻溝。自古以來，軍隊生長幹部和對外選拔幹部，一直是將領來源的兩途。滿清入主中原後，沿用了明代文武並舉、開科選材的傳統。武科舉，也就是武闈，到《申報》創辦時已有近五百年的明清相繼歷史。與文科舉一樣，武科舉也有縣試、鄉試、會試三個等級，這類報導不難尋覓。

縣試：

> 月之二十日，長、元、吳三縣邑尊會同城守在教場考試武童。是日爲第一場，比試馬射，其步箭技勇再分別遞試云。〔註39〕

鄉試：

> 江西武鄉試近年分作五闈開考。每闈復用二靶，已極迅速。倘遇天雨，則先考步箭。凡未中一矢及僅中一矢者，皆毋庸騎射。……定於十月初三日開考。或先考馬箭，或先考步箭，尚未定奪。惟聞投結者多至五千餘人，誰是干城之選，不禁企予望之。〔註40〕

會試：

> 武會試於本月初五開闈，已列前報。茲聞外場於初十日告竣，各武舉已自德勝門外移居城內。十二日在東華門外武經，大約十七八日準可揭曉。聞在馬店考外場時，有數舉子自馬上墜地，頭顱磕破，血跡模糊。初八日考技勇時，有一直省武舉演試弓石，……至末演刀將竣，忽然墜地，傷足不能行，闈差數人扶掖而下。兩邊欄繩外觀者約有萬人，皆同聲慨歎，謂功虧一簣，爲可惜也。〔註41〕

「兩邊欄繩外觀者約有萬人」，可見武闈時的萬人空巷，與前述軍隊訓練、閱兵相比是有過之而無不及。在《申報》的視野中，訓練像是表演，閱兵更重排場，而武闈作爲一種考試，總應有量化的指標供人評判、排序吧？從搜集到的報導看，弓、石、刀、馬這四個方面佔了武闈的主要科目。更準、更沈、更快的要求用來比較，總還是能高下立判，也是難以摻雜使假的。因此，《申報》對武闈本身並未置喙，而是將批評的視角轉到更深的層面上。

〔註39〕《縣試武童》，《申報》1880年03月04日02版。
〔註40〕《武闈紀聞》，《申報》1891年11月07日02版。
〔註41〕《武闈瑣聞》，《申報》1880年10月24日02版。

選人是爲了用人，武闈選拔出的幹部是要到軍營帶兵的。然而，昔日考場上的佼佼者，到了部隊處境卻堪憂。十九世紀的清廷內憂外患，軍隊調動和使用頻繁，在頻繁的用兵中軍隊已然形成一套幹部生長渠道。「營哨等官銓補章程，行伍多於科甲者數倍；若提鎮大員，又大半自軍功特拔，以科甲簡放者更不可得。」〔註42〕這套渠道或由軍功提拔，或因近親繁殖。重要崗位，業已人缺合一。「武職以行伍出身者爲正途，考試之功名行伍中人皆輕視之」。總之，武闈選出來的幹部到了軍隊，因爲「其非行伍出身而」被「遂加白眼」〔註43〕是可想而知了。

這樣的窮途末路令人惋惜，也讓《申報》在評論中思考窮則變、變則通的對策。與對綠營和勇營的無奈類似，評論既不敢觸及軍隊生長幹部的舊制度，也不敢否定武闈選人的老傳統，而是從「中體西用」的角度出發，主張在武闈中加入槍炮等新內容，做一點改良主義的小努力。《申報》小心翼翼地說：「竊以爲，中國之武員固以行伍出身爲正途。然既有考試一途，則亦必收之以爲用，何勿於考試之法略爲變通？易弓箭而爲槍炮，使之幼而習之，壯而試之，合式而後取之。」〔註 44〕取中後，各省督撫可從中再「撥遣若干人交管帶官隨同學習」〔註45〕，繼續專研西方的先進軍事技術。

即便如此謹小慎微的提議，也遭到一些頑固派的激烈批駁。反對的意見首先把武科和文科聯繫起來，既然「弓矢之不足用久矣，以愚觀之，不特武科，即文試亦然」。如果武科要增加槍炮，那麼文科也要增加經世致用之學。但本歸本，末歸末，本末不能倒置。文科中，「代聖賢立言，觀其文即可知其人」；武科中，「習射猶寓觀德之意」。人的本質和道德是根本，應該繼續用老祖宗的辦法選拔本分之人。巧在《申報》創刊時正值清廷「同光中興」，而南北洋各洋務重臣皆有功名在身〔註46〕。因此，反對改革武闈的意見更加言之鑿鑿，擲地有聲：「大經濟大學問何嘗不出於帖括應試之人？可見取之如此，而用之如彼。固有並行不悖之道。苟謂武科宜改，則文試何以不宜改也？」〔註47〕

這種論調還從危害社會安全的角度詰問：「習射猶寓觀德之意，而打靶竟

〔註42〕《武科取非所用說》，《申報》1885年09月29日01版。
〔註43〕《論武試略宜變通》，《申報》1882年10月23日01版。
〔註44〕《論武試略宜變通》，《申報》1882年10月23日01版。
〔註45〕《論武科》，《申報》1875年11月30日01版。
〔註46〕李鴻章是進士出身，曾國藩是同進士出身。
〔註47〕《武試不宜變通說》，《申報》1882年10月27日01版。

成尚力之風。藉口於學習，則洋槍水藥公然售諸列肆，而深山獷悍海濱桀驁之處家家得而藏之，其能保無事也耶？」作者似爲官場中人，熟練地搬出領導批示，稱改變武闈的意見被「嚴旨責之」。存在就是合理的，其中有深意，爾等小民就別琢磨了：「蓋國家定例而欲事事求其實效，一無虛文，徒見其更張而已矣，而況乎有深意存焉者哉？」〔註 48〕

這場小小的論戰最終還是洋務派佔了上風，科舉制度在 1908 年走向盡頭，已不在本書研究時段。但從下列引文的字裏行間，不難看出其時輿論之風、潮流之向。精選引文內有多句反問，猶如辯論中排山倒海，令對方啞口無言。遂摘錄之，略加標點，以饗讀者。

> 試觀華兵臨陣之時，亦從未以弓矢取勝。可見考試之用弓箭乃以觀德，非以耀武也。然國家取此武士，欲其衝鋒陷陣以取勝乎？抑欲其從容坐鎮以養望乎？亦曰欲其取勝耳。則何以棄取勝之槍炮而不習哉？平日則以弓箭分優劣而獵功名，臨事則棄而不用轉以不曾夙習之洋槍授之。所習非所用，所用非所習，而曰我欲取勝，不亦難乎？……天下之事創始最難。然輪船之行中國初未有也，今則河運且改爲海運矣；電線之設初未有，而今則廷諭亦由電寄矣。安在武試之不可創爲洋槍哉？或謂考試之時改爲洋槍，則必聽學武者皆得蓄藥彈。而後可如此，則軍火之禁不能不弛，恐民間轉多不靖，此亦不可不慮。然私鑄之禁嚴矣，而爐火亘天；洋藥之禁嚴矣，而私土遍地。禁之豈能盡絕哉？……軍火之禁反使盜賊有槍，學武者無槍。武弁於強敵之來，聞聲先遁，實由於此。物極則變，弓箭一物，捨考試無用，已處其極矣！倘亦有變機乎？！〔註 49〕

1.2.2　《申報》視野中的清軍幹部任命、免職、退休

無論是軍隊生長還是武闈選拔，將領總有到達部隊開始工作的一天。《申報》對軍官上任的報導不在少數，標題也新意迭出：有「將軍接篆」〔註 50〕、「將軍抵任」〔註 51〕、「將軍蒞任」〔註 52〕、「忝戎接印」〔註 53〕、「將軍赴

〔註 48〕《武試不宜變通說》，《申報》1882 年 10 月 27 日 01 版。
〔註 49〕《武試亟宜變通說》，《申報》1890 年 11 月 19 日 01 版。
〔註 50〕《將軍接篆》，《申報》1879 年 02 月 12 日 02 版。
〔註 51〕《將軍抵任》，《申報》1882 年 05 月 08 日 01 版。
〔註 52〕《將軍蒞任》，《申報》1884 年 08 月 19 日 02 版。
〔註 53〕《忝戎接印》，《申報》1893 年 04 月 12 日 03 版。

任」〔註54〕等。標題的層出不窮不能掩蓋內容的單調，官職羅列、排場鋪陳、來往寒暄、皆大歡喜，僅此而已。從五花八門的此類報導中，本書選出最獨特的一則，摘引如下。

> 新任杭州將軍……本月十五日抵浙。闔城文武及八旗兵弁咸往武林門外碼頭迎迓。憲駕當即進城，於是日未時接篆。軍帥年近耳順，而精神矍鑠，接見屬員頗覺嚴厲。聞兩縣進參，但拱手示意並不命坐，故各員弁聞之無不股栗云。〔註55〕

「年近耳順」，可見走馬上任的是一員老將。杭州將軍是駐防八旗的首領，既民族不同，又級別獨特，要要威風未嘗不可。可從報導看來，新官的舉動讓下屬「無不股栗」，爲什麼？一、「當即進城」，顯然是沒有按慣例出席酒樓會館的接風宴會；二、「接見屬員頗覺嚴厲」，顯然是沒有按慣例寒暄了事而是檢查工作交接；三、「拱手示意並不命坐」，顯然是沒有按慣例一團和氣，而是分清主次、拉開距離，以建立領導權威。建立權威，是爲了更好地開展工作。如果工作目標是爲了整頓吏治，懲治貪腐，那也應了某些人「股栗」的原因，他們的烏紗帽快落地了。

事實上，軍官被撤職的新聞和軍官到任的新聞比起來，簡直是九牛一毛。綜觀本書研究的時段，《申報》中報導軍官因處分被革職的，絕不超過十條〔註56〕，並且均較簡略。如：「浙江提標中營張參戎近因辦公怠玩，經歐陽軍門撤任……」〔註57〕被免職的張參戎，參戎即參將，是清代武官序列中的正三品官〔註58〕。這樣的中高級軍官被處分撤職，僅僅「辦公怠玩」四個字就一帶而過。眞正的革職原因，恐怕絕非玩忽職守，而是另有潛規則。

〔註54〕《都戎赴任》，《申報》1893年12月06日02版。

〔註55〕《將軍抵任》，《申報》1882年05月08日01版。

〔註56〕甲午戰爭時期的避戰、逃跑不在此列。

〔註57〕《中軍撤任》，《申報》1884年04月17日02版。

〔註58〕清代的在編武官名，按官職大小依次爲：提督、總兵、副將、參將、游擊、都司、守備、千總、把總。共九種。參將官職多高？按照銜級，參將大約等同於今天的師級幹部，但清代武官品級明顯偏高，但實際地位比文官低。如果按照職務，據《康熙大清會典・卷八十六》，鎮守天津鎮總兵官下設涿州路參將一員，下領守備、都司、游擊若干。根據涿州的地域範圍，不難估計出駐守兵力大致等於武警支隊（團級）。兼顧其上下級的兵力統屬關係，參將的職權大約相當於今天的支隊長（團長）。團級幹部尚不是職業軍人，仍需轉業至地方安置，是軍隊中級幹部向高級幹部的過渡。團級之上爲副師級，屬於高級幹部，不必轉業。正文中參將被撤職的情況，約可想之。

只是記者難以探問，官方敷衍塞責罷了。

爲什麼說革職另有緣故，那是因爲統兵不善的例子《申報》也有報導，「長江水師提督李與吾軍門」便是。該軍門先請了兩次長假，原因是「去冬督師巡洋，感受風寒，舊疾復發」。假期快到之時，乾脆請求退休。「軍門自揣病勢仍未就痊，誠恐老病衰頹，貽誤軍事」，理由冠冕堂皇。於是皇恩浩蕩，「再賞假三個月，安心調理，毋庸開缺，欽此」。〔註 59〕可是這麼拖著總不是辦法，一個多月後，《申報》再次報導，算是透出點軍門請退的眞實原因，「近年兵輪習染，漸成玩世，故特及早奏辭，懇請另派賢員，……以免臨事乖方」。〔註 60〕將領無能，士兵玩世，習染不良，軍心渙散。軍官非但不受處分，還以老病爲由多次被「恩眷」〔註 61〕，最後體面「謙退」〔註 62〕。這位李軍門的確既「老成」又老謀，全身而退。他留下的爛攤子不用等到打仗，對繼任者都是一大難題。

自認統兵不善的李軍門尚且能夠全身而退，其餘的「乞養」〔註 63〕、「告退」〔註 64〕就更加溫良恭儉讓了，宅心仁厚，無以復加。和武闈千裏挑一的激烈和精彩比起來，武官的離場實惠而低調，可謂嚴進而寬出矣。

1.2.3　《申報》視野中的清軍幹部公務活動

除去組織訓練和閱兵，軍官的公務活動，可圈可點的並不多見。然而，本書研究時段內的《申報》報導，竟有三百餘條之多，多在何處？原來，「出轅」要報導〔註 65〕，「回署」也要報導〔註 66〕；「來滬」〔註 67〕要報導，「過滬」〔註 68〕也要報導；「候接」〔註 69〕要報導，「恭送」〔註 70〕也要報導。如此這般，不勝枚舉。更有甚者，連行程也公諸於眾，以便眾多「粉絲」（fans）根

〔註 59〕《恩眷老臣》，《申報》1889 年 08 月 04 日 03 版。
〔註 60〕《老成謙退》，《申報》1890 年 09 月 10 日 02 版。
〔註 61〕《恩眷老臣》，《申報》1889 年 08 月 04 日 03 版。
〔註 62〕《老成謙退》，《申報》1890 年 09 月 10 日 02 版。
〔註 63〕《軍門乞養》，《申報》1879 年 04 月 02 日 02 版。
〔註 64〕《營員告退》，《申報》1882 年 04 月 10 日 02 版。
〔註 65〕《爵帥出轅》，《申報》1893 年 05 月 15 日 01 版。
〔註 66〕《軍門回署》，《申報》1886 年 06 月 04 日 02 版。
〔註 67〕《軍門來滬》，《申報》1883 年 05 月 29 日 03 版。
〔註 68〕《統領過滬》，《申報》1893 年 07 月 12 日 03 版。
〔註 69〕《候接軍門》，《申報》1879 年 07 月 07 日 03 版。
〔註 70〕《恭送旌麾》，《申報》1892 年 09 月 09 日 02 版。

據明星的檔期來做好安排。下引文保留時間要素，省去了綺麗的場面描寫，僅看「八旗會館」中「演劇」、「開宴」和「梨園」，其奢華就不難想見。

> 軍憲於本月初四日節抵皖垣；初七日……八旗會館設筵演劇；……初八日各武員亦假八旗會館開宴，以盡地主之情；初九日中丞又在署中設梨園；……初十日清晨親赴各署辭行。〔註71〕

《申報》對這樣的軍官「公務活動」報導多了，筆端也就寫成了習慣。即使是眞正有益於社會治安穩定的巡查，也是這樣寫起來的：「福建水師提督楊西園軍門……念時事多艱，每於酒酣耳熱時，撫膺浩歎近日盜風愈熾。……軍門則不按時日，或於夜半自帶將弁十數人，乘坐小船或在洋面，或在內港，偵緝盜蹤，並察核各師船勤惰，分別勸懲。」爲什麼「時事多艱」和「盜風愈熾」的感慨要到「酒酣耳熱」〔註72〕之時才和知己提起？看來，說良心話要到酒過三巡才有；辦分內事要乘酒勁未消才能。〔註73〕

迎來送往，酒桌飯局，如此繁忙。那麼業務素質的提升，就只能在遊戲中兼顧了。品茗對弈，又何嘗不是公務呢？「象棋難會而易精，圍棋易會而難精」。對於武官而言，若不識字，就下圍棋；若識字，象棋則更妙。在象棋中不難學到對士兵的管理方法：「兵卒在界內不得橫行，至界外則縱橫排奡不復禁止，但取有進無退。此則正與營中之兵卒無異，僅謂勇於公戰，怯於私鬥，猶其小焉者也。在內嚴其約束，在外任其縱橫，用兵之道不外乎此。」

甚至連戰略戰術的領悟，通過下象棋也不難揣摩：下棋雙方「各運奇謀，鈎心鬥角，凝神壹志，……以期有勝而無敗。而究之終有一敗，雖有和局要亦不多見。而其所以致敗之由，大都由於輕舉妄動。……圍魏以救韓，則魏受其禍矣；說吳以戰齊，則吳被其害矣。勢當全盛，雖數大將不能取一卒；當其既衰，則一卒可以敵大將。……而當其敗也，必先去士相而後將不能保，則可知謀士去而軍帥亡。正是將在謀不在勇之至理，足以發人深省者矣。」〔註74〕

雖然象棋中的「致敗之由」是「輕舉妄動」，但洋人千里迢迢而來，卻打了勝仗。《申報》明白閉門揖盜不可，通過下象棋來學兵法也是紙上談兵的戲言。軍官應該具備的軍政素質、軍官應該進行的公務學習，還是應該以

〔註71〕《軍憲行程》，《申報》1890年01月05日02版。

〔註72〕《微服巡行》，《申報》1893年08月09日03版。

〔註73〕《爲將必諳地輿說》，《申報》1881年03月26日01版。

〔註74〕《象棋可悟兵法說》，《申報》1888年06月02日01版。

洋人爲榜樣。「西人之行軍也，以探明地理爲第一要著。前者初入華地，毫無阻滯，或有疑其得漢人爲之鄉導，故徑路若是之孰悉。而不知彼未進之時，固已訪查詳悉，按圖索驥。不啻以駟馬駕輕車就熟路，……此西人之用兵所以易勝而難敗也。」

相反，清軍將領卻對軍事地形學一無所知。「其在內地或以爲向來知之已悉，不難布置裕如，且綠營之武弁兵丁，類多本地之人，不難循途而進。若調取別路之兵，即已有茫無頭緒者，至於邊陲海道更屬難知。」「蓋平時初無所恃，則臨事而求之，總恐有不能詳審之處。」《申報》希望將領從浮囂應酬中抽點公務時間出來，「廣咨博訪，遠謀詳探，而後可以有濟」。〔註 75〕

1.2.4　《申報》視野中的清軍幹部雜事與家事

在傳統氣氛濃厚的鄉土中國，家國一體，家庭不和睦，談何國家的和諧？明清兩代，文武官員的「丁憂」，既是權利，又是義務。〔註 76〕人情社會、關係社會，規則、效率等嚴格的指標自然不是第一位的。但軍隊卻不能這樣，因爲它是爲武裝鬥爭而存在的，出其不意、攻其無備的道理，兵家自古使然。〔註 77〕如果軍營來去自由，紅白事不斷，迎送局不停，連全員在崗都不能保證，還談何打得贏？

從《申報》來看晚清的軍隊，從軍官開始就是上梁不正的。「提督黃軍門」得知「老大人於前月初九日仙逝」，「即將提督印篆齊交」。〔註 78〕古代調兵有兵符，印章更是權利的象徵。提督是清代武官中的高級官職，盡孝之情可以理解，但是對手握重兵之權處理如此草率，絕不是近代化軍隊將領的素質。是記者沒有報導其餘的內容嗎？不是。因爲這條新聞中還有「淒動左右」一詞，說明記者就是提督身邊（幕僚）中的一員，理應看得眞切。在那樣的氣

〔註 75〕《爲將必諳地輿說》，《申報》1881 年 03 月 26 日 01 版。

〔註 76〕「丁憂」，丁者，當也；憂者，居喪也。丁憂始於漢代，至明清已形成規則，載於律例。官員父母過世，其必須離職回鄉處理喪事，時間最長爲三年。丁憂又稱丁艱。丁憂結束回職稱爲「起復」，不丁憂或提前結束丁憂稱爲「奪情」。明代萬曆年間，內閣首輔張居正權勢煊赫，一度戀棧而不願回鄉丁憂，時值年少的萬曆皇帝遂「奪情」。晚明官場清流盛行，此事引起軒然大波，卻終由強權將輿論壓制。明之亡實亡於萬曆，由此可見一斑。

〔註 77〕漢代文景時期的周亞夫，在和匈奴作戰的對敵鬥爭中，爲了保持高度的警惕，連漢文帝駕到也不卸甲、不跪拜，還得到了文帝的贊許。

〔註 78〕《提督丁憂》，《申報》1881 年 01 月 13 日 02 版。

氛中，左右助理還有誰敢提防務交接等工作上的事情呢？

人情世故，遠勝於規則法律。白事時，不會有人觸黴頭；紅事時，就更應該喜上添喜了。《爛其盈門》〔註79〕體現的就是這樣的道理：

> 七月初三日，爲浙江提督歐陽軍門之第四公子合卺吉期。署內外皆張燈結綵，演劇款賓。道府及六營六廳印委各員無不衣冠往賀。車馬喧闐，甚熱鬧也。

除此之外，還有生病請長假的，還有壽終正寢的。《申報》不是沒有看到軍官作風上的問題，而是帶著同情的眼光，把問題歸結到對武將不夠重視上。《申報》借西報之口，把對武官輕視的觀點拋出來：

> 福州西字新聞云，歷觀中國朝廷之待水師人員，皆無尊重之意，文官得而輕之。即如福州炮船管帶官某，於前月告假而往香港寓中，遇見福州某大吏之公子。不知因何事互爭，至於扭毆，公子大遭某管帶官之辱。公子回福後即以誑語訴諸其父，管帶官未之知也。假滿後，由港搭坐特勒將司輪船回營。經船政大臣傳入，摘其頂戴而責以軍棍，復踢之使出。此實西人不經見之事也。〔註80〕

《申報》擺出復古的口吻說，重文輕武是「新近」的積習。古時候「鄉有學、州有序、黨有庠。其所以教民者，非僅誦詩讀書已也。明倫教稼在於斯，整軍經武在於斯。春夏讀書，秋冬習射。」這樣的教育方式可以培養出文武雙全的人才，但卻在歷史發展中被拋棄了。「鄉學之制廢而兵民分，兵民分而文武判，文武判而天下少全才。」文武分途，各取一端。文者拘謹，「拘謹者咿唔呫嗶終其身」；武者豪放，「豪放者又縱恣自如不肯規規於禮法」。於是互不順眼，互不待見：「文人目武士爲粗鄙而不屑與居，武夫以文士爲迂拘而不肯低首。」〔註81〕

歷史是發展的，文武皆有可用之時。「晏安無事之日，多重文而輕武；軍務倥傯之日，多重武而輕文」。可是綜觀天下大勢，「而天下承平之日多，故武士常抑鬱而不得伸。」〔註82〕《申報》起於晚清同治朝，清入關後已逾二百年，已歷八帝。承平日久，英雄遂無用武之地。長期未經大規模征戰的軍隊，其中少有經世濟用之才，而多爲庸碌渾噩之徒：

〔註79〕《爛其盈門》，《申報》1887年08月28日02版。
〔註80〕《西報論待水師官》，《申報》1879年11月01日02版。
〔註81〕《論輕武重文實爲弊俗》，《申報》1891年11月21日01版。
〔註82〕《論輕武重文實爲弊俗》，《申報》1891年11月21日01版。

武員之出身不過兩途：其由行伍者，則多屬粗鄙之人，投入軍伍漸漸拔升，故盡有位至提鎮而不識一丁者。雖亦有通顯之後折節讀書，力求自除其鄙俗之氣，然究有幾人？且即使有志講求，亦安能如文官之自幼學習者乎？其由考試出身者，或文戰不利改而習武，則其胸中較勝於行伍，然又以爲不作正途出身，人每輕而忽之。〔註 83〕

人才流向文科舉，能吏多出自文官，文重武輕，這樣的格局其實是統治者自己造成的。「開國之際，創業艱難，……戎馬半生不得休息。因思烽煙兵革不可久長，而欲柔順民風爲治安之計。於是創爲科試，誘以爵祿，使天下之英雄盡入吾彀。窮年兀兀，老死而不悔，天下因得以少安固，亦御世之微術。」這樣的駕馭之術，兩宋即爲典型，可後來積貧積弱，終被邊疆少數民族所滅。面對興盛的文氣和衰微的軍官，《申報》哀歎：「天下之士，掇拾三代遺文，補葺漢唐故事，空言坐論，以致怠惰廢弛。一朝有事，誰爲折衝禦侮之人？！」〔註 84〕

本節圍繞軍官來展開，從軍官的考試選拔——武闈來起筆。從新聞報導看，武闈熱鬧多而實際少，所考非所需者非常普遍。晚清時期處在軍事近代化變革的中堅階段，可是武闈卻墨守成規，仍考刀箭等傳統冷兵器時代的故舊，清代軍官的落後，首先就輸在起跑線上。至於軍官的爲官之道，那就是「世事洞明、人情練達」了。無論是公私事務，還是婚喪嫁娶，甚至是統兵大權，都要服從於人情世故這個核心，才能保住烏紗帽。

養兵，除了人，還有物。下一節，將圍繞「物」來展開。

1.3 《申報》視野中的清軍裝備與後勤

1.3.1 《申報》視野中的清軍兵餉來源

無源之水必然枯竭，無本之末必然難存。軍隊脫離農業生產，專門從事武裝鬥爭及其準備，衣食住行的開銷，就要有給養。用兵之時，「行軍以糧餉爲根本，故轉運之事不得不藉重長材」〔註 85〕；養兵之時，由發兵米改爲發

〔註 83〕《中西文武輕重不同說》，《申報》1881 年 03 月 20 日 01 版。
〔註 84〕《論輕武重文實爲弊俗》，《申報》1891 年 11 月 21 日 01 版。
〔註 85〕《設局運餉》，《申報》1895 年 03 月 19 日 03 版。

銀兩都是《申報》中的新聞，「由兵丁按季領支自行購食」〔註 86〕。

這些轉運的糧食和頒發的銀兩，必定來源於稅收。通過《申報》的報導，不難看出清廷爲了維持兵勇的存在，巧立名目搜刮民財。既有房捐〔註 87〕，又有車捐〔註 88〕；不僅「米穀抽釐」〔註 89〕，還要「茶糖增稅」〔註 90〕；更有甚者，在甲午戰時，湖州的紡織業也議開稅例〔註 91〕，不堪其擾。爲了籌得軍餉，清廷不惜人力物力，更開設專門的機構，開局辦理。江南富庶之地，自不免大肆征討，下引即爲描寫開局籌捐的精彩之筆。

> 金陵訪事人云，兩江總督張香帥因籌餉剿倭，特委總理兩江營務處前淮揚海兵備道桂薌亭觀察總辦勸捐之事。又以收解銀兩必需錢莊熟手，以免運掉不靈，遂在江義和、豫昌、鼎茂、晉康四大莊中，挑選精熟之人爲之襄辦，就顏料坊前戈公館內開局。〔註 92〕

舊時無電腦網絡設備，亦無點鈔驗鈔等機器，但古今一例可想而知也：富庶之地的總督從四大銀行調集精兵強將，在某公館內開局收錢，想必是算盤聲震耳欲聾，錢款堆積如山了。

即便這樣，前線將領掛在口中的，卻是「兵勇之餉不能不欠」的論調。也就是說，底層的兵勇不能及時拿到軍餉。錢去了哪裏，不是本章探討的問題。〔註 93〕《申報》也批評了欠兵餉的做法，身處十里洋場的編者讀者群體，一是害怕兵勇「鬧餉」擾亂了社會治安；二是用同情的口吻道：「不可積欠過多也。何也？亂離之日既使兵勇死於戰場，承平之時又使兵勇死於飢餓。是兵勇何罪而使之亂亦死，治亦死乎？此豈仁人之忍出此乎？吾故曰，兵勇之餉常欠實非忠恕待人之道也。」〔註 94〕

既然認爲可以欠，但「不可積欠過多」，《申報》就得順著這個思路，開列解決的辦法。「減兵所以節餉」是其第一招，「兵貴精不貴多，善用兵者自有妙用也」。並且煞有介事地算了一筆賬：「假如一船之中兵額本五百人，每

〔註 86〕《兵米改章》，《申報》1893 年 04 月 25 日 02 版。
〔註 87〕《酌抽房捐》，《申報》1884 年 05 月 01 日 02 版。
〔註 88〕《新徵車捐》，《申報》1894 年 07 月 12 日 02 版。
〔註 89〕《米穀抽釐》，《申報》1894 年 11 月 11 日 03 版。
〔註 90〕《茶糖增稅》，《申報》1894 年 11 月 06 日 02 版。
〔註 91〕《綢捐未定》，《申報》1894 年 11 月 22 日 03 版。
〔註 92〕《開局籌捐》，《申報》1895 年 01 月 01 日 03 版。
〔註 93〕參見 6.2.1《申報》視野中的晚清軍官腐敗。
〔註 94〕《論欠餉》，《申報》1874 年 07 月 11 日 01 版。

人月得銀五兩，需費二千五百金。今汰選得精兵二百五十人，則軍餉可省一半。即以一半所省之銀加給留用之二百五十人，彼二百五十人者視平時皆有一倍之獲。而老弱既去，平時之有所不平者至此而爲之一平。其有不奮勉鼓勵者乎？」〔註 95〕

說的和唱的一樣，好聽卻難辦，開除一半編制，動了他們的鐵飯碗，這談何容易？節流難辦，所以第二招就是繼續開源。《申報》對英國人赫德主政的海關總稅務司大加讚賞：

> 海關既設，稅釐並舉。以洋人爲稅務司，實事求是，一洗關差之陋習，每歲又增至數百萬。……目下情形，……額兵仍支錢糧；……未撤勇營，……釐金尤能彌補。大省有餘，更可協撥邊省，轉移調劑，利賴無窮，皆中興諸公之澤也。……通盤計算而知我中國之地大物博也哉。〔註 96〕

還是外來的和尚好念經，沿著這樣的思路，《申報》還提出了向外國借錢以發軍餉的辦法。既然「造鐵路之銀可以告貸，則兵餉銀兩又豈不可以告貸乎？」〔註 97〕事實上，晚清政府爲了維繫搖搖欲墜的統治，曾多次向外借款，並以海關稅收作保。這種挖東牆、補西牆的辦法，縱使明知不妥，也是無可奈何。《申報》在評論中還提到了外國發行國債的辦法，不無羨慕之情。但是對於中國發行國債以濟兵餉，似乎是洞若觀火，明示其決不可行。

1877 年，有傳言稱左宗棠爲平定西北變亂，向山西票號借款四千萬兩。《申報》對這樣的說法嗤之以鼻，先是引經據典嘲笑一番：「公羊氏之傳《春秋》也，有曰：『所見異辭，所聞異辭，所傳聞又異辭，三代以上業已然矣。』故世之人每遇一事，言之者片確鑿可據，述之者常輾轉失實。有識之士所以有姑妄言之姑妄聽之之說也，否則即置之不議不論之列可也，再不然則述之以爲笑談亦無不可也。若必尊古聖之訓『無稽之言勿聽』，恐天下皆無可信之言矣。如近日市肆所傳左伯相與山西人借貸軍需一事，是也。」

即便奉爲無稽之談，《申報》還是給出了借國債絕不可能的兩點理由。「夫國債之事泰西各國則有之，至中國則自古至今從無是事也。」並不是不能向西方學習，而是有史爲鑒的。明末加徵「三餉」，「預徵來歲之賦名爲借

〔註 95〕《減兵所以節餉說》，《申報》1891 年 08 月 18 日 01 版。

〔註 96〕《論餉源》，《申報》1884 年 02 月 11 日 01 版。

〔註 97〕《論中國餉需可借資於他國》，《申報》1884 年 12 月 11 日 01 版。

餉」，更加激化了社會矛盾。明亡清繼，「明事遂不可問矣」，舊話重提，此一不可也。其二，即使清廷眞向民間借款，見於政府的公信力，又有幾人願意呢？《申報》看的明白：「民縱肯借銀與國，及至還時，國縱還之，而不能不假手於官吏，其中之弊竇無從上告。」〔註 98〕簡而言之，就是這借出去的錢大部是有去無回了。

1.3.2 《申報》視野中的清軍後勤建設

在《申報》的報導中，抽釐盡心盡力，收捐如火如荼。可是徵收上來的錢糧如何交由軍隊使用，分配和發放的環節是否合理，《申報》卻少有提及，更無須談對其進行輿論監督了。究其原因，一是因爲清廷承平日久、綠營制度既荒，這些沒有「新聞價值」的陳芝麻爛穀子沒有多少翻動的意義；二是因爲軍制兵法難免是社會輿論的禁區，況且主持《申報》的秀才們大多熱心官場、醉心科舉，對軍隊的那些錢財去向不免忽視。綜觀本書的研究時段，涉及清軍後勤的報導並不多見，而錢糧之發放，就更爲少見。

尋常事不是「新聞」，不尋常的事才是「新聞」，這條規律放到《申報》軍事後勤的報導上亦成立。甲午戰爭爆發後，前線將士大量需要糧草，就連富庶且糧食多產的武漢周邊都被買空了。即便這樣，經「漢口訪事人」之筆而登上報紙二版的也僅區區 64 個字耳：「漢口訪事人云，鄂省採辦軍糧五十萬石，除委員分赴蕪湖鎮江購辦外，在漢口採購十萬石，紅、陳、黃、茂屯積一空，幸黃、孝諸邑早禾早已登場，故民食尙不虞缺乏也。」〔註 99〕可是這樣傾民力而搜集並轉運的糧食，卻有些入了敵人之腹：「軍米四千包於上月下旬甫到旅順，遽被倭奴所擄。」〔註 100〕

近代化軍隊整齊劃一的特點很多是通過軍裝和被服來體現的，軍用品質量的牢靠也是部隊戰鬥力的保障之一。上到頭盔、下到襪子，四季冷暖，都應由軍方統一配發，美國軍隊更是被稱爲「武裝到牙齒」。可是清軍綠營制度中並沒有相應的規定，由於穿戴隨意，軍隊的正規化也就打了折扣，而戰鬥力更是難以保證。東北地區連年冬季苦寒，而唯獨在中法戰爭白熱化時才有一篇派發羊皮襖的報導。從《申報》不難看出，清軍是沒有常規化制度來

〔註 98〕《論借貸軍餉傳說》，《申報》1877 年 06 月 01 日 01 版。

〔註 99〕《採辦軍糧》，《申報》1894 年 08 月 11 日 02 版。

〔註 100〕《軍米被擄》，《申報》1894 年 12 月 12 日 02 版。

保障服裝的。

> 近日營口風雪交集，奇寒逼人，在途凍死者往往而有，道憲於是有賜袍之舉，所有毅軍宋營及喬、馬二營兵士各給羊皮襖一件，共計賜裘三千餘件，三軍之士皆如挾纊以視平陽歌舞，簾外賜裘者蓋有間矣。〔註 101〕

衣食住行，生存之本，也是軍隊戰鬥力的根本。相比較而言，對於清軍「住」的報導，《申報》更完善一些。有買地的〔註 102〕，有蓋營房的〔註 103〕，還有修營房的〔註 104〕，不再贅引。

與一貫讀出負面評價的慣性相悖，清軍需要用地時，在土地徵用上的人情味兒，更凸顯出工業浪潮襲來前農耕社會和鄉土中國的特點。土地私產沿襲千年，觀念根深蒂固，清軍需「徵用」營地，也必須入鄉隨俗，通過買賣解決。如楚軍駐紮杭州時需拓地，但「是處有牆門廳屋一所，內住民人十七八戶；又有小屋三十餘家，菜園數處，均繫民間產業。遂託人數次相商，情願酌給價值，而居人咸懷安土重遷之意，未肯遵照云。」儘管「數次相商」並「情願酌給價值」，但還是碰了一鼻子灰，因爲「均繫民間產業」〔註 105〕，由於產權清楚，官方也無奈。

杭州如此，安慶亦然。對於沒有產權明確所屬的墳地，清軍在徵用時也顧及了情面。「黃軍門」發現郊外「倚江靠山地頗空」，人跡罕至，開花炮隊遷到此處訓練不會誤傷行人。只是「山有叢冢，理宜遷葬」，於是軍門自掏腰包，「每棺給葬費洋三元，著其後人來領」。即便這樣還不令鄉人咸服，因爲「某善堂又恐三元葬費不敷所用；且有地方上歹人妄將無主之棺木認爲親戚，冒領葬費，仍將棺木拋棄在野。」經過協商，大家「妥議章程，由局另購義冢地，檢骨深理，立碑票記，由是存歿均感矣。」〔註 106〕傳統社會國家權力不下縣，紳士和宗族在鄉黨鄰里間扮演了重要角色，對於農村的和諧意義深遠。

〔註 101〕《與子同袍》，《申報》1883 年 01 月 15 日 01 版。
〔註 102〕《購地續聞》，《申報》1882 年 11 月 12 日 02 版。
〔註 103〕《新築營盤》，《申報》1881 年 05 月 22 日 02 版；
《兵房落成》，《申報》1892 年 02 月 12 日 03 版。
〔註 104〕《修理營坊》，《申報》1880 年 08 月 16 日 02 版。
〔註 105〕《營濠拓地》，《申報》1889 年 03 月 20 日 02 版。
〔註 106〕《度地移營》，《申報》1883 年 04 月 09 日 02 版。

營房尚且如此，一向重視排場的清軍將領居所就更「崇體制而壯觀瞻」了。有將領久寓金陵，將赴太平上任長江水師提督。考慮到家眷行動不便，且軍門本人「亦慣看六朝山色，不欲與勝地睽違」，於是參照慣例，將金陵的寓宅改爲行轅，「一歲之中住太平者半，住江寧者半」。將領有一半時間不在部隊，還談何帶兵知兵？談何打得贏？不過根據「慣例」，私宅改爲官邸，由後勤經費開支，工程順利進行：「現已將頭門增一爲三，東西立旗杆二枝，鼓吹亭、巡捕房、各僚屬官廳，無一不備。有過其地者，見宋斤、魯削、粵鎛、燕函正在紛紛從事。轉瞬工程報竣，可以崇體制而壯觀瞻矣。」〔註 107〕

1.3.3 《申報》視野中的清軍風俗習慣

有時候慣例的力量是強大的。除了給在任的將領修「行轅」，按照中國的傳統習俗，修祠堂、建廟宇，並定期組織祭拜，也是清軍後勤的一大特色。祀事孔明〔註 108〕、重修猛將軍廟〔註 109〕等，均在此列。

道光年間，中英戰爭，老將陳化成鎭守炮臺，壯烈殉國。歷經咸同，至光緒年而盛名不衰。每至「公授命之期，前後數天，有各業董事醵資設祭，清音款待，十分熱鬧。」軍政官員和社會各界在當天循例「衣冠蹌濟，俎豆馨香」。《申報》首肯道：「蓋天子固已褒忠，而士商亦知致敬也。」〔註 110〕除了紀念反對外來侵略的將領，對內鎭壓農民起義有功的將領也有專祠。淮軍將領吳長慶由於「剿除髮撚，轉戰江蘇、浙江、河南、山東等省」對清廷有功，在「立功地方建立專祠」。〔註 111〕

孕育在傳統社會和農耕文明中的清軍，有著許多與環境相應的習俗。在金陵，元宵節的舞龍就是由當地駐軍參與組織的，《申報》對其盛況有精彩的幾筆：

> 金陵督標親軍……製成龍燈四條。鬥巧爭妍，光彩奪目。……傍晚時出巡，遍遊街衢。……魚、蝦、獅、象，各燈奇巧百出。黃龍青龍在先，赤龍次之，白龍殿後。……繼以扮戲，如唐僧取經、趙匡胤送妹、打魚稅，漁翁曬網諸劇，妝點逼肖，不啻五花八門。

〔註 107〕《改造行轅》，《申報》1892 年 08 月 07 日 03 版。
〔註 108〕《祀事孔明》，《申報》1895 年 03 月 12 日 03 版。
〔註 109〕《重修猛將軍廟》，《申報》1876 年 04 月 15 日 02 版。
〔註 110〕《專祠官祭》，《申報》1882 年 06 月 23 日 01 版。
〔註 111〕《入祠紀盛》，《申報》1885 年 12 月 28 日 02 版。

一時鑼鼓喧天，笙歌滿地。遂令傾城佳麗攜手憑肩而出，金蓮瘦損，小立門前，翠繞珠圍，豔態更覺奪目。因此看燈者人海人山，殊形擁擠也。〔註 112〕

年味兒如此濃厚，就連每年正月清軍的訓練開操儀式都有喜慶之感，滿是對太平盛世的謳歌。從名稱看，不叫「開訓」、「開操」、「開練」，例數十數年《申報》，不是「迎喜」，就是「祭旗」。〔註 113〕究其原因，無外乎「因承平之際人諱言兵，別其名曰迎喜神」〔註 114〕。再看其內容，無非「旗幟鮮明、步武嚴肅」的老一套，加之「途中觀者擁塞不前」〔註 115〕，也就是百姓過年期間的又一個看戲好去處而已。

更有甚者，炮臺使用中的故障，也通過祭祀來解決。祭祀的內容，就是請戲班來演戲！「本年冬間，江陰縣海口炮臺落成，當時試炮，炮裂轟壞多人。現在各營演劇祭禳，已於各處雇定戲班。聞須演劇數十本，方始了願，故邇來江陰頗形熱鬧云。」好一個「頗形熱鬧云」，報導中的奚落和諷刺溢於言表。對於這麼荒唐的舉動，《申報》在報導之餘還憂國憂民地說：「愚謂炮之裂，安知非製造之未精、工料之未堅也？捨其本而逐其末，有識者竊笑其後矣！」〔註 116〕如此爾爾，怎向後人交代。

1.3.4　《申報》視野中的清軍裝備與軍火管制

由炮臺炸裂而《申報》對其工料的質疑，可以進而關注清軍裝備的新聞報導。如果從「辛酉政變」算起，本書研究時間段中的清廷統治階層，已開展洋務運動至少幾十載，槍械、輪船、火藥、火炮等不少近代化的軍事裝備已經能夠基本自給自足。天津機器局、上海製造局、福州船政局等因洋務運動而興起創辦的軍工企業在《申報》中不難瞥見。從其報導不難看出那個年代的「精氣神」和國人對強國夢的追尋。中法戰爭時期，天津機器局加班加點趕造軍火的新聞，至今讀來依然令人感動。

天津機器局俗謂之東局，其在海光寺者謂之製造局。從前冬令四點半鐘收工，現在則夜以繼日，趕造藥彈，不遺餘力。初四、五

〔註 112〕《龍燈紀勝》，《申報》1891 年 03 月 09 日 02 版。
〔註 113〕參見附錄二中的相關內容。
〔註 114〕《祭旗誌盛》，《申報》1895 年 02 月 24 日 01 版。
〔註 115〕《武營迎喜》，《申報》1878 年 03 月 06 日 02 版。
〔註 116〕《祭禳炮臺》，《申報》1878 年 01 月 23 日 01、02 版。

日，封雇大車數輛，裝載軍器，由津城運往各營者甚多。聞火藥一項已有七千餘桶，連日操演槍炮之聲蟬聯不絕，中國之於邊防可謂盡心焉耳矣！

只是「盡心焉耳矣」是《孟子・梁惠王上》中的語句，用在報導中的點評，表達的觀點就值得推敲了。出處中，梁惠王是個希望有所作爲的君主，遂問政於孟子：「寡人之於國也，盡心焉耳矣……鄰國之民不加少，寡人之民不加多，何也？」孟子回答的第一句是意味深長的：「王好戰，請以戰喻。」這就說明孟子對梁惠王執政的主要批評就是「好戰」，再結合其後孟子的一段論述，講的就是與民休息、不違農時的道理。《申報》中對「兵凶戰危」的擔憂並不少見，但比起鼓吹洋務、富國強兵來，就遜色不少。〔註 117〕近代外洋優勢武力對清末社會秩序和心理防線的衝擊是明顯的，懷柔遠人、天下大同、和諧世界的觀念在帝國主義階段的瘋狂擴張面前破碎不堪，清末士人觀念「中體西用」的「中體」也搖搖欲墜。勞師襲遠、好戰亡國的古話，放在殖民者身上卻不得應驗。是耶非耶？至今未果。能肯定的，僅僅是蟬聯不絕的槍炮聲令《申報》記者不堪其擾，「盡心焉耳矣」，寫出了復古之情和對希冀回到前近代化時代安寧靜謐鄉間的多少期待！

反思現代性〔註 118〕的暗湧在《申報》極力報導禁止軍火流傳民間中也能察覺，從對官府告示的全文轉載〔註 119〕，到對各地私運軍火、私藏軍火、私販軍火被查獲報導的不遺餘力，皆可證明。〔註 120〕更值得一提的是，《申報》代表的輿論站在「君子不器」的立場，對那些精於槍炮之道的百工之人表現出微妙的態度。下引的這篇報導，信息量大，幾無一字浪費，且述而不作，體現了新聞報導的專業水準，遂全文摘錄。

往歲馬江之戰，法人用開花炮轟擊。其炮彈墮落泥土中間有不炸者，農夫野老四處尋挖，售之可以得錢。有黃某者渾名缺嘴，平日以小經紀爲生。暇時則挖掘炮彈，將火藥傾出而以鋼殼售□省垣鐵店，每個可值洋五六元。前日將彈羅列中庭，與其親串某甲次第

〔註 117〕本書第五章論述。

〔註 118〕參見鄭師渠：《五四前後外國名哲來華講學與中國思想界的變動》，《近代史研究》2012 年第 2 期。

〔註 119〕例如：《嚴禁火藥濟匪示》，《申報》1888 年 01 月 12 日 02 版；《嚴禁私運私售軍械示》，《申報》1891 年 10 月 20 日 02、03 版。

〔註 120〕參見附錄二的配套表格之 1.3.4。

> 敲開。惟後一彈最爲堅固，遂以鐵器擊之。忽轟然一聲，火光衝霄而起，兩邊廂房盡付一炬。時黃有嬸母某氏在旁凝眸，忽爲外人喚出，獨脫於難。而黃之頭顱與甲之腳腿已化爲烏有，左右居鄰幸未罹禍。緣炮彈直衝而上，後仍墜落地上。好事者往觀之，深入二丈餘。其力可謂猛矣。〔註 121〕

由此可見清軍在中法戰後並沒有系統地打掃戰場和收集舊炮彈，政府部門也沒有對那些散落民間的危險物品進行有效處置，而是任由市場解決。先退一步說，即使沒有發生報導中述及的爆炸事故，這些炮彈任由其零落，也失去了難得的研究機會。清帝國的大而化之，和動輒派出間諜、記者，四處打探軍事情報的日本，不由形成鮮明對比。再退一步說，即使清政府設立了相關部門，這些炮彈技術人員在《申報》秀才們的眼中是什麼呢？無非是一些追求奇技淫巧的「好事者」而已。在這則報導中，收集舊炮彈金屬殼換錢的黃某，「渾名」二字就點出了《申報》對其不齒。

本節將視線從養兵中的「人」轉移視線到「物」，從清軍的糧餉起筆，進而到「衣」，到「住」，並收在軍事裝備。軍事裝備中的洋務因素，將在第五章再提及。本章展現的，乃是軍事後勤和裝備領域的一種延續千年的慣性，一個文明古國的習俗。和前兩節的負面評價居多相比，本節展現了清軍的些許人情味，欲擴充營房買地而不可得的例子，值得今天反思。

1.4　《申報》視野中的清軍其它準備與存在

1.4.1　《申報》視野中的晚清團練

「團練」這一名詞，到了晚清因爲曾國藩的湘軍而久負盛名。咸同之交搖搖欲墜的清王朝，正是依靠湘軍平定「髮撚」，渡過難關，開始洋務，迎來「中興」。那麼，何爲團練？

> 團者，團聚之義，練者，習熟之意。合數村數十村鄉民團聚而練習之，以自保其村莊，自衛其地方，互相照應，共相救援，是即古者寓兵於農之意。〔註 122〕

〔註 121〕《炮彈傷人》，《申報》1886 年 11 月 09 日 02 版。
〔註 122〕《團練利弊說》，《申報》1891 年 07 月 07 日 01 版。

團練帶有民兵的性質，與保甲一道，乃清代武裝力量存在的重要形式。《申報》評價道：「蓋保甲所以靖本地之匪徒，團練則所以捍外來之宵小」〔註 123〕。又評價道：「蓋保甲法行，可以止未來之盜賊，而盜賊之源以清；團練法行，可以杜將至之盜賊，而盜賊之流以塞。」〔註 124〕保甲自明初編制「魚鱗圖冊」即有，制度延迄晚清已逾四百年，並與戶口和田賦〔註 125〕有關，與本書論題稍遠。而團練，特別是由團練發展而來的湘軍〔註 126〕、淮軍等武裝力量，是晚清的新生事物。

《申報》對團練的述評不在少數，特別是中法戰爭、甲午戰爭時，更是將政府的團練告示都全文照登，以示重視。從這些告示中，不難看出團練的用途首先在於抵抗外來侵略，頗有全民動員、全民參戰的意味。例如：「茲當海洋有警，自應聯九縣爲一氣，合眾志以成城，行保甲以杜內奸，辦團防而禦外寇，無事則分巡會緝衛田廬，即以靖海氛有事則守口聯防壯聲威，亦以省兵費。」〔註 127〕又如：「萬一寇舟闖進海門，該漁船等隨同水陸官軍或襲其後，多備火箭火珠火船張疑設伏，制勝出奇。有能焚奪一兵船或用水雷轟破一寇船者，另懸賞格，決不食言。」〔註 128〕

在戰時，沿海沿江的不少地區都辦有團練。寧波〔註 129〕、上海〔註 130〕、漢口〔註 131〕、廣州〔註 132〕皆如此。

在平時，團練也是維護基層治安的重要手段。清代的正規軍只有八旗和綠營，承平日久，紀律廢弛；迎來送往，各種雜事不斷。即便這樣，這些有限的孱弱之輩還要擔負警察職能。所以，在山高皇帝遠的地方，兵勇難覓，盜賊易行。《申報》指出：「夫地方之設官，文有知縣、典史、巡檢，下設捕

〔註 123〕《團練議》，《申報》1872 年 05 月 22 日 02、03 版。

〔註 124〕《論團練實爲靖盜之法》，《申報》1877 年 03 月 26 日 01 版。

〔註 125〕「今後滋生人丁，永不加賦」後，户口制度方與稅賦脫鉤。

〔註 126〕湘軍是否爲團練，軍事史家羅爾綱、王爾敏諸先生已有論，此處不再贅述。有關團練、湘軍的深入探討，可參考羅爾綱：《湘軍兵制》，載於《羅爾綱全集・第十四卷》，北京：社會科學文獻出版社，2011 年；《晚清兵制》，載於《羅爾綱全集・第十五卷》，北京：社會科學文獻出版社，2011 年。

〔註 127〕《飭辦鄉團示》，《申報》1884 年 01 月 19 日 02 版。

〔註 128〕《飭辦漁團示》，《申報》1884 年 01 月 19 日 02 版。

〔註 129〕《團練會哨》，《申報》1894 年 08 月 26 日 03 版

〔註 130〕《虹口辦團》，《申報》1884 年 08 月 05 日 04 版。

〔註 131〕《創辦民團》，《申報》1895 年 09 月 18 日 03 版

〔註 132〕《粵團認眞》，《申報》1884 年 03 月 27 日 02 版。

役弓兵；武有城守、分汛，下設馬步兵丁，皆所以捕盜也。然知縣、典史、城守均在城內，巡檢、分汛又在汛，在非其所轄則不能管。而一縣之地方總在百里以外，文武各官不過數員，捕役弓兵、馬步兵丁惟數無多，安能村村布置？故離城汛少遠者，一有盜賊豈能即知，何況於捕？此盜賊所以能橫行也。」〔註 133〕

而團練恰好能夠彌補正規軍的不足，寓兵於農，兵農一體。此外還能互相接應，構成聯防體系：「團練貴在聯鄉，一鄉有事各鄉援之，狂盜必至進退維谷。否則一鄉團練，仍屬孤立無援。時當盜風猖熾，必須各鄉互爲保護。無論營汛兵丁有名無實，各鄉有事難於赴援，即有整頓者，亦遠水難救近火。此以知官設之營汛，亦只可雍容坐鎮江，誠不如各鄉互爲保護之爲佳也。」〔註 134〕

但是清政府對於團練，卻持較爲慎重的態度，究其原因無非是團練口子一開，眾多漢人藉以擁有兵器，是對滿清統治集團的威脅。他們攻擊團練「以之除盜賊則不足，以之抗官府則有餘」〔註 135〕，還搬出了一些村鎮民風剽悍、團練更滋長械鬥之風的理由。對此《申報》極力反對：「豈皆由辦團練之故而始有此風？且豈皆因辦團練之故而乃有械鬥之具哉？然則請辦團練亦防匪之要策，不可以厚非者也。」

至於如何辦好團練，《申報》在「人」與「法」之因素比較中有一段論述，含義深遠：「總之團練固有其法，團練亦貴得其人。苟不得人，法立而弊生；苟得其人，法施而弊絕。曾文正以團練起，而卒收中興之功，無非得人而治之效也。故論者謂，中興得人以文正爲第一，有以夫有以夫！」〔註 136〕

1.4.2 《申報》視野中的晚清屯田

曾國藩將傳統的團練繼承和發展，形成湘軍的戰鬥力；屯田與團練類似，也是源遠流長的制度，並且同樣需要人才來經營，方能得到生產力。屯田的種類很多，僅據《申報》而言，光是分類方法就有兩種：按屯田之名分和按屯田之地分。「屯田之名者：官屯、軍屯、民屯、商屯之殊；屯田之地，有腹

〔註 133〕《論團練實爲靖盜之法》，《申報》1877 年 03 月 26 日 01 版。
〔註 134〕《論團練實爲靖盜之法》，《申報》1877 年 03 月 26 日 01 版。
〔註 135〕《團練議》，《申報》1872 年 05 月 22 日 02、03 版。
〔註 136〕《團練利弊説》，《申報》1891 年 07 月 07 日 01 版。

屯、邊屯之異。」〔註 137〕軍屯在本書的研究範圍內，是軍隊的又一種組織形式，故簡論述之。

從事軍屯的部隊，和尋常部隊最顯著的不同之處在於：是否從事生產，是否自給自足。一般而言，在近代軍事領域專業化趨勢愈發加強的背景下，軍隊從事農業生產的越來越少。職業軍人不從事工農業生產，由國家保證後勤裝備供應，以便集中精力用於訓練、科研、演練，培養有效戰鬥力。那麼軍屯的意義何在呢？軍屯一般在邊境展開。這些地區路途遙遠，地廣人稀，與其運送糧草供給部隊，不如兵農合一，就地生產。「如此則餉之既可省，而倉廩之儲又日廣。」〔註 138〕平時爲農，戰時爲兵，既鞏固了邊防，又生產了糧食。〔註 139〕

新中國成立後設立的新疆生產建設兵團，就是軍農合一、屯墾守邊的軍屯制度的延續。新疆在晚清之前名爲「西域」，歸入華夏版圖歷史已久，西漢時便有「西域都護府」之建制。近代以來，國運衰微，俄人覬覦，新疆邊亂連連，民族紛爭重重。「同光中興」時期，有賴左宗棠率兵出關，漸次平定，立《伊犁條約》，新疆始得稍安。《申報》對清軍在新疆的軍屯大爲讚賞，甚至在社論中直言不諱地說，接到邸報，看到「伊犂將軍金君所奏屯種軍糧秋收異常豐稔一摺」，不禁「眉飛色舞」。〔註 140〕這樣的評價，在本書研究時段的社論中並不多見。

依照屯田之地的劃分，除了邊屯還有腹屯。對於在內地進行的腹屯，《申報》也是持鼓勵態度的。清季道咸後內變頻仍，用兵不斷，餉銀實缺。募勇時，籌餉艱難；遣勇時，紛爭難散。「自古用兵易聚而難遣」，即爲此理也。「況乎古人所謂，雖値無事之秋，有未可一日忘武備者，又豈可將此百戰之士一旦棄之竟一無所備乎？」既然兵「不宜撤」又「不可撤」，「豈若倣古屯田之法以治之？」也就是查找「各處未經開墾及久經荒蕪之土」，授予軍士耕種。如此一來，「餉之既可省，而倉廩之儲又日廣」；且一旦有事，「仍可使之枕戈而起得效命於疆埸也」。兩全其美，「豈不爲長治久安之善哉！」〔註 141〕

《申報》還想像出軍屯成功推廣後，全國「昔時荒煙蔓草之區，仍復盡

〔註 137〕《屯田私議》，《申報》1889 年 03 月 11 日 01 版。
〔註 138〕《寓兵於農論》，《申報》1872 年 12 月 16 日 01 版。
〔註 139〕參見 3.1.3《申報》視野中的中俄關係。
〔註 140〕《論屯田之利》，《申報》1881 年 04 月 07 日 01 版。
〔註 141〕《寓兵於農論》，《申報》1872 年 12 月 16 日 01 版。

成沃壤。東阡西陌，地利無餘，教養兼施，蒸蒸日上」〔註 142〕。因此，《申報》把軍屯肯定爲「腹屯行而中土實矣，邊屯興而疆圉固矣」。更建議在荒廢已久、空耗糧餉、擾亂地方的八旗中也推行軍屯，以實現「一則國課有所充裕、二則餉項不致虛耗、三則滿洲旗丁皆有恒業而不致妄爲」。〔註 143〕向清廷建議改革八旗制度，無異與虎謀皮。明清鼎革之際，滿清正是依賴八旗制度崛起於白山黑水，歷刀槍鐵蹄，定江山社稷，國祚延至《申報》創刊已逾三百年。在清廷歷「髮撚」後的搖搖欲墜之際，東北「龍興之地」尚不願開禁，綠營「幾成虛設」尚堅持重建，對祖宗之傳家寶的八旗制度，又怎麼捨得動呢？

因而，《申報》中對軍屯的報導並不多見，即使有，也發生在城市周邊，規模不大，難成氣候。下簡引一則報上轉載的告示，即爲此類。

> 武昌城守營……出示曉諭，……省垣城外沿濠空基綿長，……查明城濠地勢能否開荒耕種，免其外來遊民搭蓋茅棚居住，誠恐良莠不齊、藉端窩藏等。……保安門以下至平湖門止，雖濠地窄小，而綿長數百餘丈，可開荒播種。……由營擇選得力穩妥兵丁慣於耕種之人興創開基，以重城垣而免盜風。……即興工開創，並諭地保挨户飭令，一律……拆毀搬遷，限日空基。倘敢任意抗違，延遲把持，定即移縣究辦，決不姑寬，勿謂言之不預也。其各凜遵毋違，特示。〔註 144〕

1.4.3　《申報》視野中的晚清防務與炮臺

保護一城一地，民人安居樂業，乃清軍之主要自我認同。與新興歐美國家「海洋文明」側重於航海探索、掠奪殖民地不同，傳統中國的「大陸文明」是傾向於安土重遷、自給自足的。千百年來，王朝更替，天下分合，但軍隊肩負的守土有責觀念卻從未改變。迄誕生《申報》之晚清時，防務報導之多之廣，與軍隊之存在儼然一體，相輔相成。平時如此，戰時尤甚。海防〔註 145〕、江防〔註 146〕、邊防〔註 147〕，津防〔註 148〕、閩防〔註 149〕、臺防〔註 150〕。軍即

〔註 142〕《論招墾》，《申報》1874 年 04 月 03 日 01 版。
〔註 143〕《論屯田之利》，《申報》1881 年 04 月 07 日 01 版。
〔註 144〕《飭兵墾荒示》，《申報》1879 年 03 月 21 日 03 版。
〔註 145〕《海防要聞》，《申報》1880 年 10 月 30 日 02 版。
〔註 146〕《江防要務》，《申報》1884 年 04 月 14 日 02 版。
〔註 147〕《邊防孔固》，《申報》1882 年 12 月 12 日 02 版。

防，防即軍。本應爲戰而備的蓄勢待發，卻成了一種爲守而備的司空見慣。

這種心理難於描述，卻可以通過《申報》一篇論說文的片段來管窺。該篇社論繁雜而冗長，分爲上下連載。「中國海防與西洋異勢論」這個題目被寫成了漂亮的應試八股，既有四六，又有對仗，還適當間以韻腳。讀來蕩氣迴腸，讀罷卻一頭霧水。只能精挑細選，在無數典故中把下引的故事摘出來：

> 昔有甲乙比户而居，甲治田有牛百頭，資之以耕；乙治賈有馬十乘，用之以載。一日甲過乙家，愛其馬之神駭，請以十牛易五馬，乙弗許。甲不勝其憤，歸而賣牛之半，市駿馬八。飼之以香豆嘉穀，飾以錦□金絡，誇示其鄰。鄰人亦極稱賞且曰：「吾之上駟不過是也！」甲意氣殊自負。未幾，東作興矣，佃來請耕。盡出其牛，苦不足用，遂代以馬。八馬之力弱於四牛，而馬之值則倍牛六、七。乃大悔恨。夫馬之力非不足以任重致遠，用以耕田，用非所用矣。

不難看出，評論把傳統海防觀念看作牛，把西洋海軍觀念看作馬。故事中以牛易馬之失策，正是該論者要表達的：「中國睦鄰修好，推赤心於諸國」；「一旦有事，閉關自守亦足自給，所開煤礦以機器取之，層深質勁，色白煙清，足供輪舟之用，無事外求。」〔註 151〕論者似乎對煤礦挖掘和煤質鑒定都很精通，儼然是「西用」和「洋務」領域的行家，可是對海防的保守論調和對帝國主義的善良臆想不禁令人大跌眼鏡。科技發展日新月異，世界格局波詭雲譎，用牛馬譬喻之，焉有不敗之理？！

縱使觀念陳舊，處在那「三千年未有之大變局」時代的士大夫們的議論，已經難能可貴了，不應有後人笑前人之輕狂。《申報》在報導大量炮臺籌建和維護的新聞之餘，還對炮臺有所談及。一是批評清軍的炮臺建設不夠堅固，難以在實戰中抵擋敵人攻勢：「向來中國所置炮臺只以邊障堤防面前之彈，炮臺既無屋頂則概少遮防」，如果敵人「炮彈正落臺內，則內兵或罹其害，或心怯爲逃計而已矣」。〔註 152〕二是建議學習西方的炮臺建造技藝：「受敵之處，則須有厚土以抵鐵彈，有密林以蔽全臺，而其上又須布鐵綱以免飛炮之如雨

〔註 148〕《津防信息》，《申報》1884 年 03 月 07 日 02 版。
〔註 149〕《閩防續述》，《申報》1884 年 03 月 02 日 02 版。
〔註 150〕《臺防增重》，《申報》1884 年 03 月 07 日 02 版。
〔註 151〕《中國海防與西洋異勢論上》，《申報》1883 年 03 月 16 日 01 版；《中國海防與西洋異勢論下》，《申報》1883 年 03 月 22 日 01 版。
〔註 152〕《論中國新設炮臺》，《申報》1875 年 05 月 10 日 01 版。

點紛集也。其中又須隱旌旗以使兵卒之莫測其多寡也。」〔註 153〕

中國海疆廣闊，海岸線綿長，被動修建炮臺，既勞民傷財，又無的放矢。一旦海疆有警，力量分散，根本無法抵禦外敵來襲。修建炮臺就像鴕鳥看見敵人便將腦袋藏入沙土中，是一種無益於問題解決的逃避。《申報》對這一點看得明白：「與其株守於炮臺，不如角勝於洋面。與其周章於臨時，不如綢繆於未雨。請飭南北洋各設輪船水師提督一員，總兵二員，約須兵輪三十餘隻。移長江提督爲南洋提督，瓜州、岳州兩總兵爲南洋總兵。北洋則於天津水勇、新城淮軍挑選謀勇兼備之提鎭，以成外洋水師一軍。又令福建船廠專造鐵甲兵艦，分撥兩洋水師以備攻剿。」〔註 154〕

更難能可貴的是，《申報》看到了海防問題的複雜性。清軍不是沒有水師，若說水師落後難禦外敵尚且情有可原，但海盜土匪之猖獗都難平，又是爲何呢？

> 近年以來，沿江盜賊固較前爲多，而洋面搶掠更較從前爲甚。盜風之熾，至此而可謂極矣。凡中國洋面幾幾（原文如此。2017 年春記。）乎無一處無掠殺之案，而官兵若罔聞知也。夫中國近來有兵船、海軍水師炮船、兵輪、鐵甲、鐵脅、蚊子快船，閩粵南北各洋面既星羅棋佈。此等兵輪每月所費亦殊不貲，統帶者固食大俸膺大祿不必言矣。其下幫帶也哨官也、文案也、醫生也、兵丁也、火夫也，其數甚多。雖不免於虛報侵吞之弊，而國家之開支錢糧則每船每年總以數萬金計。而其實一無所事，除常操之外，不過迎送大憲而已。其出海會哨也，不過約定地方，數船屆期並至其地，亦離海口不甚相遠。各船既集，則彼邀小酌，此請大餐，笑語喧嘩，主賓歡樂；興盡將返，則令兵丁等大放槍炮以壯聲威。國家費如許錢糧，養如許冗人，而卒歸於一無所用，徒惹外人笑耳。此實可爲痛哭流涕者也！〔註 155〕

上引十分精彩，「彼邀小酌，此請大餐，笑語喧嘩，主賓歡樂；興盡將返，則令兵丁等大放槍炮以壯聲威。」簡直將清軍之懈怠和滑稽醜態給寫活了！該社論發表於甲午戰爭一年前，彼時《申報》業已看清海防問題不在技術，

〔註 153〕《海防要論》，《申報》1879 年 11 月 06 日 03 版。

〔註 154〕《海防宜設外洋水師論》，《申報》1884 年 10 月 24 日 10 版。

〔註 155〕《巡洋說》，《申報》1893 年 08 月 28 日 01 版。

而在體制。清軍硬件的置辦，非但不能彌補軟件的缺失，而且更加勞民傷財，自取滅亡。而「惹外人笑」和「痛哭流涕」八字，更是對甲午戰敗的精準前瞻！

1.4.4　《申報》視野中的清軍調動與兵數

以防守作爲主要軍事手段的清軍，一遇烽煙，自然疲於奔命。漫長的中國海岸線上布滿了清軍的要塞、炮臺，戰事將來，自然需要兵力充實。這種臨時抱佛腳般的軍隊調動，《申報》給與了程序般和禮節性的關注：除了自內陸向沿海的調動占主流外〔註 156〕，還有南下的〔註 157〕、北上的〔註 158〕，甚至連軍隊過境也印之報端〔註 159〕。究其原因，「新聞價值」還是起了決定性的作用，上海是十里洋場、繁華故地，久安太平的編者和讀者都本能地關注軍事。這種關注既源自於對軍旅的好奇，又有對商業生活受軍事干擾的擔憂。事不關己時，高談闊論，呼喚改革；危險臨近時，小心謹慎，祈求安定，這是《申報》的很多涉軍評述的特點。

軍隊調動來去，養兵日久天長，時光永是流逝，天下難得太平。在養兵這個問題上，《申報》絕非只見樹木、不見森林，而是從感性認識上升到理性認識。數篇冠之以「兵制考」、「營制述」的雄文，〔註 160〕足以將該報憂國憂民憂兵的情懷刻畫，也提升了報紙的理論高度。

在這幾篇「考」與「述」中，儘管報紙條分縷析，從各省份、各軍（兵）種、各編制單位出發，試圖釐清脈絡，並估出晚清武裝力量的總數。但是，

〔註 156〕《載兵東下》，《申報》1884 年 03 月 19 日 02 版；
《楚軍到禾》，《申報》1885 年 09 月 02 日 02 版；
《楚軍赴寧》，《申報》1881 年 01 月 19 日 02 版。
〔註 157〕《北兵來滬》，《申報》1876 年 07 月 12 日 02 版；
《戰艦守凍》，《申報》1878 年 11 月 29 日 02 版。
〔註 158〕《載兵往北》，《申報》1880 年 09 月 14 日 01 版；
《兵船往北》，《申報》1886 年 04 月 21 日 02 版。
〔註 159〕《營兵過境》，《申報》1884 年 01 月 03 日 02 版；
《兵船過境》，《申報》1883 年 08 月 31 日 03 版。
〔註 160〕《湘軍營制述》，《申報》1894 年 04 月 25 日 01 版；
《皇朝兵制考》，《申報》1892 年 02 月 29 日 01 版；
《皇朝兵制考》，《申報》1880 年 04 月 03 日 02 版；
《湘軍營制考》，《申報》1892 年 03 月 15 日 01 版；
《綠營兵制考》，《申報》1892 年 03 月 07 日 01 版。

《申報》對中國實際有多少兵，依舊一頭霧水。爲什麼？

> 福州船政局各輪船人數不足，前只將濟安船管駕撤委，其餘均無更動。玆聞黎星使因揚武輪船之管駕薪水最厚，而舵水人數所短至多，公論譁然，故囑總稽查傳揚武管駕張成入署，面詢其故。據張弁面覆，因粵省安瀾輪船於夏間借去水手二十名、炮勇十名、雜作數名，是以人數不足。總稽查覆詢，斷無粵省輪船遠借閩船水手之理。即有，借去亦宜早爲稟報，何以至點名後乃稟知乎？張弁無詞可答。總稽查即將張弁之言據實稟明黎星使，亦無他語。聞此案已算了結矣。〔註 161〕

「聞此案已算了結矣。」讀來感歎壯士暮年，有心而無力之奈何也！官官相護，不了了之，即便「公論譁然」，《申報》報導，輿論關注，又能如何？且福州船政局是「洋務」後新設的軍事部門，較之傳統的單位理應先進一些。船政局尚且如此，清軍的其它單位，實際人數更不可辨。爲什麼？「蓋武員之缺清苦者多，不及文員各缺之肥美」。文員管轄百姓，生財之道多；「獨有武員則政簡事清，雖有英雄亦無用武之地」。編制人數多於實際人數，差額就歸將領所有，此爲生財之道也。

耳聽爲虛，眼見爲實。《申報》記者看見不少清軍大員「偶過上海者，無不金迷紙醉，酒地花天，撒漫揮霍，眞有用之如泥沙之勢」。並由此推測：「竊嘗怪之，以爲若輩武職，廉俸無多，何以腰橐豐盈，手頭寬裕至於此極，而不知其所取於虛額者正不少也。」〔註 162〕究竟有多少「虛額」，《申報》說不清也道不明，養兵到最後，卻是一筆糊塗賬。

本節又提到幾種清軍的存在形式，並將它們一併納入「養兵」的範疇。團練側重於其組織形式，而屯田自不消說。說到清軍的懈怠和廢弛，一個「養」字也可悟其七八分眞意。防務、炮臺、調動，乃至制度、人數，都像太和殿中的焚香，既虛幻而捉摸不定，又透著古老帝國的寧靜，保持著大潮將來前最後的威嚴。

〔註 161〕《查問兵額》，《申報》1882 年 03 月 08 日 01、02 版。
〔註 162〕《論抽查兵伍》，《申報》1891 年 04 月 02 日 01 版。

第2章　「兵以用而後知」〔註1〕——帝國的軍隊使用

2.1　《申報》視野中的國內軍力使用

2.1.1　鎮壓內亂

晚清動蕩，內亂不休。各地此起彼伏的土匪〔註2〕、暴民〔註3〕、變亂〔註4〕和起義〔註5〕，在《申報》上多有體現。南方〔註6〕北方〔註7〕皆有，西部〔註8〕東部〔註9〕亦然；陸軍既有，海軍亦然〔註10〕。

〔註1〕摘自《申報》1890年12月09日01、02版社論《兵以用而後知論》的標題。（2016年秋記）
〔註2〕《粵東盜耗》，《申報》1877年11月16日02版。
〔註3〕《東陽亂耗》，《申報》1879年12月14日02版。
〔註4〕《貴州軍情時事》，《申報》1872年06月21日02版。
〔註5〕《湘省風傳》，《申報》1878年02月08日02版。
〔註6〕《瓊州軍信》，《申報》1879年08月01日02版；
《粵東戡亂》，《申報》1878年01月19日02版；
《粵亂續信》，《申報》1878年11月06日02版。
〔註7〕《剿匪近信》，《申報》1891年12月11日02版。
〔註8〕《貴州省軍情》，《申報》1872年07月11日02、03版；
《蜀中軍報》，《申報》1886年11月16日02版。
〔註9〕《撥兵捕盜》，《申報》1878年03月15日02版；
《接述臺匪事》，《申報》1881年11月30日02版。
〔註10〕《捕獲海盜》，《申報》1890年02月26日02版。

興，百姓苦；亡，百姓苦。每遇內亂，官府首先向百姓要錢要人。在海南，亂兵未至，民怨已沸：「瓊城官憲出令，居民每家出男丁一人爲練勇，以資保衛。而居民則各有怨言，聚議於公所。大抵謂官徵民銀爲數已巨，理應官爲保護，何至傜役於民？故相約不遵辦也。」《申報》在報導末尾還加了一句「然則重斂府怨又不特儋州爲然矣。」〔註 11〕看來各地情況類似：和平時期，官府徵收的稅賦已被龐大的官僚體系瓜分殆盡，豢養了大批編制內的冗餘無能官兵；戰亂時期，國家機器只好另籌人力、物力和財力方能平定局勢。內亂未平，民心已亂。

儘管勞民傷財，籌集的軍隊卻應付差事，遲遲不能到位。在浙江，匪徒已至，清軍優遊：「最可笑者樂清曹都戎，於廿一日帶兵百名前往助剿，是日止五三十里便駐宿虹橋，次日住箚芙蓉村，念三日兵抵觀音洞。」《申報》無奈地揶揄：「軍書緊急而彼獨整暇若此，豈救兵如救火，曹君未之前聞歟？」帶兵的都戎們恐怕知道「救兵如救火」〔註 12〕的道理，但他們更知道「一鼓作氣、再而衰、三而竭」，也知道楚漢戰爭時項羽苦戰秦軍主力而劉邦先入咸陽的故事。因此，誰都不願第一個抵達戰場遭遇悍匪，誰都願意耽擱時日，保存實力，坐享其成，拾取勝利果實。

儘管消極避戰，但總有正面接觸。兩軍相持，高下立判。清軍坐擁正統身份和正規營伍，卻和土匪們打了平手。《申報》對廣東的這場小戰役描述得頗爲生動，遂摘引如下：

> （匪）聞官軍至，知螳臂不足以當車，遂退匿於南菌山作負嵎之勢。是山……枕於數縣之交，箐密雲頹，官軍猝難深入。而瓜蔬穀米皆可取之山中，不待外求，且巉岩陡岸。兵如欲上，盜則以石滾而下，雖銅頭鐵額終不能履險如夷。……鄧鎮軍方擬移營以遏其鋒，而山中匪首……鳴炮索戰。而長寧之土匪……在山口衝要處所起築炮臺，極形堅固。鄧鎮軍立飭幹弁督兵出戰，炮聲動地，匪不能支，皆抱頭鼠竄，官車乘勝前追，欲直擣山巢爲一勞永逸之計。詎至距山口數武以內，皆密佈蒺藜竹簽等物，官軍之誤踐者皆不良於行，遂約隊退後。匪等以官軍中伏，又鼓譟而下。鎮軍復整隊迎之，賊仍退。時已日落虞淵，兼畏道路之難行，遂止不攻，惟發勁

〔註 11〕《海南近耗》，《申報》1878 年 11 月 12 日 02 版。
〔註 12〕《接述臺匪事》，《申報》1881 年 11 月 30 日 02 版。

旅以過安衢而已。鄧鎮軍回營後立備申文……不分晝夜至省投遞督撫各轅，詳述……剿匪情形，且申請增派兵勇及火器等件。〔註 13〕

這是一場陣地爭奪戰，土匪在山上，清軍在山下。報導中有「炮聲動地，匪不能支」的一語，可見清軍開炮時的火力很猛。然而，除了這種遠距離、無危險的進攻方式外，清軍在交戰中乏善可陳。被土匪的滾石阻擋後，就貪生怕死，只敢開炮亂轟；誤入敵陣後一看天黑，就「畏道路之難行」，消極防守，準備收兵。相反，土匪卻巧選地點——「數縣之交」，巧用地形——「巉岩陡岸」，巧抓時機——「官車乘勝前追」，打了一場漂亮的防守反擊戰，鞏固了根據地。戰後，土匪就地休整，「瓜蔬穀米皆可取之山中」，做好了打持久戰的準備；而清軍一面吹噓戰果，一面搬來救兵。《申報》在報導清軍請功請援時，不無諷刺地用了「不分晝夜」一詞。如若開赴戰場時能有此果敢，土匪尚能囂張否？

其實在這種圍攻戰中，清軍能與土匪接仗已屬不易。究其原因，底層的官兵對帝國、朝廷並無什麼歸屬感，多是當兵吃餉而來。〔註 14〕少數民族地處偏遠，教化未深，對清軍心存幻想。面對清軍的包圍，他們沒有像漢族土匪那樣堅守頑抗，而是接受了清軍的勸降。可後果如何呢？

苗初恐墮官軍計中，不肯出降。後帶兵官斬有罪者一人，取人血放入酒內，因遍飲各酋長酒爲誓。該逆酋始信而不疑，前路官軍將降酋四名解至提戎行營，提戎旋即解赴撫軍轅門……逆酋解到，立即按軍法從事，並處分極刑論剮。西人見者以爲慘云。先將其皮剝去，次斷其兩肘，次斷其兩腿，再次取其心，最後則斬決其首云。別股賊苗風聞……俱懷負隅之意。〔註 15〕

言而無信，違約殺降。不僅是殺，更是虐殺。「殺降不祥」，是舊時軍隊

〔註 13〕《粵東匪亂詳述》，《申報》1877 年 11 月 14 日 02、03 版。

〔註 14〕在晚清民國中國軍事的近代化進程中，武器裝備的近代化僅僅是第一步，在本書涉及時段主要體現在此。軍事制度的近代化是第二步，本書涉及時段的北洋海軍在成軍時有所涉及，但局部難以撼動整體，這也是甲午戰敗的背後因素。直到清末新政時期的「小站練兵」時期，帝國的軍事制度近代化才全面鋪開。建軍思想的近代化是軍事近代化的更高階段，表現爲軍隊的政治工作，官兵的理想信念教育，從而增進軍人的歸屬感和戰鬥力。在曾國藩的湘軍時期，對建軍思想略有涉及，但仍然停留在傳統儒家的三綱五常基礎上。（2016 年秋記）

〔註 15〕《貴州軍情時事》，《申報》1872 年 06 月 22 日 03 版。

中的一種心理暗示，言將已經投降的敵人處死，會對本方不利。秦將白起坑殺降卒四十萬，其不得善終，秦朝亦短命；漢將李廣難封，《漢書》便將原因歸結爲他曾殺降。祥與不祥繫於唯心，姑且不論，但殺降造成的「負隅之意」是基於人性推理的。清軍肆意殺降的輿論環境一旦生成，更多可降、願降之人被推到對立面上，以死相拼。此乃失人心一也。

清軍在殺降一事中的言而無信是其內部的離心離德造成的。一線將士希望免打免殺，指揮機關希望立功邀賞；底層官兵希望平安領餉，上層領導希望陞官發財。上下難一心、官兵不一致，各懷鬼胎、各打算盤，名爲正規、實係散沙。人血放入酒中，飲酒以爲誓言。官僚們卻毫不在意，仍開殺戒，令基層勸降官兵情何以堪？盜且亦有道，官兵竟如此！此乃失人心二也。

清軍人心盡失，失道寡助。一邊是官兵疲於奔命，一邊是兵事有增無減。諸多內亂中，還有前高級將領，竟也揭竿而起。1878 年，李揚才亂起，其人本係副將，後被革職。李一呼百應，「天下所有投閒置散之武弁、裁遣撤散之兵勇類多與曾相識……抑鬱不平困乏者……暗通款曲、遙爲之應」，這是爲什麼？《申報》在評論中僅用寥寥數語，就把武官在朝無缺無職、在野無錢無勢的困境描繪得淋漓盡致。

> 欲歸田，則業無可守；欲在官，則事不可知。進退維谷，因怨而憤。……誠有如李揚材咨文所稱受撫道之壓制、州縣之淩辱者。嘗與禁省人論之，其鄉由營而來歸者，村必數人。……記名提鎮以下、都守以上之官，貧而歸者，立錐無地。或改爲他事，替人作夥，無能者覓主人而操作如僕，然其心不甘也，特無隙可乘耳。富而歸則宜可安居矣。然人非老諄，必念子孫營產置田計爲長久，然而鄉人欺之，誘其置產，成交以後輒多轇轕……因是成訟，紅頂花翎黃馬褂匐伏公庭，與鄉人對質。官見其昂然也，明明鄉人欺之，必曰：「爾毋以勢凌人也」。抑何氣焰乃爾，彼身受屈，怒形詞色，頂撞在所不免。蓋武夫也，安望其有涵養功乎？地方官據此稟揭，裝點其詞，則褫革逮問，鞭撲可加矣。〔註 16〕

正如上引，一部份因在軍內升職困難而被擠還鄉的軍官，在地方上備受欺壓，頗有被逼作亂的動機。因而，李揚才之亂有其必然性。儘管該亂歷一年即被平，《申報》仍給予大量述評，應有深意哉！當昔日之戰友成爲現實之

〔註 16〕《論李揚材作亂大勢》，《申報》1878 年 12 月 18 日 01 版。

敵人，屢次鎮壓內亂的清軍，焉能不有狗烹弓藏之悲夫？

2.1.2 平定會匪

《申報》的記者和編輯們多來自蘇浙皖等地，這些地區曾是太平天國運動的主戰場，歷經雙方多次拉鋸戰。太平軍佔領時，男女分營、取消商業；清軍反撲時，勝利「劫收」，燒殺搶掠。「二十四橋仍在，波心蕩，冷月無聲，念橋邊紅藥，年年知為誰生？」自古富庶繁華之地，歷經戰火而艱難復蘇。由太平天國至本書研究時段，不過三四十年。

《申報》所代表的文人群體對太平天國記憶猶新。兩害相權取其輕，與曾國藩一樣，他們選擇崇儒家、衛道義，盡士林本分，並將這與清政府的合法性結合。批評清軍是多少的問題，是量的問題；批評太平軍是生死及有無的問題，是質的問題。面對太平軍，文人們的口徑與清廷幾乎一致：「洪先生善說大話，勸人為善，四鄉婦孺信從者眾耳。乃由近而遠，徒黨之煽惑者，展轉漸染，竟遍粵東西兩省。地方官以為結盟拜會不過教堂積習，容隱不辦。孰知一經起事，便如江河之決，勢不可遏。生靈千萬荼毒，十年元氣之傷，迄今尚不能復哉。」〔註 17〕尤其要強調的，就是防微杜漸：「早行往剿，而洪逆安能猖獗至此哉？前事不遠可為殷鑒！」〔註 18〕

前事不忘，後事之師。《申報》言辭懇切希望清廷「殷鑒」的，就是「一經起事」，「勢不可遏」的「拜會」活動。太平天國由「會」發展而來，之後，又有哥老會、天地會等。《申報》對此高度警惕，先講道理：「自古民之亂也，必先結黨，黨之聚也，必先設立名目。非黨不足以煽誘，非設立名目不足以號召而抗拒。」再擺事實：上起三代，中接秦漢，下迄隋唐，「上下二十四史，根株枝葉不難原原本本悉數而臚陳之。」總而言之，就是要對一切聚眾危害政權的「會」予以堅決取締。「思患預防，為一網打盡計。」〔註 19〕

尤其值得關注並嚴打的，就是哥老會。該會已發展到軍營中，廣受歡迎。「營中之勇大半皆係哥老會中之人，不與會者寥寥無幾。」究其原因，乃在於哥老會對弱勢群體的幫扶。兵勇在軍時多受欺壓，離軍後又顛沛流離，哥老會適時出現：「當在營充勇之時，彼此相顧，如同兄弟患難同當、安樂共享；

〔註 17〕《書惠州亂事後》，《申報》1884 年 04 月 05 日 01 版。
〔註 18〕《論禁絕會匪》，《申報》1876 年 09 月 20 日 01 版。
〔註 19〕《論會匪亟宜解散》，《申報》1886 年 05 月 30 日 01 版。

及至裁撤之後，不能歸田務農回里安分者，有此與會憑據，可以周流各省，即遇素不相識之人，彼此暗號既同便行招往公所，供給日用飲。」組織的關懷無處不在，哪怕受了欺壓，「與會之人即可代爲設法報復。」所以「營中之人未有不願與此會者也」。隨著哥老會的發展，清軍的組織機構更加形同虛設。作爲一省的最高軍事主官，「福建提督高軍門」〔註20〕竟能被兵士戕殺。《申報》感歎：「目前近況最足爲心腹憂者，莫如哥老會」〔註21〕。

配合著鎮壓會匪的輿論攻勢，《申報》報導了大量對會匪的搜捕〔註22〕、押送〔註23〕、審判〔註24〕、處理〔註25〕。這些報導多帶有傾向性，下引的兩篇均是，甚至在結尾處就有評價：一篇贊清軍鎮壓之果斷，一篇批會匪之愚昧。第一篇文字精鍊，描寫到位，實爲好新聞稿，且標題中的「伏誅」二字，褒貶立出。

> 常熟……某營有暗通哥老會者。前月二十八日經該營統領偵知，匪黨約於端午日之夜，放火爲號，裏應外合。遂不動聲色，靜心俟之。屆期傳令點名歸號，緊閉營門。自率親兵，周歷營牆四面，隨就帳中秉燭觀書。至更餘，有哨官入賬稟報，營外一里許，民房失火，請發令赴救。統領不許，親□營外登高瞭望。迨火熄聲靜，發令升帳，飭傳報火之某哨弁兵十餘人。嚴刑訊詰，並在各人身畔搜出黃布小旗及僞文等，遂將該弁兵十一人即行正法，梟首傳示軍中。諭令誤入匪黨者，准其呈繳僞文，免其治罪。一時營兵繳出小旗四十餘方，統領悉令銷毀。於是行伍蕭然，無敢有作奸犯科者。使非統領鎮靜雍容，胸有成竹，則一星之火可以燎原。巨患既成，

〔註20〕《論哥老會》，《申報》1876年08月22日01版。
〔註21〕《論會匪亟宜解散》，《申報》1886年05月30日01版。
〔註22〕《緝獲會匪》，《申報》1886年10月14日02版；
《緝獲會匪》，《申報》1893年11月12日02版；
《巨匪成擒》，《申報》1893年04月09日02版。
〔註23〕《會匪解省》，《申報》1886年11月16日02版；
《會匪送縣》，《申報》1886年08月31日03版；
《會匪送縣》，《申報》1892年06月10日03版。
〔註24〕《密訊會匪》，《申報》1891年07月09日02版；
《縣訊會匪》，《申報》1892年01月25日04版；
《會黨已招》，《申報》1892年01月12日03版。
〔註25〕《會匪正法》，《申報》1885年11月20日02版；
《會匪正法》，《申報》1890年10月07日02版；
《會匪正法》，《申報》1892年09月12日03版。

撲滅豈易易哉？〔註 26〕

> 皖省舒城縣，民風素稱強悍。其西北鄉皆高山峻嶺，毗連英、霍二邑。秋間，六安某匪首潛匿深山中，煽誘愚民入教，私造旗幟，編列頭目。並令會中人輸捐以遂其斂錢之計。……獲會匪三名，……現在此三名已解省過堂，沿途觀者頗眾。該犯雖身羈囚籠，然逢人猶作讕語。謂俟書符一道，當帶爾等昇天去。其至死不變也如此，是眞戾氣所鍾歟？〔註 27〕

正是因爲以上引兩篇爲代表的平定會匪報導，《申報》對清軍肅清會匪頗有信心，認爲「同光以來治兵者頗能實事求是」。通過「平髮、平撚、平回苗」的鍛鍊，「兵之精銳都由戰陣中出，用之日久，其膽愈壯，其力愈雄」。〔註 28〕《申報》肯定地說：「吾嘗與素心人談及，以中國此時之軍威，以之禦外侮或向虞其不足，以之平內訌則可決其有餘」。更是嘲笑會匪「乃不度德，不量力，任情以逞，其有不自投羅網直致誅夷者哉？」〔註 29〕

2.1.3 處理教案

內亂如此，涉外亦然。晚清此起彼伏的教案，由於涉及外國人的在華勢力，清廷處理起來不得不愼重。與平定內亂的遲緩怠工相比，清軍在處理教案時頗爲雷厲風行。江蘇〔註 30〕、浙江〔註 31〕、安徽〔註 32〕、湖北〔註 33〕、廣東〔註 34〕、四川〔註 35〕，莫不如此。

1891 年，安徽蕪湖發生群眾滋鬧、進而燒毀天主教堂的事變。「大憲聞報，即箚飭幹員前往查辦」。爲了維持秩序，保護在華傳教士的生命財產安

〔註 26〕《會匪伏誅》，《申報》1887 年 07 月 05 日 01、02 版。
〔註 27〕《會匪解省》，《申報》1886 年 11 月 16 日 02 版。
〔註 28〕《書惠州亂事後》，《申報》1884 年 04 月 05 日 01 版。
〔註 29〕《書剿匪捷音後》，《申報》1892 年 10 月 08 日 01 版。
〔註 30〕《大鬧教堂》，《申報》1891 年 05 月 06 日 02 版；
《丹陽鬧教》，《申報》1891 年 06 月 04 日 01 版；
《丹陽鬧教續聞》，《申報》1891 年 06 月 06 日 02 版；
《丹陽鬧教實情》，《申報》1891 年 06 月 19 日 02 版。
〔註 31〕《先事預防》，《申報》1891 年 06 月 26 日 02 版。
〔註 32〕《蕪湖警電》，《申報》1891 年 05 月 14 日 01 版。
〔註 33〕《鄂防嚴密》，《申報》1891 年 07 月 15 日 02 版。
〔註 34〕《教師爲難》，《申報》1875 年 03 月 20 日 01、02 版。
〔註 35〕《成都教案》，《申報》1893 年 04 月 21 日 02 版。

全，清軍也積極行動，「撫憲檄調兵勇數百名，令即日星夜潛往，藉資鎮壓，各營兵勇聞派遂各整旅裝」，迅速「搭北京輪船東下」。〔註36〕兵勇由安徽省府安慶前往事發地蕪湖，順流東下，速度自不待言。而鬧教的信息由蕪湖傳至安慶，則是逆流而上了。《申報》爲了保證新聞的時效性，在相去不過五百里的兩地間也使用了電報。這也說明了身處上海的新聞人對教案的關注。

「滬上一隅，匪徒之眾甲於他處，教堂之多亦甲於他處，地方之富庶，貨財之積聚，又爲通商各碼頭之冠，宜早爲匪黨之垂涎。」上海開埠較早，洋人眾多，租界林立，五方雜處，教案發生的可能性很高。但是，「自他處鬧事以後，雖亦謠言四起，而匪徒終伏而未動。其故何哉？」《申報》將滬上之和平歸結爲上海駐軍的「防之嚴也」：首先，對教堂嚴密守護，「加意於各教堂，箚飭文武嚴密稽查，其地處偏僻者更派營兵駐紮」；其次，對隱患堅決排除，「以僻地煙間易藏匪類，特將西門外至徐家匯一帶煙館勒令遷移」。《申報》認爲保護教堂和預防教案是無可厚非的：旅華洋人少，而本地居民多，「一旦有變，玉石俱焚」，城門失火，殃及池魚，「保護教堂實爲華人造福，非盡爲西人也。」〔註37〕

對於已經發生的教案，《申報》提到了曾國藩處理「天津教案」的做法：「同治年間津門一案爲禍較烈，其時辦理此案者爲湘鄉曾文正公，夫非經天緯地守正不阿之偉人耶？其後卒將兇手正法，財產賠償而案遂結。可見此等案件辦理之法，終不能出此範圍。」〔註38〕範圍就是處理教案的示範和先例，即對內鎮壓、對外賠償。《申報》認爲這完全符合國際慣例，是處理涉外糾紛的正確做法：「夫與約合國，凡旅寄之人，理宜互相保護，載在盟書，實爲公法」。〔註39〕

然而僅依照國際公法做一些事後的賠償和處罰，是不能從根本上解決問題的。爲什麼清末教案頻發？《申報》也有自己的思考。

> 彼與教爲難者，其心雖欲激怒西人俾侍乘機作亂，而其言則謂：「我中國自有聖人之教，文行忠信，亙古常昭，烏用此異言異服之人錯雜其內？」愚民無識，誤聽其言，於是號召黨徒，雲集響應，一唱百和，群起而攻。毀教堂，毆教士，殺人劫物，幾如風卷雲馳。

〔註36〕《調兵彈壓》，《申報》1891年05月19日02版。
〔註37〕《論保護教堂即所以保護中國人民》，《申報》1891年06月11日01版。
〔註38〕《論教案宜迅速辦結》，《申報》1891年08月21日01版。
〔註39〕《論保護教堂即所以保護中國人民》，《申報》1891年06月11日01版。

卒之西人大興問罪之師，向我詰責。彼為首者無從漏網，顯戮難寬。而毀者賠之，死者恤之，毆辱者從而撫慰之。費官長幾許調停，耗國家幾許款項。而傳教者如故也，信教者依然也，教堂且愈建而愈巍煥也。人亦何苦而與彼結怨以致自蹈危亡耶？〔註40〕

傳教，鬧教，賠償，傳教。這樣的循環往復，既令人迷惑，又使人無奈。既然一切皆自傳教起，那麼所傳之教該不該傳？這個根源要不要取締？《申報》對此的態度是非常明確的。「普天之下，壤地廣矣，人民眾矣，無論何地，莫不各奉一教，以為皈依。」西方主流宗教有其存在的合理性，也有其傳教擴張的教義要求。從歷史看，「明之季天主教始入中國，其時湯若望、南懷仁等深通天文曆法」，帶來了先進的科學技術；從現實看，「教士不憚風濤之險、跋涉之艱，以蒞此中土也，其意無非欲以善勸人，使之革薄從忠、安分守己」。〔註41〕由此看來，傳教斷無取締之道理。

既無取締之理，則更應妥為保護，以懷柔遠人。既提倡保護，則更應防患於未然。與其事後茫然處理教案，不如事前分析其緣由，杜絕其隱患。教案一起，洶湧滂湃，群情激奮，但喧嚷中卻人分兩類。一是煽動者：「有喜事生風之輩，乘機煽惑」，傳播謠言，「甚至遍貼匿名揭帖，捏造不經之談，滿紙胡度冀以聳動愚民之觀聽。」〔註42〕另一是脅從者：同光以來，內亂漸平，勇營遣散，為國立功卻回鄉無路者眾，湘軍的復原官兵即是如此，「湘中多有以紅頂花翎之人而為人肩輿操楫者。」〔註43〕後者背景複雜、問題深遠，一時難以解決，故《申報》建議清軍從打擊少部份煽動者著手。

煽動鬧教者「皆各處之土棍也：安慶之道友，蕪湖之青皮，天津之混星，上海之流氓。」這些人「平居無事則為各處之棍徒，一旦有急無非天下之亂黨，此等人一日不靖，即天下事一日不得安」。〔註44〕對此，《申報》主張堅決鎮壓，「攻以猛劑去之務盡」〔註45〕，且認為清軍對鬧教的處罰還不夠嚴厲。「古之治莠民者，曰屏之遠方，終身不齒，立法有不嫌其嚴者，奈何以縱暴為能哉？」〔註46〕總之，只要足夠重視，消滅鬧教源頭是不成問題的：「今值

〔註40〕《論各處鬧教事》，《申報》1893年07月17日01版。

〔註41〕《論民教不和》，《申報》1891年05月22日01版。

〔註42〕《論民教不和》，《申報》1891年05月22日01版。

〔註43〕《書宜昌鬧教電音後》，《申報》1891年09月05日01版。

〔註44〕《再論民教失和》，《申報》1891年06月03日01版。

〔註45〕《論民教不和》，《申報》1891年05月22日01版。

〔註46〕《再論民教失和》，《申報》1891年06月03日01版。

此兵精器利之際，平此擾擾如風偃草。」〔註47〕

本節關注了清軍的對內使用。第一目是基本，第二目增加「會」的因素，第三目再增加「洋人」的因素，層層遞進。第一目，鎮壓內亂，清軍乏善可陳，招致《申報》批評，不僅調動緩慢、貪生怕死、虛報戰功，連昔日將領也化友爲敵。第二目，平定會匪，對「會」的懼怕和憎惡遠勝於對清軍的批評，遂站在清軍陣營。第三目，處理教案，《申報》的外資背景令觀點更鮮明：支持清政府，保護傳教士，嚴打教案組織者。

如果說本節中清軍的使用尚且符合身份，那麼還有些用途就顯得越俎代庖了。有些是制度設計之缺，有些是官場因循之弊，後兩節將分別展開。

2.2 《申報》視野中的清軍其它職能（一）

從本源上說，軍警有其共性，軍隊與警察界限並不十分清晰，現代的武裝警察、特警，就與軍隊十分相似。當對內的難度超出警察能力特別是武裝力量時，對外的軍隊則被調來使用。因此，清軍做一些警察應該管的事並不唐突。晚清風雨飄搖，在對內鎮壓較大規模的反抗時，清軍頻被調用，上一節已然提及。沿著這樣的思路，繼續從《申報》來看，本應對外的清軍還做了哪些對內的工作。

2.2.1 維護治安

2.2.1.1 一般治安維護

抓賭是最能作爲過渡的。當賭局「正在呼麼喝六之際，步營弁兵二十有四人擁入局內，立即捉住賭犯八十五人，一併鎖繫，連賭具賬簿」〔註48〕全部沒收，眞是迅雷不及掩耳，相當威風！這類動輒逮捕近百餘號人且聲勢浩大的掃蕩式行動，從報導看來，動用軍隊並沒有「殺雞焉用牛刀」的浪費，下引報導就是一例。其文筆生動，如臨其境，摘其精彩處：

> 李軍門親率炮船數艘，於上月二十日駛至該處……掩捕。若輩竟敢持械拒捕，兩陣對圜，槍炮齊發。梟匪中有戴某、王某，兇狠異常，手持六門手槍，向軍門施放。軍門之親隨某甲等從後面小路抄上，

〔註47〕《論保護教堂即所以保護中國人民》，《申報》1891年06月11日01版。
〔註48〕《鎮軍捉賭》，《申報》1893年12月06日02版。

將二人圍住。俟二匪槍彈放盡，始一擁而上。二匪拔出利刃向人亂舞，軍門見甲等不能近身，遂傳令曰：「格殺弗論！」甲等乃奮勇上前，將二匪砍倒，取其首級而返。餘匪見頭目被殺，不敢惡戰，當將屍身搶去，呼哨一聲各自奔逃。軍門即令收兵，泛棹回蘇。〔註49〕

比抓賭的規模稍小的，還有抓捕逃犯。

京友云：上月二十日，天微明時，突來左翼兵丁將崇文門內驢市胡同南向某姓家圍繞。俄見一人躍上房脊，向東飛行。諸兵亦紛紛上屋，狂追二里許，此人由破牆跳下躍上齊化門城垣。迨諸兵到來，則此人已杳無蹤影矣。傳聞此人混名恩四黃上，今夏由刑部發配，到配潛逃。□匿是巷親串家久之，被左翼兵丁察知，是以來此拿捉也。〔註50〕

該犯身手不凡，儘管諸兵緊追，仍能逃之夭夭。如果說爲了對付這樣的江洋大盜而使用軍隊尚稱合理，那麼上海抓兩個地棍〔註51〕，武漢逮一個小偷〔註52〕，在《申報》中都是清軍規模化出動，聞之不免荒唐，頗有小題大做之感。

近代開埠以來，中國沿江沿海沿邊興起了不少新型的城鎮。這些城鎮工商發達、百業聚集，外來人口龐雜，城鄉界限模糊。加之租界犬牙交錯，西人耀武揚威，利益主體多元，社會矛盾重重。在一個由「鄉土中國」向「近代化中國」的轉型時期中，傳統四民社會的宗族、法律、道德等觀念首先在這些地域失去約束。在「五方雜處」的新興城鎮，工業文明的硬件沒有與之配套的軟件，就只能依靠農業文明的治理方式來勉強應對諸多疑難問題。治安就是一例。清廷的正式警察編制在本書研究時段尚付闕如，作爲一種替代性的探索，維護社會治安的許多繁雜事務都由軍隊承接下來，呈現一種城鎮處處「軍管」的形態。

在《申報》報導中，清軍遂行任務十分多樣化：進出城門是軍隊查驗的〔註53〕，重點單位是軍隊看守的〔註54〕，特殊地區是軍隊巡邏的〔註55〕，

〔註49〕《猾匪成擒》，《申報》1893年12月12日02版。
〔註50〕《追拿逃犯》，《申報》1888年01月29日02版。
〔註51〕《炮船兵丁拿獲新聞地棍》，《申報》1873年08月04日02版。
〔註52〕《卡兵捕賊》，《申報》1878年07月05日02版。
〔註53〕《門禁更嚴》，《申報》1894年08月20日03版
〔註54〕《添兵二百駐四明公所》，《申報》1874年05月14日02版。
〔註55〕《巡防嚴密》，《申報》1878年01月10日03版。

就連歡慶演出聚會活動的安保任務也是軍隊履行的〔註 56〕。更有甚者，在今天看來明顯屬於「片警」管轄的戶籍工作，也脫不開軍隊的干係。〔註 57〕

清末兵制混亂，乃緣於清廷在頂層設計上既缺乏革新思路，又囿於狹隘民族之見，頭疼醫頭、腳疼醫腳。在城鎮社會治安的一般性維護中，形成了用軍隊思路統管一切的大包袱。這種局面換個角度看，就是任務廣博，精力分散，難以精專。《申報》一言以蔽之，就是「貓多不捉鼠」。制度設計的原因是一方面，另一方面加之清軍本身的貪腐懈怠，終於造成清末的治安糟糕局面。《申報》控訴道：「皆國家厚糈重祿以養之，所恃以為除暴而安良，護國而保民者也。國家養如許之官、如許之兵，專責以巡捕盜賊，則受此養者宜如何任此責而顧令盜賊之猖狂若此？」〔註 58〕

2.2.1.2　重點治安維護——冬防

清軍百工治水，社會治安堪憂。依靠常態化的工作手段難有成效時，運動式的治理和整頓就應運而生了。「冬防」就是《申報》中出現頻率很高的詞彙，它專指在特定時期、特定城市開展的治安整頓。《申報》說「冬防蓋與古者調兵防秋之義相彷彿焉」〔註 59〕。顧名思義，冬防大約在冬季，因為臨近年關，「民間多飢寒交迫之人，為身家所累，有欲自存其廉恥而不得者，故宵小之跡、剽掠之風，未免甚於平日。」〔註 60〕冬防多在一些商埠和繁華城鎮，因為這些地區「五方雜處、良莠不齊」〔註 61〕，「宵小更易潛蹤」〔註 62〕，案件易發。

> 漢鎮為五方雜處，良莠不齊，曩多盜刦之案。一任嚴防重辦，終難淨絕。……現值冬令，各委員並武營奉有憲諭，每夕除守卡兵勇外，仍須按段分查。逢五逢十之夜，上在沈家廟，下在四官殿，文武員弁取齊會查，務使周而不復。現各憲出有告示，並嚴諭客棧飯館不准留宿遊勇及形跡可疑之人，並煙室限止九點鐘息燈。……防務似此嚴密，居民真可高枕無憂也。〔註 63〕

〔註 56〕《派勇彈壓》，《申報》1893 年 07 月 16 日 03 版。
〔註 57〕《編查户口》，《申報》1894 年 10 月 08 日 03 版
〔註 58〕《論京師捕盜本有專責》，《申報》1892 年 02 月 23 日 01 版。
〔註 59〕《論冬防與保甲相輔而行》，《申報》1891 年 11 月 13 日 01 版。
〔註 60〕《嚴冬防論》，《申報》1893 年 01 月 07 日 01 版。
〔註 61〕《冬防嚴密》，《申報》1881 年 12 月 23 日 01 版。
〔註 62〕《寧郡冬防》，《申報》1881 年 01 月 07 日 02 版。
〔註 63〕《冬防嚴密》，《申報》1881 年 12 月 23 日 01 版。

上引材料比較完整地涵蓋了冬防的內容：一是普遍性的城區巡邏；二是針對性的重點地區治安強化。雖說完整，但不完備，更不細緻。因爲《申報》中對冬防的報導更有甚者：將城區巡邏安排表在顯著版面位置全文轉載〔註 64〕；將重點地區管理規定悉數列出。客棧酒店就是一例，冬防規定了嚴格的入住登記制度，「各設住客名姓賬簿一本」，以供「隨時抽查」，「凡有投進落住者，務須問明來跡，注以簿內。」此外還「不許容留面生可疑及無來歷之人」，如果有治安事件，則旅館「自取牽累」。〔註 65〕

與之類似的，還有更多的規定、舉措，或以新聞報導、或以轉載文件的形式在《申報》出現，均堪稱不厭其煩、事無鉅細。究其原因，顯然是由新聞工作的規律決定的。報紙欲有市場，必須擁有受眾。廣泛的讀者是豐厚廣告收入的保證，是媒體良性循環的起始。《申報》擠垮《新聞報》，在 19 世紀末的上海灘獨樹一幟，正是因爲市場意識強。這種市場意識，不僅表現在報社經營管理，就連採訪編輯評論，也無不瞄準讀者的需要。晚清局勢動蕩，身處洋場、商埠、口岸的受眾，安全是最大的需要。軍事新聞一旦與冬防有關，《申報》編、讀者就不是高談闊論，而是切身性命攸關了。詳細，詳細，再詳細，簡直無可厚非。

在這樣的心態下，《申報》對冬防的輿論導向就可想而知了。標題爲《嚴冬防論》，內容自不待言。〔註 66〕標題爲《論冬防宜附保甲局》，先是模仿王勃的名篇以「時維十月序屆三冬」開頭，將冬防盛讚一番，接著表明了對時令性冬防的不滿足，希望將軍隊出動維護治安的舉措常態化。通過模仿「滬北洋場」〔註 67〕，建立近代化的武裝巡警、特警制度。

然而，在落後的晚清社會，這些設想僅僅是報人的夢罷了。當冬防圓滿結束，政府表彰先進，進行經驗總結時，《申報》把鏡頭對準城隍廟豫園內的觥籌交錯，一個「辭別云」，宴席散了，諷刺、無奈，躍然紙上。

> 滬城內外之……冬防事竣，故昨午莫邑尊設席邑廟豫園點春堂內……飲宴極形熱鬧。至兩下鐘時，始各謝宴辭別云。〔註 68〕

〔註 64〕《委辦冬防》，《申報》1893 年 11 月 09 日 03 版。
〔註 65〕《武漢冬防》，《申報》1882 年 12 月 04 日 02 版。
〔註 66〕《嚴冬防論》，《申報》1893 年 01 月 07 日 01 版。
〔註 67〕《論冬防宜附保甲局》，《申報》1888 年 12 月 12 日 01 版。
〔註 68〕《冬防撤局》，《申報》1882 年 04 月 18 日 03 版。

2.2.2 消防、救火

消防隊是「消」與「防」的結合，「消」是滅火，「防」是防火。現代化城鎮人口聚居，火災隱患高，消防隊是必須的配置。滅火工作難度高、風險大、專業性強，因此參照軍隊模式對消防隊進行管理，是不少現代化國家的通例。專責滅火的軍人在中國古已有之，北宋時期的汴京有《清明上河圖》所描繪的繁華，專職從事滅火工作的軍人也在那時出現。可是經過蒙元、滿清兩次入主中原，鐵蹄踏破，冷月無聲。到了《申報》創刊的晚清，在凋蔽景象中的社會，一支行動高效、訓練有素的近代化的消防隊，純屬奢望。

頗具諷刺意味的是，清軍非但沒有消防隊的正式編制，反倒被大火差點燒了將領的住宅：

> 四月初旬某夜，通州北門外猝然火起。該處與善厚齋將軍公館相近，將軍從睡夢中驚起，披衣奔視。幸通州水會蜂擁爭先，監紮兵勇奮力撲救，登時火熄。移時，州尊乘轎始至。〔註69〕

「移時，州尊乘轎始至。」養尊處優，姍姍來遲。《申報》把批評的矛頭對準「州尊」，言下之意就是領導不夠重視，沒有第一時間到達現場指揮工作。尤其要苛責的是，對於「將軍公館」附近的火災，竟仍怠慢如此。一旦殃及池魚，相應官員必然難逃其咎。循著這種人治的思維，批評在理。

可是，如果換個角度看，滅火的制度呢？搶先趕來奮勇撲火的是半民間組織「通州水會」，通州既是京城邊，又是大運河的北端終點，河運發達，水網豐富，類似「水會」的非政府組織較爲成熟。如果火災發生在內陸等其它地區，還有「水會」嗎？此爲其一。失火的將軍官邸周圍駐紮著清軍，他們也是參與消防的有生力量，如果發生火災的是普通百姓區，還會有清軍救火嗎？此爲其二。所以，「登時火熄」的高效率，在《申報》火災消息中是少有的。

由於缺乏消防的制度性保障，清軍救火充滿隨意性，時而去，時而不去。軍隊是否到場救火，除了人治的官本位判斷外，地區是否繁華和商業經濟是否重要也被列爲參考。在蘇州，靠近縣衙商業區的一場火災也享受了軍隊出動的待遇，《申報》更是將「撥勇救火」直接作爲新聞標題來吸引眼球。〔註70〕看來發生火災後能夠享受「撥勇」待遇的眞是有錢有勢、非富即貴啊！《申報》稱

〔註69〕《通州火警》，《申報》1885年05月31日02版。
〔註70〕《撥勇救火》，《申報》1882年05月16日02版。

讚救火過程「甚爲奮勇云」，帶領讀者一起沉浸在豔羨和陶醉中。

然而，這只是欲蓋彌彰。清軍救火，從《申報》字裏行間讀出的，更多則是混亂、無序和低效。揚州繁華商業區靠近官辦「銀號」，靠近官府，商品堆積，現金充裕，位置重要又特殊。這裡的一場火災驚動了眾多官員和大量清軍，他們紛紛參與滅火。且看既無制度保障、又無專業訓練的人們如何滅火：

> 揚州轅門橋街巨鋪如林，金碧輝煌，無異五都之市。本月十五日下午五點鐘時，章開泰顧繡領帽鋪後進忽肇火災，遠立凝望，幾疑霞起赤城。耳際惟聞喧擾之聲，有若千軍萬馬。既而警鑼四出，飛報街頭。……閱時，太守見火勢頗猖狂，因飭文武官員保護銀號左右，並飭營兵巡勇驅逐閒人，讓出水道，俾各水夫肩水趨救。先是，各善堂水龍飛奔而至，皆麕聚街心，既苦水不得進，又因人眾擁擠施展不開。一經太守部署，水龍始得各盡所長，奮勇澆灌。但見濃煙紫焰中，萬道銀河從空倒瀉，祝融氏勢不能敵，遂卷旆遄回，然起火家店鋪作坊及後進貨棧毗連後進之某某各店廚房皆已化爲烏有矣。〔註 71〕

2.2.3 邊檢、海關

救火如此，緝私亦然。現代國家的邊檢和海關與消防部隊類似，也多採取準軍事化的管理，以期廉潔高效，令行禁止。在本書研究的《申報》時段，清廷雖有海關設置，也有拱衛海關和邊防的專門化軍隊。然而，這支以緝私爲主的清軍卻延續了一貫積弱積貧的特色，在執行力上表現出明顯的頹勢。這種頹勢最刻骨的明證，就是報紙消息上竟有走私販公然對緝私軍警的「通緝」，號稱拿錢買人頭。

在福建的走私分子叫囂，「有人取得海關頭一個西人名白登首級者，給洋銀六百元」；「如別位朋友首級則給四百元」。不僅海關中下級幹部，連海關關長項上人頭也被明碼標價，「若取得河泊司首級則給五千元」。老鼠抓貓，氣焰張皇，簡直顛倒了黑白。在走私分子眼中，清軍是不堪一擊的，海關是嚇唬人的紙老虎，「其同黨甚眾，頃刻之間，可約齊至千人，意欲攻劫

〔註 71〕《揚州火警》，《申報》1891 年 12 月 21 日 01 版。

海關」。〔註 72〕

如此不堪一擊的緝私軍隊，如此搖搖欲墜的清國海關，確是行將就木的清廷的最好寫照。《申報》在報導緝私的消息時，是顧全大局，給清軍留了面子的。簡而言之就是：行動沒有不成功的，物品沒有不繳獲的，私販沒有不抓捕的。結果如此完滿，過程卻不盡如人意，下引報導即是如此：

> 數日以前，有華船十數艘載送洋藥火油等私貨由香港出口。當有中國輪船四艘偵知該船載有私貨，因尾隨之。及至粵東獎山洋面，輪船上人告販私人即可輸誠來獻。販私人不依，燃炮相拒。輪船亦還炮擊之，如臨大敵，鏖戰一晝夜之久。販私人不支，有數船被輪船擊沉，另有小船數艘被輪船奪去，並有十人爲輪船生擒，其餘落水及斃於炮火者不少。輪船上人亦有數人被販私船打傷云。〔註 73〕

四艘緝私公務船對數艘走私貨船，竟「如臨大敵」，並「鏖戰一晝夜之久」，《申報》新聞中的春秋筆法已經昭然若揭，無需多言。如果說，對於跨國（境）走私犯罪的執法，面對的是窮兇極惡的海盜式的敵人，清軍打得如此焦灼尚且可以理解，那麼，對於上海浦東地區販運私鹽的「鄉民」〔註 74〕，清軍總該勢如破竹了吧？

非也。鹽鐵官營，始於秦代，有悠久的歷史，是中央集權王朝統治的基本國策。食鹽是百姓生活必需品，國家控制尤爲嚴格，對私自販運和銷售食鹽堅決打擊。晚清亦然。但國運衰微，民生凋敝，人民鋌而走險，遂成常態。販運私鹽獲利，所在多有。面對緝捕的清軍，私鹽販們有著熟練的應對，通風報信，沉著轉移，頑強抵抗。從《申報》消息中，不難讀出清末混亂的人間世局、荒誕的生態系統和艱難的新陳代謝。

> 有某甲者，向以販鹽爲業。近又購得私鹽數百包，藏諸家內。前日被鹽捕營巡勇偵知，擬即往緝。甲聞之立雇數駁船，將家中所儲之鹽悉數從後門運出，並糾聚梟棍持械尾隨保護。巡勇亦飛駛艇船急急追趕。追將及，梟黨即稱戈抗拒。格鬥多時，巡勇有受傷者。時鹽船水手楊發發植立船頭，巡勇放一手槍中其太陽，遂即落河而

〔註 72〕《海關滋事續聞》，《申報》1875 年 06 月 10 日 01 版。

〔註 73〕《販私拒捕》，《申報》1885 年 12 月 01 日 02 版。

〔註 74〕《販鹽斃勇》，《申報》1887 年 03 月 23 日 03 版。

死。尚有船户吳掌生亦爲槍彈轟傷。梟黨見勢不能支，鳧水棄鹽而遁。並聞楊係上海縣屬大王廟人，業由家屬舁回棺殮，並未報官。吳則擊脱門牙數枚，尚不致命云。〔註 75〕

2.2.4 其它行政管理

在晚清低下的行政效率和混亂的行政佈局面前，清軍成了包治一切的萬金油。現代國家治理結構中所需的更多角色，也都由清軍扮演。看守監獄的獄警〔註 76〕、看押犯人的法警〔註 77〕、處決犯人的特警〔註 78〕，均由清軍包辦之。管的越多，就越偏離軍隊的本源，軍人也就越無歸屬感。優秀人才流出，多以科舉功名爲正途。當兵勇被委以監考的任務，目睹同齡讀書人舞文弄墨、求取官卿時，心裏不平衡之感更顯。於是，就出現下引報導中的一幕。

無錫某生日前應江南鄉試完卷後，與號軍因細故口角。號軍奪其卷而撕之，生更怒。號軍復舉太板將其頭□擊破，蓋未登龍而先遭點額矣。同號生大嘩。官飭提問，號軍便聳身上屋，如鳥斯飛，並揭瓦下擲，如鶯梭燕剪、片片飄墮，間有爲其所中傷者。眾始持械□逐，□擒獲。提調稟之監臨，擬正法。生聞之大驚失色，轉代爲乞恩，誠不欲因己故而殺一人也。官以法無可貸，竟殺之。生遂因之得癲狂，疾踉蹌出場。或曰，此號軍原係飛檐走壁之積賊。〔註 79〕

飛檐走壁的大盜也能參軍並執行科舉考試的監考任務，清軍兵源之良莠不齊、遂行任務之敷衍塞責已是可見一斑。換一個角度看，組織科舉考試的文官們也對武人使同牛馬。只因口角、傷人和撕卷就將號軍正法，未免太過重判。而一條人命在《申報》眼裏也視同草芥，整篇報導充滿調侃和戲謔的筆調，諸如「未登龍而先遭點額」、「聳身上屋如鳥斯飛」。報導末了，一個毫不負責任的「或曰」，輕鬆愜意地指出被正法者是個「積賊」，罪有應得。《申報》此時非常自然地站在文官和政府立場。退居洋場辦報的末路迂腐文人尚且如此，清廷文武隔閡之深就可見一斑了。

〔註 75〕《詳述販鹽斃勇事》，《申報》1887 年 03 月 24 日 03 版。
〔註 76〕《撥兵護監》，《申報》1881 年 05 月 08 日 02 版。
〔註 77〕《營兵解犯》，《申報》1885 年 07 月 10 日 10 版。
〔註 78〕《津城絞犯》，《申報》1889 年 01 月 07 日 02 版。
〔註 79〕《號軍正法》，《申報》1876 年 10 月 07 日 02 版。

正因爲如此，《申報》在報導清軍的另一行政職能——賑災時，也是雞蛋裏挑骨頭，陰陽怪氣。當「山右饑荒特甚」時，某軍官「獨自捐銀一千兩」，消息最後揣測，這是因爲軍官係山西人，是因爲家鄉的原因才「樂善好施誼周桑梓」的，若非故土恐難解囊。〔註 80〕在另一則武營助賑的消息中，官兵紛紛爲災區捐款，「營哨各官及營兵等於四日內共集洋一百七十六元六角七分」，執筆記者也沒有好氣，又是說「甚微」，又是說「何可屈指耶」，總之是沒有好評。〔註 81〕再看下引的一條新聞，堪稱入木三分。

> 災黎遍野，蒿目傷心，而武漢一帶更多麕集。經各大憲設法賑恤，並各善堂次第開廠施粥，俾得藉以果腹。而後湖忠義營統領劉君亦開廠賣籌發粥。其法善於善堂。蓋善堂發籌施粥雖爲莫大之善，與顧其中尚有老幼殘疾之民買□時挨擠不上，仍枵腹而歸。今劉君於未施之前，先派管哨等官至後湖一帶，挨户確□其人數之多寡及應施與否，一律登簿。上至橋口，下至花樓，每日煮粥後派勇沿門施送，並囑不取分文。不若善堂之尚取每盌二文以抵經費也。夫以一武員而好行其德若此。嗚呼！可不謂難歟？
>
> 〔註 82〕

一篇皆大歡喜的表揚稿卻加上了一個酸酸的尾巴，「嗚呼」一歎，實在令人可笑。但細細想來，意味卻很豐富，至少傳達了兩點：清軍很少做好事；清軍很少把好事做好。凡事相輔相成，文人本易相輕，加之武人粗鄙遜於言，跋扈露於外，更爲文人不齒。惡性循環，軍民離心，在所難免。

本節說的是因爲清廷制度設計之缺而造成的清軍越俎代庖。公安、邊防、消防、緝私、各類警務、甚至民政，都有清軍的身影。本應對外作戰的軍隊，在本章第一節中用於對內鎮壓和征伐已屬錯位，到了本節，就更五十步笑百步了。不專則不精，顯然，清軍在日常行政管理上並不成功，媒體社會頗多微詞。缺乏專業化的一系列執法活動，執法者無奈，被執法者抗拒，旁觀者笑話。「好男不當兵」一語，恐就由此而實證。

如果拿下一節的軍隊任務與本節相比，更屬小巫見大巫了。

〔註 80〕《武員助賑》，《申報》1877 年 10 月 27 日 02 版。
〔註 81〕《武營助賑》，《申報》1878 年 04 月 09 日 02 版。
〔註 82〕《武營施粥》，《申報》1878 年 01 月 24 日 02 版。

2.3 《申報》視野中的清軍其它職能（二）

2.3.1 軍隊用於排場

巍巍巨艦，錚錚炮臺，船堅炮利，煞是威武。洋務運動中引進了大批新式槍、炮、船裝配到部隊，本是利國強軍的好事。這些新武器如果被用來對付洋人，勢必收到「師夷長技以制夷」的效果，打出軍威，打出國威。然而事與願違，這些軍威沒有轉化爲對外的國威，而是變成了對內的官威。

官老爺移駕出門，鳴鑼開道，肅靜迴避，高頭大馬，八抬大轎，煊赫而過，小民迴避，不敢喧嘩，沿街圍觀。在晚清，新時代造就了新工具，耀武揚威也有了新方法。官員出行，乘坐兵輪，成爲常態；迎來送往，放槍燃炮，成爲禮節。西式軍備到清廷，也有了中國特色，成爲官場上不可或缺的面子。

> 新授四川督憲前浙江巡撫劉仲良制軍抵蘇城外密渡橋一帶，水陸各軍均升炮迎迓，合城士民咸欲仰瞻丰采，肩摩轂擊不絕於途。〔註 83〕

> 新任四川總督前浙江巡撫劉仲帥自杭州起節，於初十日舟過嘉興，水師弁勇均在水濱跪迎，槍炮之聲幾如雷震。〔註 84〕

> 浙江巡撫崧振青中丞由滬赴杭……弁兵送至杭州塘，仍站隊燃槍致敬，水師各炮艇亦鳴炮三聲。文武各官則送至陡門塘始返，桐鄉石門兩縣宰即在陡門塘迎迓。既而杭州府及仁和錢塘兩縣宰亦次第到來。」〔註 85〕

送行者送到管轄路界此方，迎接者在路界彼方等候，雖說周到，但不完備。唯獨缺少了萬人空巷的熱烈氣氛和一路的歡呼雀躍。對此問題，清廷官場中人自有解決之道。槍炮聲響徹，震耳欲聾；引領而望者，絡繹不絕。外洋舶來的新武器本就令百姓好奇，前文提及的訓練和閱兵已是觀者如堵。如果將傳統的肅靜迴避換成槍炮開道，勢必能能吸引大量圍觀。領導覺得「體制尊嚴，威儀赫濯」〔註 86〕，目的也就達到了。眞是一種中體西用、活學活用的智慧啊！

〔註 83〕《川督過蘇》,《申報》1886 年 07 月 14 日 02 版。

〔註 84〕《川督過禾》,《申報》1886 年 07 月 14 日 02 版。

〔註 85〕《浙撫過禾》,《申報》1892 年 09 月 26 日 01、02 版。

〔註 86〕《論中國兵船迎送官員之弊》,《申報》1886 年 07 月 26 日 01 版。

一經發明，風靡官場。督撫尚且如此，李傅相大駕就更無所不用其極。1882 年，如日中天的李鴻章離津赴皖辦私事，津門駐軍悉數相送，堪稱一次會師檢閱。雄壯之師、威武之師，在《申報》新聞中一覽無餘。

> 直隸總督李傅相……起節之前一日，闔文武均到保大輪船邊恭送。道左列營兵無數，駕過時一齊下跪。護衛營及練軍前後左右中五營，均赴碼頭叩別。諸軍戈矛如雪，旗幟如雲，號令嚴明，步武整肅，足徵傅相訓練之功。又有教習洋號之德國人畢格理，帶領所教幼童二十名，草帽白衣，攜帶洋鼓號筒，就岸旁奏技，以送行旌。各隊分地段排列，從十四日晨起，伺候至十五日晨，船開方返署。〔註 87〕

西式軍樂隊表演助興，連洋人都入鄉隨俗，可見軍隊用於排場的多麼深入人心了。更有甚者，非但迎送官員如此，李鴻章之母由皖到鄂小居，也讓漢口一番喧鬧，成了當地的節目。

> 兩湖督李制軍於前月中旬遣員至皖迎養太夫人到鄂。今於初七日由輪船來鄂。漢口兩岸迎者異常熱鬧。所有塘角大營、忠義營、漢陽協及本標兩營，皆各派弁兵列隊。旗幟鮮明，炮聲震動。其聲勢之赫，亦爲極一時之盛云。〔註 88〕

好一個「聲勢之赫」！從《申報》筆端看來，羨慕還來不及，商榷就更難開口了。有些主筆得到功名後離開報館，有些主筆身在報館卻心繫官場，對功名孜孜以求。這些邊緣化的洋場文人即使有所評議，也是從隔靴搔癢的地方來觸及根深蒂固的官本位思想。

官員把軍艦當公車使用，就是《申報》發文商榷的一個立足點。批評之前，是欲抑先揚的。下引報導就頗具代表性，一個主考顯然是文官，但兵船護送順理成章。

> 福建正主考黃漱蘭大銀臺文闈事竣，奏請賞假三月。……由福建船政局撥派兵船護送。……騶從僅有兩人，行李寥寥數擔，亮節清風可見一斑。〔註 89〕

除了稱讚「亮節清風」，《申報》還有借景抒懷的，「雨絲風片，煙波畫

〔註 87〕《傅相啓節續聞》，《申報》1882 年 06 月 11 日 02 版。
〔註 88〕《李太夫人抵鄂》，《申報》1878 年 11 月 13 日 02 版。
〔註 89〕《主試回籍》，《申報》1888 年 11 月 16 日 02 版。

船，當不勝離別之感矣」〔註 90〕。如此這般之後，方才進入正題，先歸納軍艦的非軍事使用：「假如有某大員將到，則派兵船以迎之；有某大員將去，則派兵船以送之。往返之期，動以十數日或數十日不等。」這一歸納《申報》的兩篇評論出現一模一樣的兩遍，巧合否？〔註 91〕這種現象是國際慣例，還是中國特色？

既然學習洋人，就應全面學習。《申報》根據「師夷長技」的邏輯來批評軍艦濫用的現象。「外洋各官大而欽差，小而領事，其有事他往，類多附坐公司及商家輪船，未聞有派兵船以送之者。」退一萬步說，即便外國軍艦迎送官員，也是千里迢迢，「迎送而往來皆在驚濤駭浪之中，則亦可藉此以熟知風濤沙礁與夫海道緯線之事。」

相反，清軍炮船迎送的多爲文官，並且所行路線不是內河，就是近海，「不過長江或閩粵各洋面，而止其有赴津海者則爲遠矣，又何足藉以爲諳練之道？」〔註 92〕原本屬於遠航訓練、巡邏的時間被挪作整天在家門口打轉。「深居簡出，未嘗一至海洋，有商賈而不能保，有盜匪而不能獲，見兵船之費而不見兵船之利，是亦猶之無兵船耳。」〔註 93〕

鉅額的海軍開支僅買來官員的風光，《申報》詰問:「一船之費計價幾何？皆國家帑項之所出也。船中有管帶、幫帶，有水手及一切人眾，月費幾何？皆國家錢糧之所開支也。國家當此庫款支絀之時，而猶不惜巨費以用此兵船者何爲也哉？固欲以固海疆、盛邊防、作士氣、成敵愾，其用心亦良苦矣。而乃不事操習，專事迎送，豈國家創設兵船之初意也哉？」〔註 94〕

海軍如此，陸軍亦然；兵船如此，槍炮亦然。輿論的擔憂，終將在此後的戰役中被證實。

2.3.2 軍隊隨意差遣

上有所好，下必甚焉。清軍迎來送往，護送官駕，漸已成風。鳴槍放炮，領導滿意；軍事訓練，遂成具文。副業既看沿途風光，又得外來收入，更獲

〔註 90〕《雨中送別》，《申報》1889 年 10 月 16 日 03 版。

〔註 91〕《兵船不可事迎送而廢操練說》，《申報》1886 年 07 月 08 日 01 版；《論兵船拿獲盜犯》，《申報》1891 年 02 月 05 日 01 版。

〔註 92〕《兵船不可事迎送而廢操練說》，《申報》1886 年 07 月 08 日 01 版。

〔註 93〕《論兵船拿獲盜犯》，《申報》1891 年 02 月 05 日 01 版。

〔註 94〕《論中國兵船迎送官員之弊》，《申報》1886 年 07 月 26 日 01 版。

官憲賞識；主業需下內功，要刻苦連體能，認眞學技藝，埋頭搞戰備，尙且難有立竿見影之效果。孰好孰壞，一目了然。絕大多數清軍在副業上投入甚力，到了主業，顯然力不從心，「大有積久生厭之意」，「於操演之時亦不過隨意所至，即已了事」。剩下的時間，就無所事事了。或者在營中，「以抹牌擲骰爲消遣」；或者外出，「以酗酒而鬩禍」，「以挾妓而爭風」。《申報》說這絕非個別現象，而是「若此者到處皆有」。〔註 95〕怎麼辦？

出門看隊伍，進門看內務。現代化的軍隊多有「隊列條令」、「內務條令」和「政工條令」相約束，軍營生活的大部份時間不是搞訓練，就是搞內務，加之搞學習。兩眼一睜，忙到熄燈，既豐富，又緊張。現代化的軍隊制度是西方的舶來品，身處通都大邑的《申報》對此並不陌生。對怎樣治軍、尤其是怎樣搞訓練的回答，既中肯，又有文采：「時加操練，勤爲訓習，使之嫻步伐、諳陣勢、精軍火之準頭、知攻禦之方略，陸則通向背起伏之理，水則明風濤沙線之要」。更是看到幹部在軍營中的表率作用，「此全在乎統領管帶之人時時督率」。

而對於軍事訓練之外的回答，《申報》卻有點跑偏。軍營生活應該是緊張嚴肅的，「蓋此輩習於辛勞決不可使之閑暇，一閑暇即易生事」。怎樣使清軍忙碌呢？給清軍找點什麼事情幹？

《申報》說「泰西有所謂列陣圖兵者」，就是現代漢語中的工程兵，「專司逢山開路遇水疊橋」。清軍不妨擇其善者而從之，也做一些修路造橋，利水利土的事情來。雖說西方軍隊的工程兵是專門獨立的兵種，清軍可能短時間內學習改革不了，但是「中國之兵則大都起自田間，平日之間頗能耐勞忍苦」，訓練之外「興大工、執大役」，也未嘗不可。如此這般，「則水之害可以盡去，水之利可以盡興，而國家錢糧」〔註 96〕也沒有白花。更重要的是，訓練加工程，將軍隊迎來送往之外的時間悉數打發，杜絕了隱患。

這樣的輿論環境下，開路〔註 97〕修河〔註 98〕，在《申報》上屢見不鮮。軍隊隨用頗爲常見，防兵任役〔註 99〕竟成標題。更有甚者，兵船成了運糧船

〔註 95〕《論調勇濬河》，《申報》1893 年 12 月 20 日 01 版。
〔註 96〕《論調勇濬河》，《申報》1893 年 12 月 20 日 01 版。
〔註 97〕《營兵修路》，《申報》1877 年 10 月 10 日 02 版。
〔註 98〕《調兵開河》，《申報》1884 年 01 月 09 日 02 版；
《撥勇濬河》，《申報》1893 年 04 月 16 日 03 版。
〔註 99〕《防兵任役》，《申報》1884 年 03 月 17 日 02 版。

〔註 100〕，兵船幹起了郵政快遞〔註 101〕。1892 年，江淮地區有蝗災，清軍還扮演了農技幫手的角色。

> 太平府當塗縣及江北無爲、含、巢等屬，遍處生蝗。地方官業已派員，協帶營勇分投掩捕。月之初七日，蕪湖江中又見有大號官船。高懸大纛，臨風飄颭，導以澄清小火輪，行抵蕪湖。詢之，係皖省撫標練軍四百名，奉撫憲遣往太郡捕捉蝗蟲者。既下碇，各兵一齊登岸。至飯鋪飽餐畢，即往街坊購買連枷一柄，即鄉人用以打麥者也。又竹掃帚若干，肩荷回船，即行解纜下駛。約是日下午即可抵郡。聞日內該處蝗蟲略能飛行，幸翅未豐滿，終究易於捕捉。想撫兵各購連枷掃帚，既有利器，當不難殲此小丑也。〔註 102〕

事兒越管越多，活兒越幹越雜。對於清軍來說，既是好事，又是壞事，還是個循環往復的螺旋。迎來送往，威風凜凜，官員更覺得不可或缺。警務和地方上的雜事，有不少是肥缺，總有些油水可以撈，清軍也落得快活。不務正業的事做多了，社會對軍隊正業的認識就有了偏差，愈發覺得這群人粗鄙不堪，沒有技術含量，可替代性強。故而修路造橋、捕蟲搬運的各類雜活都接踵而來。當官的積纍人脈，當兵的四處賣命。從大處著眼，訓練自然就荒廢了，戰鬥力從何談起。輕者自輕，不可救藥。

2.4 《申報》視野中的西北戰局

「古之時，天下有道，守在四夷；及其衰也，守在四方；又衰也，守在四境，至於守在四境，則境之外皆敵國矣。」〔註 103〕千年古國，文化廣澤，藩服眾多，懷柔遠人。周秦漢唐，中華文化有著很強的輻射力。與之相應，中國軍事也有很強的震懾力，犯中國者，雖遠必誅。到了近代，軍事首先被征服，國門被打開。洋務運動開展，首先「自強」，繼而「求富」，一步步進入西方文明的殿堂，西用遍地，中體不保。文化輻射力的減弱伴隨著軍力的式微，必然導致邊疆地區離心力的增強。曾經「不教胡馬度陰山」的豪氣不再，西北地區變亂嚴重起來。

〔註 100〕《兵船運糧米》，《申報》1874 年 03 月 04 日 02 版。
〔註 101〕《炮船驛遞》，《申報》1875 年 09 月 22 日 01 版。
〔註 102〕《派兵捕蝗》，《申報》1892 年 06 月 07 日 03 版。
〔註 103〕《世變新論邊防第四》，《申報》1890 年 05 月 22 日 01 版。

同治年間，陝甘回民起事，新疆叛逆萌發。六年（1867）正月，清廷命左宗棠爲欽差大臣，督辦陝甘軍務。是歲，清廷以海關稅作保，借外商款一百二十萬兩。越明年（1868），左公督兵而進，是爲西征。《申報》曾對曾、左、李諸君多有讚美之詞，此時面對平定邊亂、作育邊疆，家國情懷更爲彰顯。在報導中，清軍大舉進發，「陝甘左帥進剿，會合湖南新到老湘統領劉藝齋夾攻，大獲全勝」。雖然「所得軍裝馬匹不計其數」，但清軍將勝勇追窮寇，「搗穴搜巢」，「削平西陲有指日昇平之慶矣」，「竊爲王師幸而爲喀酋危矣。」〔註 104〕

《申報》的文人們津津樂道、手舞足蹈。恨不能攜筆從戎，寫下《從軍行》；或當左府之幕僚，運籌帷幄、決勝千里。下引材料就是這種心態的寫照。

> 西征一役歸左節相督辦而金將軍顛副之。茲聞與喀什噶爾已戰數次，然皆互有傷損。本能直搗其巢穴也，夫兵貴神速，若僅雍容坐鎮，必致勞師糜餉。想大帥固有運籌帷幄之內、決勝千里之外者。余雖不敏，竊慕上馬殺賊，下馬作露布，而唱從軍樂矣。〔註 105〕

軍樂是軍隊士氣振作的良藥，而露布也是一種古老的信息傳播手段。《申報》能夠提到這些，足以證明其對軍事傳播並不外行。正因爲如此，還有一些值得關注的信息也從報導的字裏行間湧現出來。

> 俄羅斯禁止俄民接濟中國軍食。〔註 106〕

> 喀什噶爾之人仍紛紛遁入俄國以求庇護。〔註 107〕

> （新疆人）相率而逃入俄羅斯之邊境，俄之總督憫其流離，特容留之，而令其屯住於一地焉。〔註 108〕

俄國非但不接濟清軍糧草，更容留清軍的敵人，這就讓本屬於內政的問題複雜起來。對此《申報》翻譯轉載了一篇《字林西報》的報導予以分析：

> 有西人自天津致書於《字林報》曰，現在中國朝廷於喀什噶爾一事頗有罣慮，因喀什噶爾均屬回教中人，其首領即土耳其國王也，地非土屬而土喀均爲回人，則實無異於一家。……現在喀部酋長因被中國攻擊，已遣一公使到土。揣測其情大抵欲請土國相助，借其

〔註 104〕《陝甘軍情》，《申報》1872 年 07 月 15 日 02、03 版；
《王師征喀回消息》，《申報》1875 年 11 月 25 日 01 版。
〔註 105〕《西征消息》，《申報》1875 年 09 月 23 日 01 版。
〔註 106〕《西征近事》，《申報》1877 年 09 月 28 日 01 版。
〔註 107〕《喀人遠遁》，《申報》1878 年 04 月 15 日 01 版。
〔註 108〕《西陲吉報》，《申報》1877 年 12 月 22 日 01 版。

武勇之將士，而購其精良之軍器云爾。又傳聞喀人往俄國求兵器，想俄人亦必與之也。〔註 109〕

民族問題夾雜著宗教問題，邊境問題交織著國際問題。波詭雲譎，迷霧重疊。但回到邊境軍事工作，清軍能做、該做的卻並不複雜，《申報》提出兩點，一是固守，二是墾邊。固守的道理並不複雜，「強鄰在邇，逆黨猶存，則雖此時幸而即安能保他日之必無事變乎？」左宗棠是清廷中興人才，平定新疆，但「各營中未必盡如左侯者」。所以更要笨鳥先飛，「安不忘危」〔註 110〕，方能保得邊疆穩固。

邊疆與內地，是個相對的概念。「四洲之上固無有所謂邊地也，其以爲邊者，因疆域之大小而言之。」巴楚江浙一帶在秦漢時是邊疆，到唐宋時就逐漸成了內地。閩粵是曾經的蠻夷，明清時也成了內地。北京本乃邊關，明代「天子戍邊」，清代則靠近「龍興之地」，時至今日已是古都和若干「中心」。按照這樣的邏輯，《申報》認爲：「內地人民眼界不寬，以爲各直省之外西北邊疆不過一片沙漠，既無貨財又無都會，」除了充軍流放的罪犯，人跡罕至。實際上，「塞外之沙漠，乃人事不齊之故，非地之宜於棄也。」〔註 111〕只要有人屯紮，妥善經營，新疆的生產和建設也能如內地一樣。

邊疆地區的用兵和駐兵相結合，打仗和生產相結合，才能從根本上解決清軍西征「勞師糜餉」的問題，各民族和諧，邊疆鞏固，一致對外。

現象但凡存在，總有其合理性。清軍的用，就是這樣。如果說養兵尚有線索可理、規律可循，那麼用兵則不然。本章提到的用兵，大部份給人一種哭笑不得的滑稽和荒誕之感。在這一章，除了鎮壓內亂外，其餘清軍的出現似乎都不是軍隊應該做的事，不是一支現代化、正規化的國防軍應該做的正事。但是，一個數千年的古國，一支「中體西用」的調子，一些剛離開土地的農民，能夠把西洋兵法學至此般，已屬不易。後來人不應苛責，而使復爲後人所笑。報導上看，更爲眞切，勝過史書。清軍合理地做了許多不屬於軍隊正事的事，這些事有好事有壞事，無論如何，帶著對歷史的溫情與敬意，起一個「兵以用而後知」的標題，是恰如其分的。

下一章的主題還是用兵，只是該說說正事——對外用兵的了。

〔註 109〕《回疆情形》，《申報》1875 年 06 月 11 日 01 版。
〔註 110〕《新疆邊防不可懈弛説》，《申報》1879 年 11 月 02 日 01 版。
〔註 111〕《治邊無異於內地說》，《申報》1880 年 11 月 30 日 01、02 版。

第 3 章　「置屏藩以固邊防」〔註 1〕——帝國的疆土危機

3.1　《申報》視野中的晚清中俄矛盾

3.1.1　《申報》視野中的西北戰局

國弱民窮，外患不止。清廷政治腐敗、經濟不振，特別是文化凝聚力的衰微，導致邊疆和少數民族地區多有事起。外國侵略者利用中國邊疆的分離勢力，與之相互勾結，謀取領土訴求和其它利益。

同治三年（1864），新疆回眾起義，蔓延及於天山南北之要城。後二年，浩罕酋長阿古柏自中亞侵入天山南路，回人以其同類，頗歸附之。同時回首稱雄於天山北路者，攻聚伊犁，阿古柏欲收其地而不能得。同治十年（1871），俄軍進佔伊犁。遂形成新疆南阿（古柏）北俄的局面。

清廷對新疆頗爲重視。光緒元年（1875），以左宗棠爲欽差大臣，督辦新疆軍務。二年初，命議籌借洋款助餉，並命各省攤解餉銀以利左公軍行，是集全國之力經營新疆。越明年，阿古柏死，餘眾走，南疆平定。至是，清廷向俄交涉北疆事宜，並請歸還伊犁。

光緒五年（1879），清使崇厚赴俄，初議交還伊犁條約。據此約，中國所讓之土頗多，伊犁以西膏腴之地及天山之塞要均與焉；且賠款盧布五百萬，

〔註 1〕摘自《申報》1879 年 02 月 19 日 01 版社論《建置屏藩以固邊防論》的標題。（2016 年秋記）

是與城下之盟無異。消息傳回，清廷譁然。十二月，張之洞等交章彈劾崇厚喪權辱命，並請備戰。清廷旋將崇厚革職拿問，積極備戰。當是時，俄方亦以交還伊犁爲不妥，主張與中方對抗。中俄兩國猶如箭在弦上，戰爭一觸即發。

循著新聞報導的客觀、全面原則，《申報》對中俄雙方均有報導。由於新疆路途遙遠，新聞多由轉載而來。對於中方的調兵遣將，消息多來自英國傳媒；對於俄國的躍躍欲試，報導多翻譯該國報紙。下引兩段，一中一俄，是雙方情況的典型報導。

> 英十月廿九日西報云，近接伊犁來信言，中國由內地調兵前往邊營者，刻下尚絡繹不絕。並有蒙古兩處部落，其民人亦時有投充兵丁者。大營則在精河地方，與俄界逼近。……中國主帥刻已籌劃經略，決計進兵伊犁，大有奮不顧身之意。〔註2〕

> 俄京九月二十七日新聞紙載，俄新疆日報云，如俄竟將伊犁一省拱手而還諸中華，是俄於亞細亞洲中向東之權勢大形減色矣。……而且日事退讓，必致英勢愈張，而華意滋得，殊非謀國之道云云。噫，如彼所言，則□天朝之欲復伊犂也不其難哉！〔註3〕

源自英國的報導，對清軍多加褒揚，乃緣於其時英俄關係頗微妙。英國的殖民擴張早於俄國，不僅業已佔據印度、緬甸，還謀將觸角伸向中亞。英國在中亞擴張勢力對俄國造成威脅，遂造成兩國關係緊張，在阿富汗、土耳其問題上多有摩擦。〔註4〕中國新疆的內亂給俄國製造機會，於是先入爲主，佔據伊犁。英國雖虎視眈眈，但鞭長莫及，於是在輿論上譴責俄國，支持清廷對俄交涉，收復新疆。

源自俄國的報導，尚稱客觀，但在末了則附編者按，提示讀者對於翻譯作品要批判性地閱讀，「如彼所言」，「天朝之欲復伊犂也不其難哉」。由此可見，作爲英國商人在華資產，《申報》對其母國的外交方略頗爲貫徹，揚中抑俄的態度十分明顯。

不僅立場鮮明，《申報》還借英國新聞紙之口，用新聞、「謠傳」、「訛傳」等多種體裁，變著法子，提醒中國，爲之出謀劃策：有告誡清軍預防間諜的

〔註2〕《邊事述聞》，《申報》1880年12月15日01版。

〔註3〕《俄報論伊犁》，《申報》1878年11月23日02版。

〔註4〕第四章將提及。

〔註 5〕，有敦促清軍迅速調兵的〔註 6〕，有建議清軍加固防線的〔註 7〕，等等。更有甚者，倫敦新聞界連持久戰的道理，也看得明白，借《申報》之口爲清軍打氣。

倫敦日報論中俄交涉之事云，俄之強弱中國已了然於胸。如不幸而必出於戰，俄人盡力以圖必爲所勝。然相持日久，中國又開屯田之利於交界地方，俄又必漸就於弱……中國之師從甘肅調至庫車之東，分設屯兵以與俄爲難。俄雖雄鷙，正未知鹿死誰手也。謂，子不信請觀中國征喀什噶爾前事，夫葉爾羌及喀什噶爾俱有險可憑，而中國取之易如反掌！〔註 8〕

中俄開戰「易如反掌」尚不確定，但中國邊界危機四伏的局面是確定的。傾全國之力，平西北一隅，置京畿與東南於不顧，並不明智。《申報》並沒有完全做倫敦報界的傳聲筒和應聲蟲，而是有自己的輿論導向。

竊恐主戰諸公僅知西陲之有左軍爲可以奪俄人之氣，而不暇兼綜全局。〔註 9〕

與其動而無勝算，孰若靜而俟將來。〔註 10〕

清廷權樞，李鴻章爲首的重臣們亦以主戰派爲憂，李批評張之洞：「倡率一班書生腐官，大言高論，不顧國家之安危」，《申報》在這一點上是支持李的，也是很清醒的。〔註 11〕「朝廷主戰之誰雖十居七人」，但是他們不瞭解敵人是經過資產階級改革的現代化的民族國家的俄國，「泰西之上下集議，每一舉動，通國皆知」〔註 12〕。而晚清的中國是什麼樣的官風、民情、社會生態？

本國內外各大員，則向來官場積習不相聞問。爾爲爾，我爲我。但能多做幾年官，幸而無事，富貴還鄉，子孫吃著不盡，於願已足。安有留心世務之人哉？故亦無所懸念也。至百姓則更不識不知，鄉僻之地，即紳富士子且不知何爲洋務、何爲俄羅斯、何爲喀酋、何

〔註 5〕《間諜宜防》，《申報》1878 年 08 月 21 日 01 版。
〔註 6〕《訛傳邊釁》，《申報》1874 年 09 月 14 日 02、03 版。
〔註 7〕《謠傳失實》，《申報》1880 年 08 月 22 日 01 版。
〔註 8〕《西報論中俄事》，《申報》1879 年 04 月 07 日 01 版。
〔註 9〕《備俄策》，《申報》1880 年 03 月 17 日 01 版。
〔註 10〕《備俄策下》，《申報》1880 年 03 月 23 日 01 版。
〔註 11〕只是在甲午戰前卻將清醒的認識拋到腦後，值得分析。
〔註 12〕《備俄策中》，《申報》1880 年 03 月 21 日 01 版。

為伊犁。或力謀生意以致財，或熟讀八股以求名，無人問及此事。〔註13〕

戰爭的一方是集全國之力的俄，一方是借外債、抽重稅方能供養的左宗棠一軍，高下立判，勝負可測。因此，「中俄不宜構兵」〔註14〕成了《申報》的基本判斷。其時清廷重派使臣曾紀澤往俄商談，並議定新約，償款九百萬盧布，收回伊犁全境。「崇君以五百萬盧卑，易伊犁而不全；曾侯以九百萬盧卑，易伊犁之全境。而兩人之功罪分矣。」不僅贊許了曾紀澤的功勞，還提及北宋「以燕薊諸州為石晉納賂」的歷史，認為這樣「可省軍資數百萬」，「且為人民免其死亡」，善莫大焉。〔註15〕

中俄西北交涉，至此告一段落。

3.1.2　《申報》視野中的東北交鋒

俄軍之在中國邊境者，計黑龍江有騎兵四千名、步兵九千名，炮隊有三，每隊大炮八門，編成一團。其騎兵係索倫兵，皆用旋槍，前此屢立戰功。〔註16〕

俄國兵船……兵九百九十名，炮兵及修路兵在其內。修路兵已在炮臺四圍修築道路矣。至琿春城中則有四提督、三兵頭、數大武員。此外尚有水師提督……三人，軍容甚盛聞者駭之。〔註17〕

俄人至中國利於舟行，而不利於車。故欲與河道鑿通，俾舟楫往來便於轉輸，然後以次窺探。及得要領則坐以待時，俟有隙可乘有懈可擊，於是猝出不意，以逞蠶食之謀，而肆鯨吞之志。〔註18〕

綜合《申報》的消息，如果說在西北邊疆清廷尚有能力與俄國應對，那麼在東北地區清廷就是心有餘而力不足了。作為「國朝龍興」重地的東北地區，清廷入關後一直採取禁止內地移民和封禁保護的政策，以備政權不穩時的北歸之用。有清一代，東北為將軍轄區，無督撫之設，少官員行政，地廣人稀，交通不便，發展滯後。戰爭既是前線的較量，又是後方的比拼。其時，

〔註13〕《論索歸侵地尚無消息》，《申報》1879年04月02日01、02版。
〔註14〕《論中俄不宜構兵》，《申報》1880年03月18日03版。
〔註15〕《述中俄新約大言》，《申報》1881年06月30日01版。
〔註16〕《俄人宜防》，《申報》1884年12月25日02版。
〔註17〕《琿春近事》，《申報》1880年11月04日01版。
〔註18〕《黑龍江中俄邊界考》，《申報》1880年12月22日03版。

中俄邊境的中方一側仍是滿清「龍興」〔註 19〕時的白山黑水，而俄方一側已是開發西伯利亞、打通白令海峽、面朝太平洋的如火如荼。

清廷爲了解決西北邊境問題，動全國之賦，借外洋之債，費和談之舌，已是不堪重負。當俄國在東北邊境虎視眈眈、鯨吞蠶食之時，清廷只有招架之功，而無還手之力。琿春、海參崴等重鎮先後淪陷。較之西北，東北更爲苦寒，由南向北的軍隊調動並不順利。〔註 20〕別說打仗，即便是在與「琿春相距十里」的河口修築防禦炮臺，也磕磕絆絆。

> 該處兵丁不慣勞苦，逃亡者甚多。前已追獲數名懲辦，無如現在逃者愈眾，兩月內已逃去三百餘名，該處統兵官稟請吉林將軍，往安徽再募五百人以補其缺。〔註 21〕

有「往安徽再募五百人」，可見之前所用的兵丁也多來自湘軍、楚軍、淮軍等舊地。較之八旗和綠營，湘淮諸軍組織形式更靈活，頗具戰鬥力。但是到了東北邊境，兩湖及江淮子弟多對氣候不適應，這是逃避的原因之一。除此之外，滿清封閉東北多年，且近代洋務潮流尚未波及，管理體制落後，也是一個重要原因。

滿清在東北治兵有失，治民亦有誤。中俄經貿往來增多、人員流動頻繁，對邊境口岸城市的管理提出了更高的要求。《申報》指出：「從前僅治旗民，故將軍都統之事權綽乎有餘，今易而爲商賈薈萃、中外交接之局面，則以嚮之治旗民者治之，宜乎扞格不相入矣。」更有「華民苦於華官之苛，反樂爲俄官所治」〔註 22〕的民間呼聲。

事實上，海參崴由俄人治理，民心並不順服。

> 海參威……如有涉訟之事，皆歸俄官辦理……婚姻錢債等事則任意判斷，往往如伯州犁之上下其手，而不論情理之曲直。凡遇中國人與日本人訟，俄官必抑中而袒日，蓋以俄與中接壤、時有爭論，故常仇視之也。日本與朝鮮人訟，俄官又抑日而袒朝，蓋以俄人有窺伺朝鮮之心，故欲施德以懷之也。〔註 23〕

如此上下其手，判斷糊塗案。與滿清的將軍們相比，俄官也就是五十步

〔註 19〕《黑龍江中俄邊界考》，《申報》1880 年 12 月 22 日 03 版。

〔註 20〕中國軍事史上由南向北的征伐多以失敗告終，與氣候、南北人種差異多有聯繫。

〔註 21〕《琿春近信》，《申報》1882 年 11 月 11 日 01 版。

〔註 22〕《論琿春近事》，《申報》1883 年 05 月 14 日 01 版。

〔註 23〕《上下其手》，《申報》1885 年 03 月 20 日 09 版。

笑百步而已。興，百姓苦；亡，百姓苦。確是如此。

3.1.3 《申報》視野中的中俄關係

中俄領土糾紛時，清廷在東北地區採取的是隱忍和退讓。前文已述，其原因乃在於清廷一直將女眞人的發祥和壯大之地作爲保留，導致東北百業不旺、人丁不興，徵兵無望，調兵困難。相比較而言，中俄邊界的俄國一方卻修鐵路、建軍港、築要塞。鑒於這種形勢，《申報》焦急地說：「天下之事必計之於事先，斷不可求之於臨時。此不特行軍爲然也，而行軍爲尤要，行軍必需之物則尤爲至要。」〔註24〕

何爲行軍必需之物？就清末的東北地區而言，軍需保障是其短板。

「邊陲告警，防禦需人，苟無餉糈，誰與爲力？」〔註25〕《申報》認爲，要解決東北地區軍備的運輸問題，一是可以延續關內漕運與海運並舉的傳統思維，將中國自行建造的「不能十分堅美無以供戰艦之用」的新式輪船「用以載運糧餉」〔註26〕；二是主張多修建鐵路。東北地區多爲平原，河流網絡並不豐富，修建繁密的鐵路網是工農業發展的必須。在後來的日僞統治時期，東北開發建設，修建大量鐵路，其里程數一度居中國之首。運輸問題，此乃其一。

就在俄國、日本對東北的大好河山垂涎三尺、摩拳擦掌，甚至已經制定好河流路網的開發規劃時，清廷還在對能否利用東北地區的礦藏資源而爭論不休。雙方意見在《申報》上清晰可見。支持者認爲開礦能吸收大量關內的剩餘勞動力，這種以工代賑的方式既解決了散兵遊勇的生計問題，使遊民在東北安居樂業，又豐富了國家的稅收，「礦務既開，則無業之人可以招之爲工，而煤鐵等課亦足」〔註27〕。反對者則搬出了「明實亡於萬曆」的歷史鏡鑒，明萬曆年間，「礦務皆以太監領其事，役民若牛馬，然應徭役者可以賄免」，貧者無法免徭役，苦不堪言，遂成民憤。適逢天災，農民起事於內，滿清環伺於外，明祚乃終。滿清入主中原後，一直奉開礦爲前朝殷鑒，將其嚴禁，「中國之所以不敢興辦開礦者，以有監於前明開礦之害也」。〔註28〕工

〔註24〕《籌俄餘議九》，《申報》1881年01月21日01版。
〔註25〕《籌俄餘議五》，《申報》1881年01月13日01版。
〔註26〕《籌俄餘議五》，《申報》1881年01月13日01版。
〔註27〕《籌俄餘議一》，《申報》1881年01月04日01版。
〔註28〕《籌俄餘議九》，《申報》1881年01月21日01版。

業基礎問題，此乃其二。

東北前線備戰俄國的武器彈藥多在內地沿海製造，《申報》指出「禦俄之利器無過槍炮，槍炮之力量全在火藥」。與工業基礎決定國力相似，火藥基礎決定了武器裝備的水平。雖是文人論軍，《申報》對火藥的觀察卻頗爲細緻：「觀於火爆店所作之爆竹，有聲洪而勢猛者，有聲低而勢弱者，有有形而無聲者，有有聲而有形者，品類不一，價亦懸殊，其有大小輕重之分者」，「即此例彼可以悟矣」。〔註29〕誠然，在轟轟烈烈學習洋務的背後，更應該專注於基礎的訓練、研習，摒棄浮躁，力求實效。武器裝備問題，此乃其三。

無論是調兵遣將，還是調槍運糧，皆是用遠水來解近渴的方法，治標而不治本。就東北而言，肥沃的黑土地易耕易種，如能就地取材，發展生產，豈非大善？《申報》言：「防俄之策，既莫要於駐兵，而駐兵之法又莫善於屯田，屯田者，以兵養兵，而即寓兵於農之意也。」〔註30〕就西北而言，雖然氣候土壤環境條件稍差，但仍有可著手之處。「當擇人煙稍稠之處，設府、州、縣治以教其民而屯田水利」，「滋生招徠，數十年後即可成一重鎮」。「統計新疆，如此者當可經營數十處，以邊陲之外而有數十處重鎮，豈非捍禦之大者乎？」〔註31〕

左宗棠在奏中曰：「臣一介書生……況年已六十有五，日暮途長，乃不自忖量，妄引邊荒巨艱爲己任。」〔註32〕《申報》對其頗爲贊許：「左侯帥自收復回疆而後，購辦耕織機器，講求農桑之利」〔註33〕，勞苦功高。

較之東北而言，西北地區近中亞，摻雜宗教等問題，治疆尤爲不易。「該處所居之民皆奉回教，與內地居民性情風俗判然不同」。〔註34〕農墾生產之外，政教等方面亦不能忽視，堪稱一項系統工程。《申報》從當時的國情出發，以士人所能想望的極致，暢敘了新疆的美好前景，讀來不免感懷，遂摘引之。

> 以屯田之法行之於兵，則亦教其民爲耕稼之事，而漢與回皆各授田。其既有恒產，既有恒業，子孫相承豈無秀出其間者？於是而

〔註29〕《籌俄餘議三》，《申報》1881年01月09日01版。

〔註30〕《俄邊善後策第二》，《申報》1881年04月22日01版。

〔註31〕《俄邊善後策第七》，《申報》1881年05月06日01版。

〔註32〕左宗棠：《左文襄公奏稿》（影印本），臺北：文海出版社，1964年，第48卷，第35頁。

〔註33〕《籌俄餘議十》，《申報》1881年01月23日01版。

〔註34〕《俄邊善後策第五》，《申報》1881年04月28日01版。

教之讀書，獎以考試，人才且輩起矣。……凡州縣中派耆年儒士講說鄉約，此亦維持風俗牖啓愚蒙之意。……新疆正可藉此以厚風俗。蓋從來未有行之者，一旦舉爲成例，人必樂趨耳。……迨至風俗既純，漢回一體，而良莠亦合同而化，然後創立學校，誘掖獎勸以收人材，而邊地無異於內地矣。……叛回之餘所以不欲從中國教令者，以向來中國棄之勿治，而俄人市恩從旁噢咻之耳。彼見中國且以治內地者治之，有不革面洗心願隸於良回之籍者哉？是又可於數年之後致其歸附之誠也。」〔註35〕

強鄰壓境，清軍兩面備兵，處境艱難。「惟海濱遊食之人親見時務之難，稍用心於內外大局者。」〔註36〕循著一種士人的本分，《申報》以先天下之憂而憂、後天下之樂而樂的姿態，家事、國事、天下事，事事關心。從中俄衝突發軔，本章開始研究中外軍事衝突在《申報》上的體現。悟已往之不諫，知來者之可追，亂極時站得定，方爲有用之學。如果彼時的對策對今天尚有啓發，則文意已遂。

3.2 《申報》視野中的朝鮮困境

3.2.1 日本介入朝鮮問題

鷸蚌相爭，漁翁得利。清廷焦灼於北鄰之際，正是日本開疆拓土之時。日本同於中國，亦是受西方列強侵擾而開放。先學器物，後學制度，明治維新，收效甚顯。較之中國的西化歷程，日本快了一步；較之俄國的發達程度，日本又有不及。在本書研究的《申報》時段，國情國力決定了侵略擴張的步伐。因而，較之俄國在中國西北、東北邊境的頻頻開釁，日本在甲午戰前尚不敢大舉動作。

朝鮮半島，是中國的北洋門戶，是日本的擴張前沿，是俄國的南下重地，軍事地理位置非常重要，是東北亞戰略格局的關鍵，是兵家的必爭之地。俄國領土廣闊，地跨亞歐，中俄軍事問題距離朝鮮尚有迴旋餘地；日本領土狹小，地少人密，中日軍事問題的發端必然離不開朝鮮。綜觀本書研究時段的

〔註35〕《俄邊善後策第七》，《申報》1881年05月06日01版。
〔註36〕《論索歸侵地尚無消息》，《申報》1879年04月02日01、02版。

《申報》，朝鮮問題既像個火藥桶，不斷被加入更多的火藥；又像加入酵母的麵粉，不斷發酵和膨脹。

歷史發展既有必然性，又有偶然性。甲午戰爭爆發於 1894 年、導火於朝鮮的東學黨起義，有一定的偶然性，乃朝鮮的天災、人禍使然。但甲午戰爭的爆發卻是必然的，中日之間必有一戰。日人福澤渝吉制定的征服全世界的計劃，以朝鮮和臺灣爲起點。兩地一爲中國藩屬，一爲中國領土，焉有拱手讓人之理？這是清廷統治者也明白的事理。不戰而屈人之兵，是軍事謀略的理想情況。中日之間是否可能？

回答是否定的。中日兩國同屬東亞文明圈，同有農耕文明的悠遠歷史。近代以來，同爲西方列強叩關、通商、侵略的對象。痛定思痛之後，又幾乎同時走上了向西方學習的道路。日本的明治維新，走的是脫亞入歐的路，政治、經濟、文化、教育，無一不學；中國的洋務運動，走的是「師夷長技」的路，在引進堅船利炮等「西用」的同時，仍堅持「中體」的基本原則。兩條路從起點開始就爭議不斷，也一直有著明爭暗鬥的較量。孰優孰劣？

無疑，圍繞朝鮮的角力，是檢驗中日兩國之「變」的最好試金石。當中日兩國分出高下後，再由勝者與俄國較量。此後，近代化程度和國力的座次就排定了。本書不涉及日俄戰爭，對甲午戰爭亦未全面分析，〔註 37〕而是將目光聚焦軍事史的微觀和漸變。由甲午一戰回溯到中日軍備，由中日軍備回溯到朝鮮半島。當目光從檔案、奏章、電稿、日記等大人物的影像中轉到日常市井的傳媒存在，不難發現，甲午戰爭早有端倪。

戰前二十年，日船就在朝鮮沿海遊弋，「日本兵船名恩約幹方在高麗附海測度海洋」，「被高麗炮臺放炮轟擊」，雙方小規模交戰，終以日方取勝告終。〔註 38〕戰前十年，「日本陸軍遊戎」在朝鮮領土活動，沿途雖有官府保護，但「所過之處仍有高人擲石拋磚」。〔註 39〕戰前十五年，朝鮮人甚至立規定約，嚴禁日本人的活動：「一議日人不可亂入高麗民人之屋，一議日人不可往內地任意遊行，一議日人不可夜行，一議日本兵丁行走不可攜帶刀槍器械云云」。〔註 40〕

〔註 37〕日俄戰爭不在本書研究時段，甲午戰爭另有本人的《〈申報〉視野中的甲午戰爭》（中國人民大學清史研究所碩士論文，2012 年）可參考。

〔註 38〕《日本與高麗構釁》，《申報》1875 年 10 月 06 日 02 版。

〔註 39〕《朝鮮近事》，《申報》1883 年 07 月 14 日 02 版。

〔註 40〕《日高猜忌》，《申報》1879 年 05 月 28 日 02 版。

除了軍事的侵擾，日人還在朝鮮創辦新聞媒體，進行文化滲透：「朝鮮自去冬十月，聽日本人之謀，設博文局，刊刻旬報。由協辦外務衙門金參判晚楨主其事，每十日刻一本，輒贊泰西而薄中國，又於日本人多解釋之詞，中國人在朝鮮者無不切齒痛恨。」〔註 41〕拉攏朝鮮，使之疏離中國，並投靠日本，一同邁起脫亞入歐的腳步，就是日本在朝鮮勢力滲透的基本策略。對此，清廷當權者的警惕性似乎不夠，這從《申報》代表的社會輿論也能看出。

首先，對日本明治維新以來的歷史持批判態度，認爲其外強中乾、窮兵黷武，必然失敗。

> 日本自變西法易舊章，民貧國耗，天怒人怨。今不靖內而攘外，不安民而勞民剝民。吾恐日本外強中乾，禍起蕭牆，變生肘腋，必矣。昔隋煬帝爲暴中國，又復窮兵黷武，遠征高麗，遂以亡國。日本亦讀中國書，豈不知之？何竟甘蹈隋煬覆轍而不悟哉？爲日本計，莫如閉關息民，以固國本，清償國債，以杜後患。即欲兼弱攻昧，思啓封疆，亦必待鄰國果弱果昧，且必待自己不弱不昧，乃可出師伐暴，救民於水火中也。〔註 42〕

其次，對高麗國情持樂觀態度，認爲該國既團結、又鞏固，實乃無懈可擊。

> 凡外夷之入寇也，恃有漢奸爲之耳目、爲之接濟而已。高麗地方窄小、法令嚴密、精神周到、朝野通氣、官民一心，況屬內之民素有古風，多安本分，無敢通敵賣國者。……且自古興王所以革故鼎新者，無非弔民伐罪之師也。今高麗之君無罪可伐也，高麗之民無冤可弔也。君無罪可伐，平空入寇，是犯萬國公法也。……民無冤可弔，平空入寇，是犯舉國眾怒也。〔註 43〕

再次，俄國在西擴時與英國摩擦，故而英國希望日本在俄國東擴中牽制之；俄國在中俄邊境鯨吞蠶食，也令中國輿論義憤塡膺。由於這樣的局面，產權屬於英國人的《申報》自然在輿論上採取抗俄爲主、抗日爲輔的立場。宣傳「中國在前，而日高繼之於後」，俄人必然「正視東海」，不敢「南逞其狡」了。〔註 44〕

〔註 41〕《朝鮮近事》，《申報》1884 年 04 月 05 日 01 版。
〔註 42〕《論高麗必勝日本》，《申報》1876 年 03 月 03 日 03 版。
〔註 43〕《論高麗必勝日本》，《申報》1876 年 03 月 03 日 03 版。
〔註 44〕《中日高三國大勢論》，《申報》1883 年 04 月 13 日 01 版。

正是因爲放鬆了日本的警惕，《申報》建議朝鮮和平解決與日本的爭端。朝鮮「地既不廣，兵亦不強，何爲一結怨於美國，再結怨於日本乎？」「即令海口險阻，人心堅固，可以自守」，「今歲此國來侵，明歲彼國來擾，使兵有奔命之疲，民無安居之樂。」如此這般，甚是辛苦。身處十里洋場的文人們認爲西方要求的通商、開埠、租界等權利帶來了近代化的生活和先進的理念，並把這種理解用在朝鮮一事上，認爲日本對待朝鮮僅僅是要通商而已，「日本亦畏人言，未必即欲奪地，不過只言通商」。〔註 45〕

按照這樣的邏輯，既然「高麗一國自本朝龍興即行歸附，世爲藩服，格外恭順二百餘年」，在通商之事上，中國理應支持、勸解和鼓勵。「不但與中國無礙，即與高麗亦無大損，似中國可以勸其允許」。〔註 46〕「高麗向以親附中朝」，作爲宗主國，中國更應說服高麗「去其拘迂之習，銳意通商，近者睦之，遠者交之」。〔註 47〕革新之益，顯而易見：「地脈雖瘠，經營可以轉肥沃；人工雖拙，而整頓可以進巧思」。進而實現「弱者不弱，貧者不貧。」〔註 48〕

《申報》希望，如果朝鮮問題解決好了，「國家享承平之福，閭閻無兵燹之災，豈不美哉？倘能如此，不徒高麗可以高枕無憂，即中國東三省亦收屏藩之益。」〔註 49〕然而又擔憂，如果朝鮮問題解決不好，「一任其國人之自爲好惡，將來勢成朋黨，圖是紛紛，君令不行，邦交亦替，必至內難迭作，而外侮相乘，甚可憂也。」〔註 50〕

事與願違，正因輿論的疏忽、清廷的大意，甲午戰前的朝鮮思想混亂，政治動蕩，內變不斷。

3.2.2　《申報》視野中的壬午兵變

朝鮮開埠通商後，政治局勢錯綜複雜，形成了以國王、閔妃、大院君、金玉均等爲首的多股政治勢力。伴隨著清廷控制力的減弱，朝鮮政治集團紛紛另尋主子以求庇護，傳統的中朝宗藩關係逐漸被中、日、俄和西方列強共治的局面所替代。加之「中體西用」的「全盤西化」的意識形態鬥爭在中日

〔註 45〕《論高麗近事》，《申報》1876 年 01 月 08 日 01 版。
〔註 46〕《論日本高麗近事》，《申報》1876 年 01 月 05 日 01 版。
〔註 47〕《論高麗近事》，《申報》1879 年 06 月 06 日 04 版。
〔註 48〕《論高麗大局》，《申報》1882 年 01 月 17 日 01 版。
〔註 49〕《論日本高麗近事》，《申報》1876 年 01 月 05 日 01 版。
〔註 50〕《論高麗大局》，《申報》1882 年 01 月 17 日 01 版。

間尚未定論，朝鮮在諸多宗主之間無所適從。這種局面一直延續到甲午戰敗，由清廷徹底放棄朝鮮，日本完全獨霸朝鮮而告終。

在本書研究時段，朝鮮剪不斷、理還亂的形勢在軍事上也有反映。各方政治勢力擁兵自重，均欲將對手除之而後快。簡單說來，力量較大的爲守舊黨和開化黨兩派，前者親中，後者親日。守舊黨首領大院君是朝鮮國王的親族，擁有大部份資歷老臣的支持。開化黨首領金玉均出身沒落貴族家庭，力圖模仿日本在朝鮮進行改革。兩派漸由口舌之爭發展爲兵戎相見，《申報》對此作了報導。

> 高麗京城內，守舊、開化兩黨，不知爲何，互相爭論，致動干戈。開化黨人寡不敵，逃入日本公使署避禍。守舊黨乘此遷怒日人，遂將使署四面圍住，抛火擲石，一時喊殺之聲勢如鼎沸。〔註51〕

日本使署損失慘重，日本公使見勢不妙，且戰且退。此事起於光緒八年（1882）六月，是爲壬午年，故史稱「壬午兵變」。之後，「日人秣馬厲兵，調集兵士，並將額外兵丁一併調集，欲大興問罪之師」〔註52〕。朝鮮的政治內鬥發展成攻擊使館的武裝行動，「素稱恭謹」〔註53〕的藩屬國發生這種事，於情於理，令名義上還是宗主國的中國大爲難堪。清廷作何應對？

朝鮮要局前文已述，適逢其變舉國關注，《申報》抓住新聞的時效性，電報這一剛啓用半年多〔註54〕的新式傳媒手段被大加利用。在頗爲強調的「本館自己接到電音」的標題之下，對清廷針對壬午兵變的上諭全文播發，長達近六百字的電稿，堪稱早期《申報》之最。〔註55〕

根據朝廷的中央指示精神，清軍開始調兵遣將，並首先以平定朝鮮的內亂爲目的。《申報》對此的報導既自信，又詳盡。

> 高麗內亂，中朝派招商局輪船載兵前去，已列前報。刻下招商局船業經返棹，而他兵船之陸續駛往者殊屬不少。督辦軍務者爲吳軍門長慶，而丁軍門汝昌副之，馬觀察建忠亦在戎幄贊畫機宜。竊

〔註51〕《高亂詳述》，《申報》1882年08月08日01、02版。

〔註52〕《籌高策上》，《申報》1882年08月17日01版。

〔註53〕《本館自己接到電音》，《申報》1882年09月27日01版。

〔註54〕《申報》1882年初啓用電報傳遞新聞。1882年1月16日，《申報》刊出該報北京訪員從天津電報局拍發的電報，內容報導了清廷查辦一名瀆職官員的消息。這是我國報紙所登出的第一條新聞專電。參考方漢奇主編：《中國新聞事業通史·第一卷》，第419頁，北京，中國人民大學出版社，1996年。

〔註55〕《本館自己接到電音》，《申報》1882年09月27日01版。

> 思吳丁二帥老成持重，馬觀察尤熟悉洋務，不肯遽開兵端。當俟合肥相國節鉞遄臨，庶可面稟方略，指授戎機。或以玉帛或以干戈，屆時當可一決也。高麗山水甚惡，中國兵之到彼者，搴裳涉水，行止維艱。蓋輪舟停泊之區離岸約六里，而此六里中，有兩里水深及膝，有四里水亦沒脛。水底盡係細砂、碎石、牡蠣殼。既乏乘輿之濟，難免足趾之穿。然捨此一路，別無坦途，不得不冒險而行也。

〔註 56〕

高麗窮山惡水，清軍不肯開仗。是干戈，是玉帛，《申報》早有自己的主張，甚至連上、中、下三策也綱舉目張。如將中朝關係比作父子，那麼朝鮮壬午兵變就「譬如子在外肇禍，外人欲毆其子」，中國作爲「之父者，斷不能作袖手之觀計」。最好的辦法就是「痛懲其子，安慰外人，賠罪服禮，庶幾可以息事」。「今日本之問罪於高，日人之理長，高人之理屈。中國而必欲阻日人之師，惟當先聲高人之罪，以慰藉日人。」〔註 57〕此爲上策。

至於中策，則是依靠西方列強幫助中國。「中國欲存之，而日人必欲亡之。各國欲聯其好，而日人必與爲仇。」朝鮮兵釁一開，勢必妨礙通商，「攖眾怒而觸公忿」。「各大國新與高盟，亦不忍見其滅。」此時中國作爲先驅，出兵朝鮮，與日本開戰，《申報》相信：「各國必且翕然響應，彼時日人又將何以禦之？」〔註 58〕此爲中策。

《申報》自己對下策也並不看好：「中國若不能獨力平定高亂，則不妨與日本合力，是亦一策也。特此策奇則奇矣，而未必不軌於正，究屬策之下者也。」〔註 59〕

清廷作何選擇？穩定是最重要的，不到萬不得已，李鴻章爲首的主和派斷不會開戰，因此中策可以棄之不顧。上策的核心是賠禮道歉，息事寧人。虎視眈眈的日本，必然要挾清廷，大開條件。上策未必是最好，但在不打仗的前提下，也別無選擇。是年七月，清廷與日本訂約，除懲凶、賠款外，並許日本留兵駐使館，實際是上策和下策的結合體。

這本是清廷對傳統勢力範圍的退讓，某種意義上也是中國主權的喪失。戶破堂危、唇亡齒寒的悲涼感，《申報》卻在新聞中毫無體現。

〔註 56〕《兵艦赴高》，《申報》1882 年 09 月 06 日 01、02 版。
〔註 57〕《籌高策上》，《申報》1882 年 08 月 17 日 01 版。
〔註 58〕《籌高策中》，《申報》1882 年 08 月 19 日 01 版。
〔註 59〕《籌高策下》，《申報》1882 年 08 月 22 日 01 版。

> 東洋已致書於李傅相，謂東洋與中國及高麗均不願以兵戎相見，依舊言歸於好。傅相喜而允之，令其退回駐高之兵。中國亦將兵徹回。惟各留師一旅，以保護公使館舍。聞日廷已均應許，故華兵振旅而還矣。〔註60〕

不僅撤出己方軍隊，還允許日本在朝鮮駐軍，留下無窮後患。這樣的和解局面，「傅相喜而允之」、「華兵振旅而還」，眞不知道高興在哪裏？

有這樣的輿論環境，無怪乎清廷在壬午兵變的處理上態度之含糊。對於親中的大院君，非但不予以支持，還將其「載歸保定，禁使勿回」。《申報》稱朝鮮局面很快平穩，「與日本通商如故也，與各國立約如故也」。並告誡守舊黨人「亦可廢然思返，勿再作此無益之謀矣」〔註61〕。

經此一役，守舊黨和親中勢力大損，朝鮮的一部份開化黨人在日本支持下，反攻倒算。

3.2.3 《申報》視野中的甲申兵變

「壬午兵變」兩年後，朝鮮再發「甲申兵變」。是年（1884）十月，開化黨人金玉均、洪英植等與日本使臣勾結，發動政變，殺大官數人，脅迫國王。中國駐軍救國王出，金玉均逃往日本。日本遣兵派使來，與之訂約，中國在朝鮮的宗主國權益進一步衰弱。《申報》此前將朝鮮開化黨與親日相聯繫，而此時方才認識到「開化黨中又分從日從中兩等，是以有洪賊之難」〔註62〕。這種眼花繚亂的局面，即使熟讀經典、常拿東周列國來分析天下縱橫捭闔的《申報》文人也犯了難，索性用「大抵朋黨傾軋之風」來概括之。並感慨道：朝鮮的局面「非守舊與開化相持之常態矣！夫至同爲開化，而從日從中其意見歧異如此，則朝亂未有已時也！亂無已時，則黨風愈盛，東望三韓能不憂心悄悄哉！」〔註63〕

既是朋黨之爭，則難對錯之分。各黨各派，千奇百怪。較之對「壬午兵變」報導的傾向性，《申報》在處理「甲申兵變」的消息上就客觀平實了不少。

> 本館惟照錄所聞，以符新聞體例。其中是是非非，執筆人非目

〔註60〕《高麗雜聞》，《申報》1882年09月13日01版。
〔註61〕《論高麗黨亂未弭》，《申報》1883年03月11日01版。
〔註62〕《書朝鮮近事後》，《申報》1885年06月11日01版。
〔註63〕《論朝鮮黨禍未已》，《申報》1885年01月01日01版。

擊身親，固不敢妄爲臆斷也。〔註 64〕

長崎來信既登後，復接高麗來信，原原本本較爲詳悉。用亟照錄，至確否，日後自必水落石出，非本館所敢知也。〔註 65〕

高麗之變，本館歷將各處訪事人所報列入報章，亦已詳哉言之歷歷如繪矣。〔註 66〕

昨下午二點鐘越四十分，天津訪事友人專發飛電。云，日前北洋水師提督丁禹廷軍門，由旅順口統帶威遠等三兵船駛赴高麗靖亂。刻接來信，悉已安抵高京矣。〔註 67〕

抱著憂慮的態度，《申報》也開始質疑李鴻章的一味避戰求和。對於中國在朝撤防，展開了激烈的批評。稱「中國之屬藩居然請我撤防」，「何其藐視之甚也」！並且分析了撤防的危害。

一經撤防，即無預備赴朝之兵，異時彼突以師船先踞朝鮮各口，則我船之往，決不能如辛巳夏間之速。而……北塞苦寒、山嶺高峻……天時地利兩無所藉。豈非坐困之勢哉？夫日人圖朝者也，中國保朝者也。圖之者來而保之者始至，朝雖安而猶危；保之者去而圖之者亦行，朝將危而不安。何也？中日並戍，而日人之謀中國知之；中日皆不戍，而日人之謀中國不知之。故曰：防不可撤也。〔註 68〕

3.2.4　《申報》視野中的列強對朝鮮之覬覦

牆倒眾人推。中國對朝鮮的宗主地位受到日本挑釁，控制力已大不如前。歐〔註 69〕美〔註 70〕各國紛至沓來，均希望在朝鮮攫取利益，爭取未來角逐太平洋的主動權。

近水樓臺先得月，朝鮮的近鄰除了中日，還有俄國。此時俄國早已在侵吞中國北部邊疆的試驗中嘗到甜頭，對朝鮮的覬覦自不待言。《申報》報導

〔註 64〕《高亂詳述》，《申報》1884 年 12 月 18 日 01 版。
〔註 65〕《高亂詳述》，《申報》1884 年 12 月 24 日 01、02 版。
〔註 66〕《追述高亂細情》，《申報》1884 年 12 月 28 日 02 版。
〔註 67〕《兵艦抵高》，《申報》1885 年 01 月 02 日 01 版。
〔註 68〕《朝鮮深一華兵駐房說》，《申報》1885 年 05 月 11 日 01 版。
〔註 69〕《意高定約》，《申報》1886 年 08 月 08 日 01 版。其餘參見附錄二相應部份。
〔註 70〕《美高立約情形》，《申報》1882 年 05 月 31 日 01 版。其餘參見附錄二相應部份。

中，俄國竟把艦隊開到朝鮮的領土，視朝、中主權爲無物。

> 近日有俄羅斯兵船十餘艘在高麗江面遊弋。傳聞如此，未知確否。按，中國南北洋水師統領丁、吳兩軍門近亦率領兵船十餘艘，前赴高麗，足以壯聲威而資保護。高國君臣自可高枕無憂矣。〔註71〕

高麗君臣確否高枕無憂，先按下不表。但在朝鮮領土，群雄逐鹿、你方唱罷我方登場的局面，已經形成了。朝鮮沿海一個島嶼的歸屬，從《申報》消息來看，就牽動了全世界的神經。這個島有何神奇之處？

> 高麗口外之巨文島，即西人所謂哈密墩也。查該島在濟州之東……是處分內外兩島，形狹，而長旁有小島，一如鼎足之勢。山高七十九丈，山脈連絡，如斷而續，相離處約一百五十弓闊，中間天然巨港。從右邊南島進港，港水縱橫，約三英里深，足容重大船，舟楫均灣泊於此。……現雖被英國人佔據，而土民捕魚則仍其舊。計共漁舟十數艘，所獲鮑魚鰍魚最夥。鮑魚大者重有三四斤云。〔註72〕

巨文島不僅物產豐美，尤其山海險要：「三島圍繞頗稱天然之勝港，水甚深，大船隻能從東南一口出進。」〔註73〕具備天然軍港的條件，因此成爲兵家必爭之地。英國「調撥水師船至該島，遍插英國旗幟」〔註74〕。英人既已佔據，俄人心有不甘，一面造勢聒噪，一面調兵遣將。俄人把前沿陣地推到巨文島附近的小島，且「與英兵旗鼓相當」，奪島之戰迫在眉睫。《申報》無奈地感慨：「英俄未決兵爭，而高麗先受池魚之禍甚矣。國之貴自強也！」〔註75〕

強鄰壓境，時不我待；自強崛起，尚需時日。在列強之間尋求平衡，在交爭之世尋求牽制，朝鮮在這一點上與清廷李鴻章等人的外交方略類似，折衝禦侮，以空間換時間。《申報》評價：「高人之謀國者，輾轉圖維，殫思竭慮。因欲藉中國之靈，以交歡於泰西各國。中國亦自顧獨力不足以庇高，遂允高人之請，而爲之介紹於各國。彼泰西諸國本有推廣通商之願，又孰不樂從其意？美國先爲之創，將來英、德、法諸國從而和之。日、俄兩國雖有鯨

〔註71〕《兵船遊弋》，《申報》1889年07月27日01、02版。

〔註72〕《巨文島形勢》，《申報》1885年06月25日02版。

〔註73〕《巨文島形勢》，《申報》1885年11月08日02版。

〔註74〕《英俄爭島》，《申報》1885年04月26日02版。

〔註75〕《俄人據島近聞》，《申報》1885年06月24日02版。

吞蠶食之計，恐亦有所窒礙，而不得逞。」〔註 76〕

秦晉圍鄭，燭之武退秦師。小國寡民，依靠外交口舌，收穫一時之保全。巨文島事件終以英國交還而結束。

> 英國與中國商妥，將高麗之巨文島讓還中國。……日本大爲驚惶，即派各將軍大臣等查勘本國各處海島，以便調兵守禦。日人之忌中國也如是，其情抑何可笑。〔註 77〕

即便可笑，日俄和諸多列強對朝鮮的覬覦，也足以令《申報》論事人們如芒在背了。「高麗之患俄爲大」，是他們的基本判斷。「俄人欲取高麗，必先與日本聯絡，令其出兵相助。俄攻其北，日攻其南，事成之後許分以高麗之地數道，則日必聽從。」〔註 78〕如果南北並進，兩面夾擊，朝鮮必然不保。俄國、日本均虎視眈眈，面對如此嚴峻的形勢，《申報》喟歎：「高麗之危在目前，而中國之患即在肘腋，」「何以爲情乎？」〔註 79〕情何以堪！

3.2.5　《申報》視野中的清廷對朝鮮問題之應對

當列強環伺於朝鮮之時，清廷已經自顧不暇。對如何保住這個藩屬國，《申報》亂成一鍋粥。「朝鮮爲中國藩屬宜用何策保守論」分爲上下篇連載，洋洋灑灑數千字，提出了不少建議。〔註 80〕可是沒過半年，這些建議在同樣分爲上下篇的「宜若何保守朝鮮論」中被一一否定。

> 其說曰：建東三省鐵路也；設朝鮮戍兵也；東聯日本，西結英人，並□以拒俄也；虛其君位，恤其民人，收其版圖，改朝鮮爲行省，置官設員，以撫治之也。此數策者，皆所謂大而無當者也。〔註 81〕

《申報》認爲，與其大動干戈，不如縱橫捭闔，走多方牽制、列國調停的路子，如是可以「不勞一卒、不費一兵，而朝鮮之危一旦安於磐石。」「豈非計之得哉！」〔註 82〕

〔註 76〕《論高麗善變》，《申報》1882 年 05 月 22 日 01 版。
〔註 77〕《日人防禦》，《申報》1886 年 12 月 23 日 01 版。
〔註 78〕《論高麗之患俄爲大》，《申報》1886 年 08 月 21 日 01 版。
〔註 79〕《論高麗大局》，《申報》1880 年 06 月 09 日 01 版。
〔註 80〕《朝鮮爲中國藩屬宜用何策保守論》，《申報》1890 年 12 月 24 日 01 版；《朝鮮爲中國藩屬宜用何策保守論·接續前稿》，《申報》1890 年 12 月 25 日 01 版。
〔註 81〕《宜若何保守朝鮮論上》，《申報》1891 年 06 月 14 日 01 版。
〔註 82〕《宜若何保守朝鮮論下》，《申報》1891 年 06 月 21 日 01 版。

宣傳方針既定，《申報》的調子也就變了，一篇《保朝末議》，標題中的「末」字就窺出鴕鳥心態的影子來。〔註83〕經世致用的軍事策略從此不見，迂腐考究的口舌之爭擺上前臺。發上一兩篇《朝鮮沿革考》，聲明三四次「朝鮮是中國的固有藩屬」，僅此而已。〔註84〕此外，更把希望寄託在朝鮮自力更生上，除了「多設華官」〔註85〕、「就學中國」〔註86〕，《申報》還一口氣爲朝鮮自強提出了「十論」，什麼「靖亂」〔註87〕、「去黨」〔註88〕、「誅逆」〔註89〕、「開礦」〔註90〕、「興學」〔註91〕、「辨惑」〔註92〕、「化俗」〔註93〕，等等。雖堪稱詳盡，但掩飾不了清廷心有餘而力不足的無奈。

這種心態體現在新聞報導中，頗有烈士暮年、壯心不已之感。下引兩條消息，均說明高麗與中國的相親相近。

> 朝人向穿大褲，累贅異常。新練兵丁俱仿照中國式，製造衣褲。朝人見之以爲捷利，群焉傚之，遂有穿套褲者。又朝人靴鞋向仍古制，不甚美麗。近有中國人贈靴鞋於朝人者，故國中士大夫穿中國靴鞋者甚多。
>
> 朝人好食冷水及生肉。自中國兵商雜處其間，國王及士大夫始知飲茶、食熟。雖不能盡如中國，而極力摹仿，亦感革之一端也。〔註94〕

相反，高麗與日本則相懼相恨。

> （日人）有向在日本東京製藥者，發到高麗售賣，購者頗多。日人以其生意興旺也，乃雇高麗人擔藥而售諸市。近日高人忽傳謠，言日人實將以毒藥遺高人而致之死。此言一傳，信者甚眾。至本月十一日，竟將爲日人挑擔賣藥之高麗人攢毆而死，日人之藥遂無復

〔註83〕《保朝末議》，《申報》1890年11月02日01版。
〔註84〕《朝鮮沿革考》，《申報》1893年04月15日01版。
〔註85〕《論高麗宜多設華官》，《申報》1885年06月25日01版。
〔註86〕《論高麗就學中國》，《申報》1882年04月03日01版。
〔註87〕《策高麗通商事宜靖亂第七》，《申報》1882年08月23日01版。
〔註88〕《策高麗通商事宜去黨第九》，《申報》1882年08月29日01版。
〔註89〕《策高麗通商事宜誅逆第八》，《申報》1882年08月25日01版。
〔註90〕《策高麗通商事宜開礦第一》，《申報》1882年06月22日01版。
〔註91〕《策高麗通商事宜興學第六》，《申報》1882年07月27日01版。
〔註92〕《策高麗通商事宜辨惑第十》，《申報》1882年09月04日01版。
〔註93〕《策高麗通商事宜化俗第五》，《申報》1882年07月11日01版。
〔註94〕《朝鮮近事》，《申報》1884年04月05日01版。

過而問者。〔註 95〕

然而，世態炎涼。傳統的宗藩關係終究抵不過近代的堅船利炮，儘管高麗仍向中國學習製造〔註 96〕，仍請華人幫助練兵〔註 97〕，但再也回不到一心一意的朝貢時代了。

在述及中日軍事紛爭之前，先開一節，專講朝鮮，是爲「墊場」。本書並不專意甲午戰爭，亦不忽視甲午之敗。綜觀甲午之前二十年的《申報》，敗相已現。全書皆可略觀，本節尤爲如此。當環顧朝鮮的餓虎群狼即將撲食之際，清廷無甚動作，清廷乏善可陳。除了綏靖，還是綏靖；除了調停，還是調停。以時間換軍力，換來軍力沒有？

3.3　《申報》視野中的中日關係

3.3.1　《申報》視野中的琉球事件

朝鮮毗鄰中國、版圖尚可、民族感強，尚且被列強如此爭奪，對於孤懸海外的小島國琉球來說，被侮辱和損害的命運就更早到來了。琉球群島位於中國東部海面，呈東北—西南走向排列，連綿約一千公里。群島北接日本九州島，南至中國臺灣島，包括大小島嶼 55 個。在這些島嶼上雜居著琉球原住民，並有其古老的政權——琉球國。琉球國歷史已不可考，但自明代起就一直向中國納貢，自奉爲華夏之藩服。琉球受中國政治、文化的影響頗深，既往來貿易，又以漢字爲其官方語言。琉球亦受日本影響，不少歌曲與和族歌曲較相似。

進入近代，日本「走出中世紀」，侵略擴張的步伐首先從琉球開始。同治十一年（1872），《申報》創刊，就在同年，日本冊封琉球王。這樣的冊封，顯然是單方面的。因爲琉球在文化上雖受中日雙方影響，但在政治上是卻只是中國的藩服。日本封琉球王，雖不犯國際法，但可稱對中國的僭越。日本既不徵得中國同意，又未先行照會中國，這就是一種試探。日本放出氣球，觀察中國作何反應。其時，清廷正舉全國之力在解決西北陸路的叛回問題，無力顧及東南海路，日本挖到了第一桶金，嘗到了小小的甜頭。

〔註 95〕《高麗近聞》，《申報》1883 年 04 月 30 日 02 版。
〔註 96〕《學習製造》，《申報》1882 年 02 月 10 日 01 版。
〔註 97〕《高王觀操》，《申報》1884 年 04 月 19 日 02 版。

琉球是日本的棋子，日本以之步步爲營。既然琉球是日本的屬國，屬國民人受到侵害，日本就可以理直氣壯地磨刀霍霍了。欲加之罪，何患無辭，日本的司馬昭之心迫切等待著走向實現的機會。琉球群島聯繫著日本和臺灣，是日本到臺灣最好的跳板。日本的下一步棋，就是盯緊臺灣，伺機而動了。此時的臺灣，又是怎樣的情況呢？

臺灣與琉球不同，雖與大陸隔海相望，但係中國正式領土。康熙年間，臺灣入清朝版圖。興於關外的清廷對東南一隅的海島並不重視，認爲這是遙遠的荒夷之地。行政區劃上，將臺灣歸福建省內，派一府三縣的小編制機構管理。棄之如敝屣，放任而自流。時至晚清，天下巨變，但臺灣卻仍似亙古。除了臺北及周邊幾個固守的據點外，百里之外即有番人。番人就是臺灣原住民，棲於高山叢林之間，類似刀耕火種、茹毛飲血，故又稱爲生番。清廷對生番既不倡扶助，又不興政教，而是任其在山林川澤中自生自滅。清廷不善治臺灣，實不可諱。

清廷糟糕治理下尚未開化的生番和日本頤指氣使下唯唯諾諾的琉球創造了日本在臺灣發難的機會。不知是故意還是巧合，琉球的漁船遇險漂至臺灣沿海失事，船上漁民上岸求救。臺灣生番殺害琉球漁民水手等五十多人。前因中國對日本藩封琉球並未發作，此時日本就得寸進尺，擺出爲藩屬國琉球「討說法」的架勢，向生番興師問罪。同治十三年（1874）四月，日軍侵入臺灣，攻擊番人。且勝不凱旋，敗不退兵，似有久駐之計。日本用軍事手段解決外交問題，在中國領土上替中國藩屬國「主持公道」，還鳩占鵲巢。這樣的做派實在欺人太甚。是可忍，孰不可忍，清廷調淮軍六千人往援。中日對抗加劇，局勢驟然緊張。

此時恰值《申報》創刊兩週年之際。此前兩年的《申報》通過調定價、改刊期等手段，市場份額擴大，擠垮《上海新報》，獨霸上海灘中文報界。此時的《申報》猶如早晨八九點鐘太陽的太陽，正欲蓬勃向上。中日關係走向對抗是那幾年的歷史趨勢，日軍侵臺事件是那一年的新聞熱點，必然性中的偶然性讓《申報》在新聞報導上既有所準備，又不甚完美。

爲了報導好這一事件，《申報》調動了不少當時能調動的資源。有的轉載日本的報紙〔註98〕，有的翻譯上海的外報〔註99〕；有西友從天津的雁字〔註100〕，

〔註98〕《東洋來報》,《申報》1874年04月14日02版；
《譯長崎西報語》,《申報》1874年09月03日02版；

有洋人自福建的傳書〔註101〕；輪船停靠，概不放過〔註102〕；西人發表高論，同樣印爲鉛字〔註103〕；利用自己是外資報紙的優勢，還通過在朝廷做官的洋人來採訪官方新聞〔註104〕。可謂盡力矣！即便這樣，《申報》仍舊發出類似這樣的遺憾聲明：「重洋遠隔，未知近日情形究屬如何，俟接確信即當登報。」〔註105〕及時、準確的新聞報導固然好，但它受客觀條件的制約。當時並無車、船、衛星等專門的傳媒工具，只能通過派駐記者、由記者發回信報來完成採訪。派記者往琉球、臺灣並不容易，並且即便派了，能否及時回傳消息也是問題。

《申報》沒派記者是明智的。因爲是年九月，經英使威妥瑪調停，中方償款五十萬兩撫恤琉球難民，日本同意從臺灣退兵。歷時不到半年，或許記者正在乘桴浮於海，未抵現場，新聞就結束了。日軍侵臺事件的快速解決，有其時代背景，更與其時的兩國軍力有關。十九世紀七十年代的日本，明治維新未久，內政外交未清，堅船利炮未備，叫囂造勢者多，實戰動武者少。清廷的五十萬兩白銀，與甲午戰後的兩億三千萬兩比起來，堪稱九牛一毛，但足以令尚未做大的日人樂得好處，偃旗息鼓了。眞乃此一時、彼一時也！

和議賠款、息事寧人在輿論看來並不丟人，天朝上國仍舊對東瀛倭人保有高尚的威儀。首先，琉球和臺灣都是帝國的邊緣，日本動的只是中國的毫毛。甚至連毫毛都不算，只是食之無味、棄之可惜的雞肋：「生番之地味同雞肋，即能歸爲己有，尚須勞心耗費至數十年之久而後有益。」〔註106〕對中國根本都看不上的邊緣地帶，日本卻興師動眾、喧鬧聒噪，眞是蚍蜉撼大樹、可笑不自量。面對日本在臺的小打小鬧，《申報》代表了泱泱大國的高度心理優勢，連社論也寫出了居高臨下的意味。

昔王猛臨終謂其主秦天王苻堅曰：「江左雖微，正朔所在，臣死之後望勿加兵符。」堅不聽。猛卒之後與兵南犯至八公山，覺草

《長崎來信》，《申報》1874年05月02日01、02版。

〔註99〕《天津信息》，《申報》1874年10月13日02版。

〔註100〕《津沽來函》，《申報》1874年10月07日02版。

〔註101〕《臺疆近事》，《申報》1877年03月27日02版。

〔註102〕《臺灣近信》，《申報》1874年06月23日01版。

〔註103〕《述日本近事》，《申報》1874年08月25日01、02版。

〔註104〕《京都消息》，《申報》1874年10月09日02版。

〔註105〕《咨調雄師》，《申報》1888年10月20日01版。

〔註106〕《論臺灣事》，《申報》1874年07月27日01、02版。

> 木皆兵，因大敗於淝水。慕客垂等乘勢奪踞其地，遂至身弑國亡，爲天下笑。夫以符秦之強、東晉之弱，宜乎晉敗秦勝矣。乃竟反之，何也？……國祚之興滅短長，在仁義不在強弱也。……正朔所在，仍推中國。今日本以區區數島之小國，居然來犯堂堂正朔之上邦。……眾怒結成於下、彗星示戒於上，……窮兵黷武，欲求得志於臺灣。設一旦中國赫然震怒，與之結怨構兵，恐日本傾國之眾盡至臺灣亦難以抗拒中國耳。又況師之老壯早已定有曲直哉。若果勢至如此，吾恐再往求助於西國而西國君臣亦斷不肯違萬國公法而助之以至貽笑於友邦也。彼時，（日本）餉竭於內、兵潰於外，其國中之栽革諸爵，豈無慕容垂等其人者？……吾深爲日本之君危矣！〔註 107〕

正因如此，《申報》這樣報導在臺灣的清軍：「十分自得，一無怯懼之心，一無戰鬥之苦，逍遙河上，可以借詠鄭風矣！」〔註 108〕優哉遊哉，好不痛快！相反，日軍卻貫穿著狼狽不堪。爲了養兵「國債累累」〔註 109〕，爲了徵兵「不以勸募而以強招」，不論「其願與否，盡行派入水陸兩軍，令習戰事」〔註 110〕。爲了取笑日軍，《申報》還刊文名曰「東人笑談」，揶揄得不亦樂乎。

> 臺灣近傳一事，頗足令人一噱。蓋東人之往臺灣，原思所以教化土人也。……琅嶠爲華人與熟番雜居之地，今俱暫在東人之轄下。東人既出己境豈能一旦易俗，故各武士在琅嶠於無事時，每裸身而行，徘徊於廛市之間。華人及熟番以有婦女咸在殊不雅觀，故甚疾之。於是偏處居民遂聯名具稟於中將，懇即飭知兵士，毋得赤身遊行。〔註 111〕

人民不悅，水土不服，兵數不多，《申報》因此判斷日本不會愚昧地螳臂當車、拿雞蛋碰石頭，「窺其意嚮之間，亦非必欲與中國戰者」〔註 112〕。《申報》對日軍的不屑一顧表現在議論很快轉到日軍撤出後如何治理生番的

〔註 107〕《好戰必亡論》，《申報》1874 年 07 月 29 日 01 版。
〔註 108〕《臺灣到兵》，《申報》1874 年 10 月 02 日 02 版。
〔註 109〕《東國尚存有帑銀》，《申報》1874 年 09 月 22 日 02 版。
〔註 110〕《東洋募勇》，《申報》1874 年 09 月 21 日 01、02 版。
〔註 111〕《東人笑談》，《申報》1874 年 08 月 15 日 01、02 版。
〔註 112〕《賃船裝兵赴臺》，《申報》1874 年 09 月 19 日 01 版。

問題上來，並且延續了正襟危坐的睥睨之感，說道：「生番之在中國，任其自生自滅、自治自食，既無徵調之煩，又無催科之擾，復無法令之拘束，更無刑罰之凌虐。」〔註 113〕邊緣荒遠的地帶，無關痛癢的居民，臺灣果眞如此嗎？

《申報》的判斷與預測並不準確。十餘年後，臺灣又受法國覬覦。經中法一役，清廷終對這一海島另眼相看，並著劉銘傳經辦開發、治理生番。劉巡撫對生番剿撫並用，類似七擒孟獲的懷柔。

> 劉省三爵中丞前在臺灣剿撫生番，此已列報。茲接臺灣西信，言剿番之兵約有一萬名，深入山谷中，將生番運糧之路全行堵截。生番頭目計無復之，遂向軍前輸款，當經兵官帶至帳下。中丞諄諄然曉以順逆，該頭目已帖然心服矣。〔註 114〕

作爲文人論政的報紙，紙上談兵般的驕傲自大在《申報》頗有體現，對日本尤爲如此。這在甲午戰爭報導中更是淋漓盡致。

3.3.2　《申報》視野中的甲午戰爭

日本冊封琉球，清廷不置可否；藉口入侵臺灣，清廷賠款息事。屢次在與清廷的小試探中嘗到甜頭，日本更加膽大，也堅定了備戰擴軍打大仗的決心。日本在朝鮮經營多年，煞費苦心。通過「壬午兵變」、「甲申兵變」、《天津條約》，已平分了中國的宗主國之權，攫取了不少在朝機會。其中一點就是：當朝鮮危亂時，可出兵保護僑民、維持社會秩序。有了這樣的口子，日本在甲午戰前就是計日而俟了。

1894 年是甲午年。是年二月，朝鮮親日派首領金玉均被刺於上海，中國將其棺槨送回朝鮮，旋被戮屍。日本國內大嘩，聲言爲金報仇，戰爭叫囂初起。四月，朝鮮無力控制東學黨叛亂，請兵於中國。中國赴援同時，日本亦出兵。五月，東學黨敗，但日本拒撤兵而繼續增兵，且提出朝鮮徹底脫離與中國宗藩關係之要求，事態洶洶。其時李鴻章爲中樞重臣，先調衛汝貴自陸路往援，後由天津向朝鮮海路運兵。中國運兵船高升號係租賃英國商船，並非戰艦。六月，日本擊沉高升號，清軍八百餘人溺亡。清廷震怒，於七月一日向日本宣戰，日本早有準備，亦於同日宣戰。甲午戰爭爆發。

〔註 113〕《勸罷兵說》，《申報》1874 年 08 月 03 日 01 版。
〔註 114〕《生番向化》，《申報》1886 年 04 月 20 日 02 版。

3.3.2.1 《申報》在甲午戰爭前期的輕敵主戰

《申報》對日在朝行徑早有不悅，對清廷一味退讓也頗有微詞。將中國比作螃蟹，「暹羅、琉球、緬甸爲蟹之足，安南、高麗爲蟹之螯。今足既摧折無餘，失去安南，螯亦只存其一。既不能橫行郭索，僅恃一螯之利，尙可覓稻穗以充饑。」〔註 115〕如果再失去朝鮮，昔日張牙舞爪的螃蟹將只剩軀幹，慘不忍睹。

《申報》對宰割中國的西方列強心存餘悸，對日本則毫不擔憂。日本是個小國，缺糧少兵。「此次以兵費不繼，將東海道、北海道鐵路抵銀二百五十萬，亦可見其情形之竭蹶矣。」「通國兵額不過二十一萬，其中除去老弱疲殘、不堪應調、駐紮京城及各要隘不能遠調外，其可調赴他國爭戰者，不過五萬。夫以區區五萬兵，即使空壁而出、冒險遠涉，前臨大敵、後無繼兵，此必敗之道也。」〔註 116〕此外，按照傳統的天時、地利、人和，日本一樣也不具備。地震連連、火災頻發，無天時；「四面皆海、依倚全空」，無地利；模仿西洋，改革政黨，「人各一心、人自爲黨，議院之內各抒意見，舌戰不休」，無人和。〔註 117〕

如此窮困潦倒，卻要孤注一擲，《申報》爲日本擔憂：「餉絕於內、兵潰於外，國中群不逞之徒譁然而起，所謂季孫之憂，不在顓臾，而在蕭牆之內也！」相反，《申報》對中國軍力頗有信心：「沿江沿海各口岸炮臺林列、鞏固堅牢，北洋所練水師直與泰西無異，南洋及粵閩諸省鐵艦鋼艦其大倍於日本、其數亦多於日本。」因此，「中國於守、戰、和三者果皆確有把握」。《申報》設想清軍既在高麗牽制日軍，又跨海征伐日本本土，簽訂城下之盟，「索回臺灣所償兵費五十萬，再取歸被占之琉球」，「使高麗永爲我大清藩服，日人不得輕越鴻溝」，「索償我此次所耗兵費若干，有一不從，再以全師壓其境上，是之謂能守能戰而後能和」。〔註 118〕

樂觀的估計、勝利的想像，類似社論在甲午戰爭前期的《申報》上爲數不少。書生意氣、揮斥方遒，恨不能躍馬揚鞭、沙場立功封侯。文人想得垂涎三尺，評論寫得汪洋恣肆、妙語連珠，甚至透過紙背都能感到跨越時空飛來的吐沫星。爲了不破壞文言長句的氣勢，下引文中的長句不斷，以供欣賞。

〔註 115〕《戰必勝說》，《申報》1894 年 7 月 11 日 01 版。
〔註 116〕《論日本與中國戰斷不能持久》，《申報》1894 年 8 月 10 日 01 版。
〔註 117〕《戰必勝說》，《申報》1894 年 7 月 11 日 01 版。
〔註 118〕《戰必勝說》，《申報》1894 年 7 月 11 日 01 版。

> 夫以順討逆名至順也；以大制小勢至便也。以我兵額之多百餘萬雄師咄嗟可集禦彼區區五萬餘之兵強弱之形大相懸絕也；以我財力之充數千萬之資可以取之無禁（原文如此。似爲「盡」之誤。2017年夏記）用之不竭當彼羅掘已盡借貸無門之貧國優絀之勢又未可相提並論也。故爲發憤爭雄計則當急戰以挫之；而爲老成持重計則當緩戰以敝之。急戰則用力多而見功速；緩戰則用力少而見功遲。要之無論急戰緩戰中國皆有可以制勝之道。幸值主上聖明勳臣幹濟普天率土皆有同仇敵愾之心。我輩雖不得磨盾草檄投筆請纓，然聽海外之鐃歌誦軍中之露布，未始非人生快意事也。〔註 119〕

在這樣的輿論大勢下，清軍派將是「遣將愼重」〔註 120〕，調兵是「氣吞倭虜」〔註 121〕，戰報是「聞捷而喜」〔註 122〕，也就不足爲怪了。新聞標題尚且如此，內容更是可想而知。輕敵主戰的社會輿論，經過《申報》而一目了然。

3.3.2.2　《申報》在甲午戰爭後期的批評反思

期望而始，失望而終。甲午戰事的發展改變了《申報》的看法，批評和反思貫穿了戰爭後期與和談時期，是現實的無奈影響。這一階段，「養官千日，用在一逃」，是其對清軍的新評價。

> 有以守爲守者，有以不守爲守者，有先守而後不守者，有先不守而後守者，有敵在近而守在遠者，有敵在遠而守在近者，有攻之緩而守之急者，有攻之急而守之緩者。兵法之神妙固不可令人測識，然卒未聞以棄爲守、以逃爲守者。〔註 123〕

在陸軍，「衛汝貴、葉志超之流，位重官高」，「而牙山平壤諸役，一見寇氛偪近，惟以逃避爲能」，「平壤一退義州再退，直退過鴨綠江」；在海軍，「丁汝昌總統北洋水軍，全權在握，而逍遙河上，畏葸不前」，「倭奴攻犯旅順時，並未放一槍發一炮，銷聲匿跡不知所之」。〔註 124〕更有甚者，敵軍未至就望風而逃了，「某處重地爲倭人所覬覦，勢所必攻，而此時敵尚未攻，其水陸營務

〔註 119〕《論日本與中國戰斷不能持久》，《申報》1894 年 08 月 10 日 01 版。
〔註 120〕《遣將愼重》，《申報》1894 年 08 月 25 日 02 版。
〔註 121〕《氣吞倭虜》，《申報》1894 年 12 月 28 日 02 版。
〔註 122〕《聞捷而喜》，《申報》1894 年 08 月 27 日 02 版。
〔註 123〕《論守》，《申報》1894 年 11 月 15 日 01 版。
〔註 124〕《論諫篇》，《申報》1894 年 12 月 21 日 01 版。

處某觀察與統領防軍某軍門已早見幾而作」。〔註125〕此外，清軍還粉飾勝利、虛報戰功。「巧語花言粉飾我軍戰狀」，「虛與委蛇遇敵深藏不露」。〔註126〕

清廷懲處了一部份臨戰畏縮的軍官，如棄守平壤的衛汝貴、駕船逃跑的方伯謙〔註127〕。《申報》稱之爲「劣將」，認爲罪不容誅，予以報導。〔註128〕但清軍中的劣將恐不在少數，更多劣將逍遙法外，他們不僅避戰保存實力，還倒賣軍糧發財，搜刮百姓家產。

> 將軍皖人也，談者未詳其姓氏，……隨大軍駐津沽。今值倭釁初開，捧檄至奉天招募軍士八營，初紮八叉溝等處。嗣岫岩州失陷，倭人由析木城一路進犯海城，將軍頗能明哲保身，始退至石橋子，繼又退至油坊，漸進營口。近日忽有米石□店鋪代售。市儈不知軍法，咸以爲軍中只須採買米石，從未聞有將米售之民間者。將軍一笑置之，並不道破其中元妙。近日將軍麾下諸武士見鄉民多有畜雞者，喌喌之聲聞於四野，疑以爲倭人之至也，奮勇而出悉數殲除。鄉民懷德畏威，贈以美號曰「平雞將軍」，諧比之古者蕩寇將軍、平虜將軍之列云。〔註129〕

《申報》對清軍的批評報導不在少數，有拉幫結夥，打群架鬥毆的〔註130〕；有互相嘲笑、攻擊，互不待見的〔註131〕；有仗勢欺人擾亂地方的〔註132〕；有層層盤剝，欺壓徵用百姓的〔註133〕。內耗太大，對外無信息，就只能將希望寄託於封建迷信。

> 山海關以及旅順口業已大軍雲集，當事者猶恐兵力不厚，徵調頻仍，縫工手製旗幟號衣，日不暇給。最奇者某軍飭製三角旗二十八面，繪面二十八宿，旁復大書「大將軍在此」、「倭奴大敗」等字。

〔註125〕《論守》，《申報》1894年11月15日01版。
〔註126〕《論諫篇》，《申報》1894年12月21日01版。
〔註127〕史學界有爭議。
〔註128〕《禍將不測》，《申報》1894年11月11日02版；《劣將正法》，《申報》1894年11月17日01版。
〔註129〕《平雞將軍》，《申報》1895年02月28日02版。
〔註130〕《水手交鬨》，《申報》1895年04月09日02版。
〔註131〕《粵勇善嘲》，《申報》1895年07月02日02版。
〔註132〕《恃勢橫行》，《申報》1895年08月09日03版。
〔註133〕《封船致怨》，《申報》1895年02月22日02版；《封船運兵》，《申報》1895年02月25日02版。

是雖取義於吉祥，止止無乃近於兒嬉歟？」〔註134〕

清軍如戲，戲說清軍。戰敗和談，割地賠款，讓華夏輿論極其憤懣。《申報》評論寫出了文人墨客奇恥大辱、寢食不安、匹夫有責的憂國憂民之感。思昔日左宗棠平西北之盛舉，觀其時乙未遭日本之痛宰，一篇由看戲而來的評論寫得既平淡、又無奈，像日記的流水賬，像閒談的拉家常，全無了戰爭初期想像勝利的壯懷激烈。前後對比，不勝唏噓。

宿雨初霽，旅寓無聊，酒後枯坐，感懷時事，浩然長歎。有客叩門而請曰；「子何憂之深也，今晚天儀茶園新增《左公平西戲文》，有興相偕一寓目乎？」余曰「可」。相與攜手而往。六街如畫，車馬駢闐，未幾，入戲園雜坐，時正新劇登場。余於戲文情節關目均未考究，但見有紅其頂黃其褂雙眼孔雀翎者，客指曰此左公也。……文臣無死守之心，武臣無力戰之志，以至我皇上宵衣旰食，忍辱允和。上安宗社之靈，下惜黔黎之命。特不知內外臣工亦曾計及君父之憂而爲之怦然一動其良心否也？國語有之：「敝屋蓄鼠，穴牆作室，牆空室罄，而鼠壓焉。」今之中國猶敝屋也，今之潰逃諸臣皆鼠類也，安所得善捕之貓撲殺群鼠？俾屋中人得以救其不敝，免其再敝，庶無慮風雨之飄搖乎？此余所以觀左公平西之劇而不禁感慨係之者也。惟時曉鐘乍鳴，寐不成夢，披衣起坐，泚筆抒寫，以質世之傷時嫉俗者，同作戲曲聽可也。〔註135〕

其興也勃焉，其亡也忽焉。洋務改革，清軍甚新。甲午戰敗，舉國震驚。新練的陸軍節節敗退、連連失守；新建的海軍號稱亞洲第一，也全軍覆沒。中國甲午一敗，非常慘痛。「吾國四千年大夢之喚醒，實自甲午戰敗割臺灣償二百兆以後始也」〔註136〕。正如梁啓超所言，甲午前後的「大夢」與「喚醒」，在《申報》上清晰可見。本節的前後對比，就是爲了體現這一點。這種輿論態度的轉變不可謂不鮮明，從一管而窺全豹，文意也就在此。

3.4　《申報》視野中的中法戰爭

越南古稱安南，亦是中國藩屬。安南與中國之關係頗早，秦始皇征服

〔註134〕《大將軍在此》，《申報》1894年11月22日01版。

〔註135〕《觀左公平西新劇有感》，《申報》1895年05月23日01版。

〔註136〕梁啓超：《戊戌政變記》，北京：中華書局，1954年，第1頁。

其一部份土地為郡縣，漢時猶然。其後中國勢力盛時，均能達於安南北部，其學術思想制度多自中國傳入，其王按期朝貢，華人有往其港經商者。有清一代，安南四年朝貢一次，清廷對其內政外交，向不過問。初，十八世紀末，法國謀擴張於遠東，適值安南內亂，法助其王，亂平後，王許法之在越權利。法在越步步為營，攫取了傳教、通商、開埠、割地等殖民特權。其時清廷內外交困，待光緒初年重申中越之宗藩屬領關係時，法之勢力已然坐大。

其時越南形勢與朝鮮類似，中方聲明藩屬，法方聲明獨立。雙方各執一詞，互不退讓，越南無所適從，局面已經不可收拾。戰爭是政治的延續，甲午戰爭解決朝鮮歸屬問題，類似地，越南的未來需要中法一戰而定。政治是不流血的戰爭，與甲午戰爭不同，中法皆無必戰之心，外交磋商貫穿始終。談談打打，打打談談。光緒八年（1882），中法即在越南周邊備兵；九年（1883），雙方在越南交戰，中方敗退至國境內；十年（1884），法由海路攻臺灣、福建，中國始宣戰；十一年（1885）二月，馮子材部大勝法軍於鎮南關，不及半月，遂克諒山等地。旋，法內閣倒臺，中法和成。

由光緒八年（1882）事起至十一年（1885）和成，中法圍繞越南的政治磋商和軍事鬥爭，前後近四年之久，史稱中法戰爭。戰爭的過程是勝敗難分，但結果是取捨分明的。中國不僅放棄了對越南的宗主國權益，還失去了在西南邊境地區的一些主權。不敗而敗，可謂慘矣！然而，與甲午戰後舉國反思的輿論風潮比起來，中法戰爭後堪稱風平浪靜。究其原因，一是越南遠離京畿重地，關注度小；二是政治交涉失敗被軍事的輝煌「戰果」所掩蓋。

3.4.1 從《申報》看戰時的中方

就《申報》的新聞報導看來，鎮南關的馮子材和黑旗軍的劉永福，無異於清軍中的英雄。馮子材係清廷武將，在鎮南關擊退法軍，並乘勝將之逐出國境，戰功無疑。與之相較，劉永福的黑旗軍名氣更大。究其來歷，初粵民於起兵敗後，逃亡越南為盜，越王將其招撫，黑旗軍則其一也，主將劉永福。越使至津稱其煙癮甚重，所部不足二千，營中無新式槍炮，兵無訓練，紀律蕩然，但曾狙殺法探兵隊官。滇越官吏誇張其事，謂法軍畏之如虎，國內輿論亦贊其名。李鴻章奏其實不能戰，並稱「華人專採虛聲」〔註 137〕，時人

〔註 137〕李鴻章：《國家清史編纂委員會・文獻叢刊・李鴻章全集・第 10 卷・奏議》，

不信其言。

《申報》稱劉永福「義薄雲霄、威震中外」〔註138〕，山河爲之感懷，豪傑爲之歸心〔註139〕。他的名字令「法人聞之而心驚」〔註140〕，他的戰功赫赫，「法人自以爲強，而遇一劉永福已有束手無策之勢」〔註141〕。神乎其神。

盛名之下，其實難副。試問，如果劉永福在越南本土將法國的囂張氣焰打下去了，法軍怎會進攻鎮南關？又怎能有之後的馬尾海戰和臺灣之戰？可見，劉軍步步退卻是不能否定的事實。近代學者有言，歷史是個任人打扮的小姑娘。如果言之新聞，或觀察新聞之於歷史的轉化，亦是如此。當昔日的新聞輿論沉澱爲歷史，褒貶也順理成章流傳給後人。李鴻章之罵名，劉永福之讚譽，能無慨歎也歟？

與法國開戰僅靠個別將領是不行的，全國也同時進入了戰備狀態。從招兵買馬〔註142〕，到調兵遣將〔註143〕；從海防炮臺〔註144〕，到江防沿岸〔註145〕；從團勇治安〔註146〕，到懲辦奸細〔註147〕，《申報》對中方的報導堪稱中規中矩，全面周到。值得一提的是，法軍艦船因小損而停靠香港欲維修，被當地華人拒之門外〔註148〕；法軍犧牲將領孤拔在上海法租界的追思會，被中國官民一致抵制〔註149〕，其民族大局觀念值得稱道，不得不說是

合肥：安徽教育出版社，第440頁。
〔註138〕《軍門忠勇》，《申報》1885年07月01日02版。
〔註139〕《豪傑歸心》，《申報》1884年09月26日02版。
〔註140〕《測法新論》，《申報》1885年04月06日01版。
〔註141〕《論法人大言不足懼》，《申報》1884年01月20日01版。
〔註142〕《京口招軍》，《申報》1884年09月17日02版。
〔註143〕《馬兵赴防》，《申報》1884年09月15日03版；
《援軍抵甬》，《申報》1885年06月07日03版；
《調兵往安南》，《申報》1879年01月07日02版。
〔註144〕《海防加嚴》，《申報》1884年08月20日02版；
《添置炮位》，《申報》1884年12月14日03版；
《北洋防務》，《申報》1884年08月21日01版。
〔註145〕《江防記》，《申報》1885年03月30日02、03版。
〔註146〕《縣署募勇》，《申報》1884年08月28日03版；
《粵團瑣誌》，《申報》1884年08月21日02版。
〔註147〕《緝獲漢奸》，《申報》1885年03月04日03版；
《查獲奸細》，《申報》1883年12月03日01版；
《嚴查濟法》，《申報》1885年04月23日02版。
〔註148〕《不爲法役》，《申報》1884年11月03日01、02版。
〔註149〕《追思法督》，《申報》1885年06月17日02、03版。

近代以來的初步覺醒。此外，大敵當前，清軍仍大講排場，視軍備爲具文。查看炮臺，不到前線，在飯局上就完畢了。

> 北洋大臣李傅相委天津兵備道周觀察到營口察看炮臺……文武各官均往謁見。……觀察赴鎮海營宴飲。置酒軍中，談兵座上，主客款洽，極一時之盛事。酒酣，左軍門請觀察閱操。觀察辭焉，遂於午刻乘淵雲兵船赴山海關，左軍門送諸河干，珍重而別。〔註 150〕

一團和氣。既有神將劉永福，當能大勝法蘭西。焦灼不前的戰況和舉棋不定的議和讓《申報》等的好生著急，在漫長的等待和平淡的新聞報導之後，是洋場文人們躍躍欲試、紙上談兵的激昂。下引評論對中方的軍事戰略做了設計，頗爲精彩。但清朝陸軍荒廢懈怠、戰鬥力弱，海軍各自爲戰、尾大不掉，亦是事實。《申報》不甚理解「當軸諸公」，也是有點站著說話不腰疼的味道了。

> 古人言，我能往寇亦能往；今若反其道而行，寇能至我亦能至。與其俟法人攻瓊州而始爲禦侮之師，不如調兵數十萬、集艦數十艘，直走西貢。非僅爲圍魏救趙之策，直令法人在西貢無可存身。然後一舉蕩平，驅除醜類，轉戰而進，掃蕩東京之法人，俾全越得以安謐。……法人而必欲復得西貢，則亦令其賠償兵費，即以其人之道還治其人之身。吾知法國自保之不遑，又豈得逞其鯨吞蠶食之計耶？法人動曰封海口，遇中國之船於海面則截而取之。顧法國可奪中國之船，中國獨不可奪法國之船乎？中國目下兵船亦不爲少，若以分佈各海洋，遇有法船之至，或開炮擊沉之，或遏之使不得進，彼孤船深入究不足恃。……竊願當軸諸公早爲決計焉。〔註 151〕

3.4.2 從《申報》看戰時的法方

社會輿論中劉永福之神勇是有原因的。與甲午戰爭不同，中法戰爭面對的敵人不是東瀛小國，而是泰西強國。法蘭西、英吉利、美利堅，曾用堅船利炮敲開中國大門，也曾向中國輸入西方的近代文明。《申報》文人身處上海這一通商口岸，目睹過法租界的整潔有序，感受了先進的社會治理結構，對中西差距有著最直觀的體驗。這種感性認識上升到理性認識，就是對法國各

〔註 150〕《奉檄巡邊》，《申報》1884 年 08 月 22 日 02、03 版。
〔註 151〕《論法人大言不足懼》1884 年 01 月 20 日 01 版。

方面先進性的預判，軍隊就是一例。中法在越南問題上交涉摩擦，繼而訴諸兵事。面對不得不交手的法軍，《申報》頗為忌憚。大敵當前，兵來將擋，水來土掩。既然無法蘭西之強，只得揚劉大帥之威。

> 時值天旱，稼穡蟲傷。農民有書「劉大帥」三字於小旗，插諸田中，並謂一插之後，其蟲立止。一時效尤者皆書旗遍插。雖愚民無知之舉，亦足見其欽佩之情也。〔註 152〕

荒野農人尚且如此，清廷軍人更不待言。地面上，中方進行的是唯心主義防守；天空中，法方從事的是唯物主義進攻。《申報》介紹，歐洲各國軍隊中已經普及了氣球，「通消息」、「便瞭望」，非常盛行。普法戰爭中，更有氣球之間的「空戰」:「彼乘氣球飛出，此乘氣球截擊，各在空中用槍鏖戰。」〔註 153〕這種先進的偵查手段亦被法軍用在中法戰爭前線。

> 尼格禮也於奪取諒山之前，親坐氣球窺探華軍形勢。見華軍約有四萬名，若何扼要，若何出奇，無不一目了然、情形洞悉。故得以戰勝攻取，易如反掌。若然，則彼族恃有長技，我軍更不可不嚴密防閑矣。〔註 154〕

兵者，詭道也。出其不意，攻其無備，是獲勝之道。可是，古老三十六計的神來之筆，在現代科技俯瞰之下頓時現形，化為無用。山巒地勢、關隘險要，都被敵人一覽無餘，還用什麼兵？打什麼仗？難怪《申報》說：法國「視安南則直以為砧上之肉矣」〔註 155〕！

敵強我弱的形勢下，國人的心理勝利法又起了作用。憑爾幾路來，我只一路去。窮兵黷武，上蒼示警。不必清軍大加撻伐，老天爺已讓法軍寸步難行。《申報》中法軍的負面新聞，不是人員罹患傳染病〔註 156〕，就是武器故障頻發〔註 157〕。總之就是「騎虎難下」、「法技已窮」〔註 158〕，停戰和談已是不時之需。

和談的好條件，從《申報》看來還有一點，就是中法雙方互留的餘地。

〔註 152〕《江左清譚一》，《申報》1895 年 11 月 10 日 02 版。
〔註 153〕《氣球到越》，《申報》1884 年 02 月 28 日 01 版。
〔註 154〕《法用氣球》，《申報》1885 年 02 月 20 日 03 版。
〔註 155〕《法人集議》，《申報》1883 年 06 月 13 日 02 版。
〔註 156〕《法兵多疾》，《申報》1884 年 06 月 16 日 01 版。
〔註 157〕《兵船迭壞》，《申報》1884 年 02 月 21 日 02 版。
〔註 158〕《法技已窮》，《申報》1884 年 08 月 08 日 01、02 版。

戰爭時，上海法租界環境安謐，一切如常；在法軍佔領的臺北，「凡華人財產等物概無所動」〔註 159〕。法國海軍有制海權，控制了中國沿海，但對中方船隻尚稱剋制。

高升輪船十六早由天津來滬，六點半鐘行至狼山遇法船一艘，……兵官上船取船單閱看，見有銀十萬兩。兵官囑其停輪少待，不得徑赴滬江，須隨該兵船至大戢山，俟較大之兵官查驗該船遂即起行。至十點半鐘抵大戢山，該兵官遂與較大之二兵官商議。謂須俟駛至寧波候孤拔定奪，然後放行。高升船主以船上無煤，婉詞懇請，兵官遂准放行。該船隨於十二點鐘開行，及抵上海時已下午。約計被法人阻留時候有五點半鐘云。〔註 160〕

高升號乃英商在華資產，係運輸船。載有銀十萬兩，數不在少，似有官方背景。甲午時，李鴻章即雇此船裝清軍往援朝鮮。法軍對財務並無犯，僅是依規定層層上報並請示，在船主懇求之下，亦不爲難。兩國處於戰爭狀態，扣留敵方可疑船隻五個多小時，放走疑似的大量「軍餉」，法軍堪守國際慣例的文明國家了。之所以這樣說，是因爲同樣這艘高升號，在十年之後的甲午就沒有這樣幸運。高升號運兵行至朝鮮沿海時，遭遇日軍，未待中方理論，就被悍然擊沉，淮軍子弟八百餘人葬身魚腹。

此外，《申報》認爲法軍雖在艦艇上占優，而一旦登陸作戰，就未必能敵中國。〔註 161〕「僅就兵船而論，法人尚可與中國一戰。而各口岸非皆可容兵船駛入，欲據其地，不得不捨舟登陸。一經登陸，則法人既棄長用短，中國即可以逸待勞，眾寡之勢既殊，主客之形迥判，法人又安能操必勝之權？」〔註 162〕正因如此，「自越事棘手將及兩年，法人虛聲恫喝，屢作欲戰之勢，而終未嘗一戰；即中國自去年九月明降諭旨，時時言戰，人人敢戰，而究竟不至於戰。」可見兩國頗有默契，「兩國之意本不欲戰」。〔註 163〕因而《申報》動之以情、曉之以理，將和戰利害交代清楚，勸法國趁早就範。

吾以爲法人此番舉動亦不過虛聲恫喝，欲得賠償兵費而已。欲索兵費而中國如願以償之，法人之計誠得矣；設中國決意不允賠償，

〔註 159〕《法人狂言》，《申報》1885 年 03 月 25 日 01 版。

〔註 160〕《法人查船》，《申報》1885 年 04 月 02 日 01 版。

〔註 161〕《法艦總數》，《申報》1884 年 07 月 08 日 03、04 版。

〔註 162〕《論法人在中國無可以戰》，《申報》1884 年 07 月 25 日 01 版。

〔註 163〕《論法人無必戰之意》，《申報》1884 年 07 月 09 日 01 版。

法人無可退步，勢必先攻一處以爲嘗試之地。中國人民因法人奪我藩屬、要我朝廷，皆有憤憤不平之色。兵端一啓，草野之義憤將藉此一伸，君民一心上下合志，區區四五千法人何足以御天朝之斧鉞？法人其亦曾念及於此否耶？今得言歸於好，非中國之幸，實法人之幸也爾。〔註 164〕

3.4.3　從《申報》看中法戰爭的戰報

戰爭是軍事的核心，戰報是軍事新聞的最佳體現。中法開戰，勝負如何？《申報》對此頗爲關注。綜觀中法戰報，不如意者常八九。偶遇捷報，《申報》「露布」〔註 165〕、「飛布」〔註 166〕，拍手稱快，但劉永福軍和清軍實則敗多勝少，中法戰局並不樂觀。

從《申報》評論看來：一是指責當局「備兵太遲」〔註 167〕，二是批評清廷消極防守。其對清廷的戰略決策尤爲質疑：「法人狡獪，詭計百出，聲東擊西，莫能測識，或又至北洋攻我水師亦未可定。法船可以四出紛擾，而華疆無一處可以稍緩防務，此則中國之至吃虧者也。多一處防兵即多一處餉費，而法人之至否則未可，必若是則中國之受害者大矣。」〔註 168〕

從《申報》刊載的戰報上，不難發現中方在越南戰場節節敗退的原因。法軍用的是「排槍」和「開花炮」，「所向披靡」。〔註 169〕法軍有偵查地形和探知敵軍布陣的氣球，對戰場形勢瞭如指掌，傳神的劉永福和黑旗軍也有敗績：法軍「三面攻圍只留臨河一面，黑旗兵不能抵禦，紛紛落水」。〔註 170〕法軍中有用來衝鋒陷陣的非洲黑人，「冒死敢戰」；中方則是劉永福招募的「苗兵」，「越山超澗、如履平地」。黑人用的是槍械武器，苗軍靠的是飛檐走壁工夫。因而，中方只好先行埋伏在叢林中，等法軍「槍炮既放」再衝出肉搏。〔註 171〕這種游擊的戰法雖可獲一時僥倖之勝，但終究難敵鋼鐵之師。越南戰場的敗退，原因也就在此。

〔註 164〕《論法人在中國無可以戰》，《申報》1884 年 07 月 25 日 01 版。
〔註 165〕《越南捷報》，《申報》1884 年 09 月 19 日 02 版。
〔註 166〕《基隆大捷》，《申報》1885 年 02 月 04 日 02 版。
〔註 167〕《論中國備兵太遲》，《申報》1884 年 11 月 10 日 01 版。
〔註 168〕《論中法開戰大勢》，《申報》1884 年 08 月 30 日 01 版。
〔註 169〕《法奪諒山》，《申報》1885 年 05 月 24 日 01 版。
〔註 170〕《法勝續信》，《申報》1883 年 08 月 02 日 01、02 版。
〔註 171〕《北寧確耗》，《申報》1884 年 04 月 07 日 01、02 版。

法軍在越南戰場乘勝進軍，一路打入中越邊境的中方一側，危及鎮南關。光緒十一年（1885）三月，老將馮子材（號萃亭）率部在鎮南關大勝法軍，並乘勝進軍，收復失地。大快人心。《申報》一直期待的勝利終於到來，在報導中也不吝筆墨，對其過程予以細緻描繪。妙筆生花，頗爲精彩。

> 二月初五日，馮萃亭軍門照會我軍於夜間偃旗，侵奪敵壘。不意山路崎嶇、風雨交作，我軍出關由狹路而進。甫至中道，其巉岩峻嶺處伏有法人，開炮下擊，敵易中我，我難中敵。我軍前後隔絕，鏖戰至天明，王軍門立懸重賞，有能告奮勇由山後猱升而登殺退法人者，予以千金。我軍新前營勇遂攀藤附葛而上。再挑奮勇千餘名，三路夾擊，於是法人奔潰。我軍追過五個山頭，當獲洋馬一匹、洋槍五十餘杆、開花炮二尊，並火焚法軍高隘木柵三所。初六日辰未，始行收隊。初七日，法人撲我長城防營，首以開花炮轟擊，虎踞長城左面高山。炮聲震山谷，彈如雨點。王馮兩軍極力抵禦，繼而蘇軍續至，拚死力敵。鏖戰一日，血肉交飛，敵焰稍息，退駐關隘。初八日，以大股分三路撲我防營，我軍亦分三路迎擊。……馮王二軍門草履裹頭，櫛風沐雨，身先士卒，忠義之氣實足以激發人心，弁兵靡不感奮，於槍林彈雨中冒死前進。我軍傷亡雖多，而勇氣更倍。……槍斃法人數百名，陣斬法人二百餘，法軍大股亦抵死來禦，王軍門親督我軍新正左後副四營，由長城外山背抄襲其後，法人乃潰敗。陣斬五畫、三畫、二畫法兵頭數人，並眞正法兵二百餘，奪獲洋槍百餘杆、開花炮三尊，法人始退守文淵。我軍又追至文淵與各軍合力圍攻，一戰而法人敗去，踞守高壘。十二日辰刻，我軍新正左前三營復奮勇前進，奪取敵壘，雖傷亡弁勇甚眾，而法人已心膽幾碎，退守諒山新城。十三日，我軍四面夾攻，法人乃棄城逃往谷松，是戰生擒五畫兵頭一名，陣斬千餘人，奪獲金洋千圓、銀洋數萬圓，其餘洋酒、洋槍、洋衣等項共約值二三十萬金。中法之戰未有如此之大快人心者。〔註172〕

3.4.4 《申報》在中法戰爭時期的新聞業務

較之於1874年的日本侵臺事件，中法戰爭的戰線拖得還是比較長的。正

〔註172〕《來信照登》，《申報》1885年06月04日03版。

因爲如此，《申報》吸取了十年前難以派記者往琉球和臺灣的遺憾教訓，從容地組織報社的報導人員、安排記者的駐點分佈。在中法戰爭中，《申報》第一次往戰場派出記者。

在陸戰前線，海防〔註 173〕、東京〔註 174〕皆有訪事人；在海戰前沿，淡水〔註 175〕、廈門〔註 176〕也有訪事人；在清廷權利中樞的京〔註 177〕津〔註 178〕，當然更派有記者。或許是《申報》編輯對文字工夫的自信，各地訪事人發回的新聞報導風格雷同、文筆近似，顯然是經過統一修改潤色後才上報的。即便經過修改潤色，外派記者發回的報導，與本埠記者描寫的閱兵、操練、官場等新聞相比，還是平淡樸實了許多。想必往刀山火海派出的記者是個危險性很高的苦差事，能夠妙筆生花的文人墨客並不願意冒這個險，因而《申報》只能雇到文字水平稍低的訪事人前往越南前線。

巧婦難爲無米之炊。後方編輯收到流水賬般的前方報導，除了稍加整理，也是無可奈何。下引兩篇報導，一則來自越南海防，一則來自越南東京。文字乾巴巴，風格一樣樣。且稍引一小段以觀之。

> 昨接本館海防訪事人西曆三月廿四號發來一信，言華軍有二萬五千人在諒山相近數里之地紮營。……法人自言曾與劉淵亭提督開仗，法人死者甚眾。……法兵頗難徑進。……法軍中伏被轟毀一隊，法人仍直進不顧，至第二日至士藥灣，知華軍已退。〔註 179〕

> 本月初六日，本館東京訪事人專發要信云，法人尚未進兵諒山與華軍開仗。……法人所以遲遲不攻諒山者，緣轉運軍中之什物尚未齊全。核計目下運物之騾馬只一千二百匹，小工只四千名，遠道轉輸頗不敷用。……是處道路崎嶇，頗難行走。聞法兵官云，日後出隊雖經此路，然戰畢班師尚須另取別途也。〔註 180〕

〔註 173〕《海防要電》，《申報》1884 年 08 月 14 日 01 版；
《海防近信》，《申報》1885 年 03 月 24 日 02 版；
《海防軍信》，《申報》1885 年 04 月 04 日 01、02 版。
〔註 174〕《東京軍信》，《申報》1885 年 02 月 03 日 02 版。
〔註 175〕《淡水軍信》，《申報》1884 年 10 月 12 日 02 版。
〔註 176〕《廈門來電》，《申報》1884 年 08 月 11 日 01 版。
〔註 177〕《京都近信》，《申報》1884 年 02 月 26 日 02 版。
〔註 178〕《津沽要電》，《申報》1884 年 04 月 27 日 01、02 版。
〔註 179〕《海防軍信》，《申報》1885 年 04 月 04 日 01、02 版。
〔註 180〕《東京軍信》，《申報》1885 年 02 月 03 日 02 版。

這樣流水賬般的新聞報導，怎麼會有人愛看？沒人想看的報紙，怎麼賣得出去？賣不出去的報紙，怎麼會有人花錢做廣告？沒有廣告就沒有經費，報社又怎能運營起來？《申報》是商業報紙，又身處最早開化和接觸西方思維的上海灘，對新聞行業屬性的理解自不待言，怎會由這樣不引人入勝的報導壞了報紙的市場呢？

解決問題的最好辦法，就是不要把雞蛋放到一個籃子裏面。蘿蔔青菜，各有所愛。訪事人提供的消息雖不生動，但「皆係目擊」〔註 181〕，堪稱準確，將它們梳理梳理印成鉛字罷了。除此之外，就要開動新聞機器，多方尋找了。有朋友從越南回來，《申報》抓住他仔細詢問一番；〔註 182〕有輪船停靠上海，《申報》除了好生搜羅船上帶來的外洋新聞紙〔註 183〕，更是連船員也不放過，問問他們有沒有在途中看見法國軍艦〔註 184〕；即便是不是來自戰區而是戰區附近的友人，《申報》也請他講講路上的所見所聞〔註 185〕。其用心良苦，可謂極矣！

互幫互助，群策群力。實際物品的交換，交換後雙方持有價值不變；新聞信息的交換，交換後雙方價值翻倍。報社之間共享信息，既節省人力物力財力，又豐富了新聞的種類，正是《申報》那個年代興起的潮流，通訊社亦由此而萌生。在中法戰爭期間，上海的報紙〔註 186〕、香港的報紙〔註 187〕、越南的報紙〔註 188〕，甚至美國的報紙，都被《申報》翻譯並轉載。值得一提的是，在下引翻譯作品最後署了譯者之名「無斧柯人譯稿」。估計是翻譯者對文字比較得意，用簡練的一小段文言，將外軍將領對中法戰事的點評概括出來，文後還有適當按語，可謂信、達、雅。

> 譯美國日報云，紐約晞路報館於西曆六月致函英國戈登，詢及中朝軍政。據覆函云，中國近日兵力足令法國滋悶。蓋以中拒法，

〔註 181〕《淡水軍信》，《申報》1884 年 10 月 12 日 02 版。
〔註 182〕《西人傳言》，《申報》1884 年 02 月 23 日 01 版。
〔註 183〕《外洋消息》，《申報》1885 年 06 月 24 日 02 版。
〔註 184〕《南洋消息》，《申報》1885 年 02 月 28 日 03 版。
〔註 185〕《諒山客述》，《申報》1885 年 03 月 08 日 02 版。
〔註 186〕《電信紀要》，《申報》1883 年 08 月 27 日 02 版，「字林報」；
《譯西報論中法事》，《申報》1883 年 12 月 04 日 02 版，「字林西字報」。
〔註 187〕《法越軍信》，《申報》1883 年 09 月 13 日 02 版，「香港華字日報」；
《譯錄西報》，《申報》1882 年 10 月 04 日 01 版，「香港西字報」；
《西貢近聞》，《申報》1884 年 01 月 10 日 01 版，「循環報」。
〔註 188〕《西貢近信》，《申報》1883 年 07 月 08 日 02 版，「西貢西字報」。

勢易於俄。俄可由陸路直來；法則經重洋遠至，兵船戰盤必多於咸豐十年乃可集事。中國若能仿照西法，設軍政書院，挑選人才，訓練兵勇，天下各國必難與爭鋒。……按，戈登前在中朝訓練兵士，得失早了然於胸中，觀其覆函實有旁觀者清、大聲疾呼之意，當事諸君願留意焉。〔註189〕

千流共薈萃，萬馬齊奔騰。新聞來源多了，讀者目不暇接。眼花繚亂，不勝目力。《申報》適時給新聞加點調料，舒緩一下緊張的氣氛。

近日本埠連朝風雨，春寒尚滯，頗有夏行冬令之意。乃閱字林西字報所載北京西人來信，則云京都天氣尤冷，北邊諸山隱隱見雪。……天時之不正，養生者所宜善自保衛也。該信又言，中國現擬發兵三萬前赴安南，已告知法國駐京公使矣。然則中法之戰事其汲汲乎？〔註190〕

又是天氣預報，又是養生建議，這樣的報紙堪比歲寒三友，怎能不招士人和宦友的喜愛？一俊遮百醜，這些作壁上觀的讀者們對遙遠戰事的準確性也就不那麼較眞了。遇到假新聞，碰到錯消息，《申報》的一句「傳聞之誤也」〔註191〕就能順利過關。爲了吸引眼球，不確定的新聞也敢往報紙上登，登好之後，末尾來上一句「姑照有聞必錄之例拉雜書之」〔註192〕，就算免責聲明了。

於是，本埠有傳言〔註193〕，總署也有傳言〔註194〕；宣戰有傳言〔註195〕，和局也有傳言〔註196〕。到了馬尾開戰，消息更加滿天飛。各路小道消息姑且不算，就是當時最先進、精鍊、昂貴的電報信息，也不在少數。準確的情況是什麼？不得而知，「令人悶極」。《申報》既無奈，又饑不擇食、寒不擇衣，竟把前後六封電報都羅列在新聞報導中，堪稱盛景。

初三日至昨早，上海官場及各商家先後接有福州電音。計就本館所知者，共六次。第一次，云法人約於初四日早八點鐘開戰；第

〔註189〕《戈登論戰》，《申報》1883年08月17日02版。
〔註190〕《京都近信》，《申報》1883年05月23日01版。
〔註191〕《並無法船》，《申報》1884年09月18日02版。
〔註192〕《北寧續信》，《申報》1884年03月23日01版。
〔註193〕《本埠傳言》，《申報》1884年07月17日02版。
〔註194〕《總署傳言》，《申報》1884年08月24日01、02版。
〔註195〕《宣戰風傳》，《申報》1884年08月21日01版。
〔註196〕《和局傳聞》，《申報》1884年05月12日01版。

> 二次，云聞馬尾於下午一點鐘起炮聲不絕當已開戰矣；第三次，商家得有電信，法船已擊沉三艘，法水師提督科拔打死；晚十一點鐘來電，……；初四日丑刻即二點鐘接有電信，云前信未確，……；昨黎明接到回電，云船局確已轟壞。……所問非所答，眞令人悶極。至昨晨以後所知之各電信，逐件羅列左方。〔註 197〕

本書研究時段的三次重大中外事件，分別是 1874 年的日本侵臺、1884 年前後的中法戰爭和 1894 年前後的甲午戰爭。至此已皆述評完畢。甲午戰爭，主抓輿論特點；中法戰爭，偏重報導形式；日本侵臺，兼而有之，並留意初創時期《申報》的經驗和不足。〔註 198〕戰爭是軍事無法迴避的話題，畢其功於一役。但一役背後的內容，並不簡單。本書關注戰爭，但並不專注戰爭，原因也就在此。

3.5 友好大局下的小衝突——《申報》視野中的中英關係

中英兩國的交手，比中法更早，遠超出《申報》的創辦年限——1872 年。三十多年前的 1839 年，中英鴉片戰爭爆發。在戰爭中，處在農耕文明的天朝上國與工業革命後的世界新霸的較量證明了弱肉強食的法則。清軍慘敗，南京和談，條約簽訂，喪權辱國。中國半殖民地半封建社會由此發端，近代史由此開始，是人們熟知的歷史常識。

鴉片戰爭後，上海開埠，成爲中國第一批通商口岸。劃租界、修馬路、蓋洋房，西方列強繼續著侵略的腳步，也帶來了耳聞目睹的新變化。背井離鄉的士人感受到比雞犬相聞更有吸引力的現代城市文明，以及附著在流光溢彩背後的西方價值體系。最早的一批口岸知識分子、洋場文人，就由此而產生。有著社會話語權的他們在「經世致用」、「師夷長技」的包裝下大刀闊斧地傳播「西用」，小心翼翼地觸碰「西體」，形成了一定的社會輿論。

上海如此，全國亦然。與清廷入主中原後先有「揚州十日」、「嘉定三屠」

〔註 197〕《電音彙錄》，《申報》1884 年 08 月 25 日 02 版。

〔註 198〕《申報》作爲一份商業報紙在甲午戰爭前獲得的巨大成功與 1874、1884、1894 這三次相隔均約十年的軍事、外交熱點亦不無聯繫並呈現明顯的「階梯化」上升的特點。《申報》主創團隊在商業競爭中汲取的軍事新聞報導、評論和輿論工作經驗與教訓都很值得研究。（2017 年夏記）

的反抗而後又有迎乾隆六下江南的恭順類似，士人對征服者的態度是微妙變化的。晚明的腐朽墮落讓士人數次清流，屢敗屢戰、屢戰屢敗，看不到希望，外力的入侵解決了文化深處的內卷式毀滅；晚清的「萬馬齊喑究可哀」與晚明類似，西方文明的輸入給了士人破開歷史循環往復的密碼。

西風送爽，觀念一新。就在從鴉片戰爭到《申報》創刊的三十年，華夏大地用一代人的時間發生了改變。政治上，洋務派掌了權；經濟上，官商企起了步；文化上，興西學抬了頭；軍事上更不用說，善於仿造的中國人對洋槍洋炮購買、消化、吸收、製造。雖不能說社會局面煥然一新，但有了洋場文人所贊許的不少進化。《申報》欣賞洋務、介紹洋務、鼓吹洋務，這是它的一貫特色。

三十年的洋務歷程還帶來的變化就是人們對武力打開中國大門的英國的仇恨慢慢消失了，進而還爲英國客觀帶來的「長技」而感謝。侵略變成了通商，魔鬼變成了天使。至少在上海、在《申報》，公開發表爲鴉片戰爭翻案的言論，並沒有報館被砸、報人被打的後果。

> 中英睦誼，……不能不敦。……夫平心而論，英國原非專以鴉片入中國，以期盡害中國之人。不過有此出產，他處無可銷售，惟中國銷之，……既廣且速，因此遂以此美產悉運至中國。彼本國之人初無□嘗其味者，又安知此所謂美產者之足以害人若此？由今思之，英人當亦有知而悔之者。〔註199〕

賣鴉片的沒有抽過，其它地區賣不動，這就能把英國向中國輸入鴉片的主觀惡意排除得一乾二淨，可謂荒唐！既然這樣，中國禁煙、林則徐虎門銷煙後，英國大動干戈訴諸武力又是爲何呢？也是無意之失嗎？恐怕《申報》就不敢這樣寫了。

作爲英商的在華資產，《申報》肯定要幫英國人說話的。鴉片戰爭這種大是大非問題上，都敢打馬虎眼；邊境地區的小打小鬧，就更瞞天過海了。英法同爲列強，法占越南並向中國廣西滲透，英國呢？英占緬甸，並由緬甸向雲南滲透。同治十三年（1874），英軍近二百人的武裝探路隊由緬甸向我雲南進發，號稱勘探滇緬公路以便通商。對英國侵犯中國主權的行徑，《申報》擺出難得糊塗的架勢，沿著修路通商、利國利民的路子，做了一篇順水推舟的報導。

〔註199〕《中英大勢論》，《申報》1891年10月27日01版。

英屬印度國欲於中國西南界闢一通商之路，……英國近以此事商之中朝。……總理衙門已允行此事，檄知各直省，該英員所經之路，其地方官須親自陪送護至鄰縣，以示助此舉云。按，此事果能見效，寔與中國西界商賈爲大裨益之舉。將見該處邊界必□一大埔，如現在海濱通商之大口一類。於國家徵收稅餉亦未始非有補也。第總在勘得一較平坦之路，使貨物易於轉輸是爲最要耳。夫印度究爲富足之大國其貨物果能流通而無滯，則日後貿易之興寔不可以限量矣。〔註200〕

要想富，先修路。如果眞的修路造福像《申報》說的這樣好，爲什麼中國邊境地區的人民並不領情呢？原因姑且不論，只說事實。光緒元年（1875）正月，英軍翻譯官馬嘉理及其部下開槍逞兇，被群情激奮的雲南少數民族群眾毆斃。英軍探路隊退回緬甸，英國政府向中國嚴正交涉，這是本書研究時段內中英最大的風波，幾有開戰之危險。《申報》轉載《字林西報》，稱英國「大怒」，「風傳英國預備調兵將至中國」〔註201〕。

至於英國爲什麼大怒，《申報》幫助他們在中國人身上找原因。認爲中國官場的因循守舊、辦事不力、昏庸無能是造成中英局勢惡化的主因。「夫滇事初起，一紙文告可以了而不了；及至互相詰難、發諜遣使，迅速查辦足以了而猶不了；迨夫遲遲已久、枝節叢生，委曲彌縫尙勉強可以了而終不了。」人們熟知的「諱疾忌醫」的故事也被用來說明這個道理，「偶感風邪不之治，漸入腠理不之治」，一拖再拖，終至不可收拾。〔註202〕

按照這樣的邏輯，錯不在病，而在得病且不及時治病的人。《申報》對英軍探路並不上綱上線到侵略，而是用「縋幽鑿險之心」〔註203〕來評價。換言之，這就是登山潛水一類的業餘愛好，是戶外旅行的一種。得到政府許可的探路旅行，卻受到民間的傷害殘殺，《申報》看來英國人無辜的很。既然道理在英國人這邊，清廷就應該盡快賠禮道歉。但在新聞報導中，一線來報不是「未能明指」〔註204〕，就是「久無信息」〔註205〕。拖沓不辦、敷衍塞責。「今中國已緩至一年零四月，而英國不即興師責問者，不過以中國積弱已久，勝之不武，故格外包容耳，不謂中國竟怠緩因盾草率了事，英其能

〔註200〕《英員勘擇西南程途》，《申報》1874年11月03日02版。
〔註201〕《風傳英將調兵》，《申報》1876年06月26日01版。
〔註202〕《論中英失和事》，《申報》1876年06月29日01版。
〔註203〕《英人探路》，《申報》1877年10月24日01、02版。
〔註204〕《雲南無信息》，《申報》1876年02月19日02版。
〔註205〕《雲南消息》，《申報》1876年02月28日01版。

甘心乎？」〔註 206〕

若不是同情中國，英國早就動武了。平日裏對清廷一部份頑固派頗有微詞的《申報》文人，藉此機會比較一番中英之間的差距。

> 西國舉動每多雷厲風行之日、中國舉動每多遲延濡滯之時，非西國情性皆能振作、中國情性皆喜因循也，實其中有勢迫之、不得不然者耳。……西國舉動用電線以傳信，瞬息可達，東洋用火車以致遠，片刻可及百里，故雖萬里之遙，不難即至，是以有事須辦，每多雷厲風行之概也。若中國……用馬遞每十二時所行尚不能及千里，調撥人物至速者則令馳驛，每日六時所行不過僅及百里，故有萬里之遙，動須數月，是以有事欲辦，每多遲延濡滯之虞。〔註 207〕

落後向先進的學習還來不及，怎能化玉帛爲干戈呢？當中方派出李鴻章、英方派出威妥瑪來處理此事時，《申報》終於看到了問題妥善解決的希望。李鴻章是《申報》一直看好的洋務首領和通達人物，而英國公使威妥瑪也是《申報》讚不絕口的對象，稱他是「洞若觀火」的「明達之才」，「惟以息事安民爲勸，於是中外之人無不盛稱威公之賢」。〔註 208〕

光緒二年（1876）九月，《中英煙臺條約》簽訂。中國不僅向英國賠款、道歉，還丟失更多主權：增開宜昌、蕪湖、溫州、北海四處爲通商口岸；准許英商船在沿江的大通、安慶、湖口、沙市等處停泊起卸貨物；各口租界免收洋貨釐金；新舊通商口岸尚未劃定租界者都要劃定界址。此外，《另議專條》中規定英國可派探路隊由北京經甘肅、青海或四川等地進入西藏，或由印度進藏。

對此，《申報》卻認爲英國「尚無過於要求之事」〔註 209〕，十分輕鬆愉快，繼續著中英友好的宣傳基調。再次密集出現英國，是六年後的英國皇孫來華〔註 210〕，這就不是本書述及範圍了。

〔註 206〕《譯字林報論滇案》，《申報》1876 年 07 月 01 日 01、02 版。
〔註 207〕《書英公使威公到津消息後》，《申報》1875 年 08 月 12 日 01 版。
〔註 208〕《中英大局議》，《申報》1876 年 07 月 07 日 01、02 版。
〔註 209〕《論和議□成》，《申報》1876 年 09 月 21 日 01 版。
〔註 210〕《皇孫行程》，《申報》1882 年 01 月 25 日 01 版；
《皇孫到印》，《申報》1882 年 02 月 04 日 02 版；
《皇孫行蹤》，《申報》1882 年 01 月 07 日 01 版；

有沒有超政治、超階級的媒體？答案基本是否定的。《申報》不僅是新聞紙，還是觀點紙、輿論紙。持什麼立場、替誰說話，甚至比新聞業務更重要，關係到媒體的生死存亡。所以說新聞好壞是量的大小，評論正反就是質的區別了。當然，大多數情況下，新聞和評論是相輔相成的。本書研究時段，中英之間未有大規模軍事對抗，這爲《申報》美化英國、粉飾太平提供了基礎。《申報》視野中，英國的侵略，也是和諧的。

3.6 從《申報》看晚清軍事主權的喪失

3.6.1 《申報》視野中的在華外軍

藩屬丟失、邊疆起釁，中外戰場、多有敗績。除了直接軍事對抗的失利，清廷軍事的失敗，還表現在外軍隨意進出中國領土。

> 西六月初六日，有日本兵船名逆星幹，駛到福州。華官甚爲詫異，發人往南臺探聽。知尚有三四船在相近之海面上旅經。逆星幹之統帶官照會華官，謂須停泊半月再到上海云。〔註 211〕
>
> 三月廿四日有兩枝半桅曰色英兵艦一艘駛至蕪湖停泊。兵官登岸拜會西國官商，各官商亦詣舟次酬答。聞不日當往鎮江、上海等處遊歷也。〔註 212〕
>
> 漢口向來停泊兵船，惟坐港者一艘及期瓜代而已。近來兵船到漢者甚多，或泊一旬半月而去。計現泊兵船三艘，一俄、一英、一東洋也。〔註 213〕

《皇孫來華紀略》，《申報》1881 年 11 月 25 日 01 版；
《詳述迎款皇孫》，《申報》1881 年 11 月 25 日 02 版；
《迎款議定》，《申報》1881 年 11 月 26 日 02 版；
《皇孫出獵》，《申報》1881 年 11 月 26 日 02 版；
《皇孫行蹤》，《申報》1881 年 11 月 10 日 01 版；
《議待皇孫》，《申報》1881 年 11 月 11 日 01 版；
《迎款盛會》，《申報》1881 年 11 月 23 日 01 版；
《皇孫來滬》，《申報》1881 年 12 月 04 日 02 版。

〔註 211〕《兵船到閩》，《申報》1879 年 06 月 15 日 02 版。

〔註 212〕《兵船抵蕪》，《申報》1889 年 04 月 30 日 02 版。

〔註 213〕《兵船集漢》，《申報》1884 年 06 月 24 日 02 版。

福州、上海、漢口，隨意進出的城市絕非僅此三個；俄、英、日，任意往返的軍艦遠不僅此三國。美國〔註 214〕、英國〔註 215〕、法國〔註 216〕、德國〔註 217〕、日本〔註 218〕、葡萄牙〔註 219〕，但凡屬於列強、有海軍遠洋能力，都可以來中國的領土上耀武揚威，如若無人之境。尤其誇張的是，積貧積弱的中國竟連鐘樓也建不起，在上海這樣風氣漸開、時間觀念漸強的城市，人們看表對時竟然需要英國軍艦的炮聲。日積月累，習以爲常，一旦變化，若有所失，下引新聞就反映了這個情況。

英國兵船裁去禮拜一、五兩日十二點鐘之炮，並非爲省費起見，實以英國兵船之停泊吳淞初無一定，故將此炮裁去。現在英兵船式德勒克在滬，工部局與之商酌，該兵船首肯，故下禮拜一十三點鐘將復炮聲。本埠居人得以對準鐘錶，皆不勝欣幸也。〔註 220〕

一個國家連日曆授時這樣的事情也辦不了，指望他國，佔了小便宜，竟還「不勝欣幸」，實在令人可悲可歎。量中華之物力，結與國之歡心。目睹國土步步淪喪成公共用地，你方唱罷，我方登場，時間久了也就習慣。外國在中國搞軍事訓練，煞是好看，文人們憑欄而眺，竟有幾分愜意的味道。

〔註 214〕《美船開行》，《申報》1882 年 06 月 03 日 03 版。
〔註 215〕《英兵到港》，《申報》1883 年 12 月 23 日 02 版；
《英兵赴港》，《申報》1884 年 02 月 08 日 02 版；
《英船出口》，《申報》1884 年 06 月 24 日 03 版；
《英艦赴甬》，《申報》1885 年 03 月 20 日 03 版；
《英艦來滬》，《申報》1883 年 05 月 08 日 03 版；
《英督到申》，《申報》1884 年 11 月 03 日 02 版；
《英提督言旋》，《申報》1874 年 11 月 13 日 01、02 版。
〔註 216〕《法兵登岸》，《申報》1884 年 07 月 04 日 03 版；
《法船進口》，《申報》1885 年 06 月 26 日 03 版；
《法船已開》，《申報》1885 年 06 月 18 日 03 版；
《法國水師提督來滬》，《申報》1877 年 10 月 26 日 03 版；
《法艦來滬》，《申報》1886 年 09 月 12 日 02 版；
《法艦來華》，《申報》1884 年 07 月 10 日 02 版；
《法將來滬》，《申報》1885 年 07 月 30 日 03 版。
〔註 217〕《德船來華》，《申報》1884 年 02 月 21 日 01、02 版；
《德艦來滬》，《申報》1884 年 05 月 08 日 03 版；
《日耳曼炮船抵福州》，《申報》1875 年 11 月 13 日 02 版。
〔註 218〕《日船來滬》，《申報》1881 年 02 月 19 日 01、02 版。
〔註 219〕《葡兵來華》，《申報》1884 年 02 月 19 日 01 版。
〔註 220〕《午炮重聞》，《申報》1882 年 07 月 16 日 02 版。

有美國兵輪三艘，泊在浦江。定於明晨八點鐘時，點齊兵士五百人，由大橋北首美公館附近碼頭登岸，往泥城外會操。荼火軍容，整齊嚴肅，抽毫之暇擬憑軾而一觀焉。〔註 221〕

注意，這不是新聞，而是預告。一份面向中國人的報紙，刊登外軍在華訓練的預告，並號召讀者抽空前往觀看，崇洋媚外到了何等地步！有預告就有報導。《申報》對外軍在華訓練多爲誇讚，不是表揚他們「安不忘危」〔註 222〕，就是說參觀群眾「嘖嘖稱羨」〔註 223〕。就連日軍的訓練，也因爲西化的徹底而獲得首肯。

昨午前有日本水師兵百餘名從英租界大馬路向西出坭城，至跑馬廳附近荒場操演。步伐齊整，與泰西兵丁無異云。」〔註 224〕

《申報》又是鼓吹「中外一家」〔註 225〕，又是宣傳「西人皆望中國富強」〔註 226〕，可是殘酷的現實是：在泰西兵丁眼中，中國是他國的殖民地，中國人民低他人一等，是隨時能欺侮的東亞病夫。華人與狗不得入內，就是五方雜處的口岸城市中華人地位低下的最好寫照。

念二日即禮拜六，有駐泊本埠之西國兵船水手上岸閒遊。其中有數水手行至靜安寺鄉間，不知何故帶有手槍，見鄉間之鴨，開槍擊之。鄉民見之敢怒而不敢言。俟其攜鴨而回，潛尾其後，欲向索錢，直至水手等行過泥城橋，眾鄉人始不敢過橋追隨，廢然而返云。〔註 227〕

欺負鄉民、酗酒鬧事〔註 228〕、打架鬥毆〔註 229〕、調戲婦女〔註 230〕，殺氣騰騰而來，耀武揚威而去。違心地寫中西敦睦的美好夢想，卻無法迴避洋人頤指氣使的殘酷現實，《申報》文人們眞是猶如自扇耳光。更令他們苦不堪言的是，他們端著英國老闆的飯碗，怎能對趾高氣揚的洋人說半個不字？

〔註 221〕《美兵操演》，《申報》1888 年 11 月 20 日 02 版。
〔註 222〕《美兵操演續聞》，《申報》1879 年 11 月 29 日 03 版。
〔註 223〕《美兵操演志略》，《申報》1888 年 11 月 23 日 02 版。
〔註 224〕《日兵操演》，《申報》1884 年 09 月 13 日 03 版。
〔註 225〕《中外一家論》，《申報》1891 年 12 月 15 日 01 版。
〔註 226〕《論西人皆望中國富強》，《申報》1885 年 06 月 02 日 01 版。
〔註 227〕《水手打鴨》，《申報》1884 年 01 月 22 日 03 版。
〔註 228〕《兵丁酗酒》，《申報》1888 年 12 月 29 日 03 版。
〔註 229〕《水手鬧事》，《申報》1882 年 10 月 21 日 03 版。
〔註 230〕《日兵肆橫》，《申報》1884 年 08 月 29 日 02 版。

其間旦暮聞何物，杜鵑啼血猿哀鳴。《申報》希望中國有朝一日能國富民強，不僅趕走侵略者，還能「以兵船遊歷外洋以壯國威」〔註 231〕。誠哉斯言！

3.6.2　《申報》視野中的西團

近代中外關係中，清廷軍事主權不斷喪失。非但外軍隨意進駐，外商也能武裝訓練。上海開埠較早，租界範圍較大，來華洋商較多。客居上海的洋人們忙時經商，閒時練槍，春夏不輟，寒暑不妨，定期進行，浩浩湯湯。綜觀本書研究時段的《申報》，穩定出現的「西商團練」新聞堪稱一景。

> 今日西商三點鐘時將在黃浦灘總會洋行前操演勇丁。西人兵法最爲嚴肅，屆時各勇丁錦衣花帽、步伍整齊，未始非一美觀也。〔註 232〕

> 前夜本埠西商團練習於九點鐘時持槍拖炮者共有一百二三十人，至泥城外操演，直至十二點鐘，乘月唱歌而返。觀者咸贊軍容之齊集也。〔註 233〕

> 本埠西商團練定於今日下午五點半鐘操演。一隊在老巡捕房空地會齊，一隊在大英公館空地會齊，然後前往合操。其兵官已出有告白，俾眾咸知矣。〔註 234〕

> 昨日下午三點鐘時，本埠西商團練兵齊至老巡捕房空場先行操演，後拔隊至泥城外跑馬廳前操演各陣。其馬隊、槍隊、炮隊共有百餘名。又有西樂一班，軍容甚爲嚴肅。〔註 235〕

> 昨日下午三下鐘時，西商團練兵馬隊、炮隊、槍隊齊至泥城外賽馬場操演各陣。並有軍樂□班金革迭奏。蓋香港將軍將來此閱操，是以每值禮拜六必先操演一番，亦常例也。〔註 236〕

從 1873 至 1892 年，每隔三五年選出一條「西商團練」的新聞，不僅報

〔註 231〕《論中國急宜以兵船遊歷外洋以壯國威》，《申報》1885 年 09 月 15 日 01 版。
〔註 232〕《西人操兵》，《申報》1873 年 03 月 08 日 03 版。
〔註 233〕《團練操演》，《申報》1879 年 08 月 31 日 03 版。
〔註 234〕《西商團操》，《申報》1882 年 07 月 05 日 02 版。
〔註 235〕《團操志略》，《申報》1888 年 03 月 18 日 03 版。
〔註 236〕《西兵操演》，《申報》1892 年 04 月 03 日 03 版。

導的形式一成不變、內容墨守成規，就連字數也相差無幾。和報導清軍訓練、閱兵的鋪張陣勢比起來，《申報》報導西團簡單了不少，很大一部份因素就是民族感情使然。國破山河在，城春草木生。在華洋人平日裏養尊處優慣了，「及夫草軟沙平、春光明媚」，就端起洋槍洋炮，既能鍛鍊身體、又籌保衛家園，美哉！相比而言，「華人之在海外謀生者，非傭工即服賈，大抵短衣窄袖，不能瞻視尊嚴」〔註 237〕。

僵臥孤村不自哀，尚思爲國戍輪臺。中外對比的慘淡現實激起了《申報》憂國憂民的情懷。爲什麼西團能搞好，中團搞不好？原因首先在於西團人員平日均有正經營生，團練對他們既是愛好、又是責任，很有精氣神；而中團兵勇非係失地農民，則爲市井無賴，以當兵吃餉爲謀生。加之兵官貪腐懈怠，士兵更是得過且過。一旦裁撤，又成社會之害。國家「不能收團練之功，反以致團練之禍」〔註 238〕。其次，中國團練蔭於官場積弊，容易流於形式，走走過場，草草了事；西團則不然。西團操練猶如軍事演習，「突遇相擊若敵國」，「如眞臨敵陣者」。〔註 239〕西團不僅民間積極，還得到政府幫助，「派駐香港將軍親臨簡閱，悉心指示，俾得精益求精」〔註 240〕。〔註 241〕

《申報》頗爲羨慕地總結道：「泰西之俗，以富國強兵爲先務，富國則重在商，強兵則重在兵。故西商之經營於外者，例由國家保護，而兵制尤爲謹嚴。至於商人而自行團練以成勁旅，則是以商而兼兵矣。歐洲風氣凡民人莫不可以爲兵，國中本自有團練之章。不若中國之有事則團、無事則散。而軍械等物其頒自上者，既散之後均須繳還也。西人既得自行團練，故守望相助，得以善保其富。雖遠適異國、至於數萬里以外，而亦持此志於不衰。此雖不過爲自保貲財起見，而於國家蓋亦大有裨益。」〔註 242〕

夜闌臥聽風吹雨，鐵馬冰河入夢來。西團的槍炮聲都吵鬧到了家門口，這令《申報》文人和社會輿論怎麼也高興不起來，羨慕的背後是深深的無奈。

〔註 237〕《寓兵於商論》，《申報》1893 年 04 月 17 日 01 版。

〔註 238〕《寓兵於商論》，《申報》1893 年 04 月 17 日 01 版。

〔註 239〕《論西商團練操演事》，《申報》1874 年 02 月 04 日 01、02 版。

〔註 240〕《寓兵於商論》，《申報》1893 年 04 月 17 日 01 版。

〔註 241〕《大操詳誌》，《申報》1884 年 03 月 30 日 02、03 版；
《觀大操記》，《申報》1892 年 04 月 10 日 03 版；
《西官抵滬》，《申報》1887 年 03 月 26 日 03 版；
《將軍已來》，《申報》1886 年 03 月 27 日 02 版。

〔註 242〕《論英廷襄助西商團練》，《申報》1886 年 02 月 16 日 01 版。

不光本節，本章又何嘗不是如此？中俄、中法、中日、中英，清廷的每次對外軍事努力均以失敗告終，輿論就像坐著過山車，期望、失望、再期望、再失望……「置屏藩以固邊防」消散在四面楚歌的危局中。帝國版圖愈發縮小，疆土危機愈發嚴重。

如果說至此本書意在從帝國軍隊的養成和使用〔註 243〕落筆，那麼對外使用的糟糕結果應該帶來筆鋒之轉變了。「天朝」大夢醒來後，回首已是百年身。帝國所在的世界，早已不是從前！

〔註 243〕第 1 章說「養成」，第 2、3 章分內、外說「使用」。本章結尾部份較博士論文有較大調整。（2017 年春記）